ハヤカワ・ミステリ文庫

〈HM508-1〉

インフルエンサーの原罪

〔上〕

ジャネル・ブラウン

奥村章子訳

早川書房

8967

PRETTY THINGS

by

Janelle Brown

Translated by
Akiko Okumura

First published 2023 in Japan by
HAYAKAWA PUBLISHING, INC.
This book is published in Japan by
arrangement with
RANDOM HOUSE,
an imprint and division of PENGUIN RANDOM HOUSE LLC
through THE ENGLISH AGENCY (JAPAN) LTD.

グレッグへ

もしきみに会って、きみのことが好きになれなかったとしても、ぼくは自分の抱いていた印象を改めざるを得なくなるだろう。誰であれ、直接会えば、その人物が生身の人間で、特定の思想を具現化した風刺画のような存在ではないと、すぐにわかるからだ。それも、ぼくが文学界と距離を置いている理由のひとつだ。一度会って話をすれば、たとえそうするべきだと思っても、その人物をふたたび論理的に批判できなくなるのを、ぼくは経験で知っている。

ジョージ・オーウェルからスティーヴン・スペンダーへの手紙

一九三八年四月十五日

インフルエンサーの原罪

〔上〕

登場人物

ニーナ・ロス……………………………詐欺師
ラクラン…………………………………ニーナのパートナー
リリー・ロス……………………………ニーナの母
アレクセイ・ペトロフ…………………ロシア人の富豪の息子
エフラム…………………………………イスラエル人のブローカー
リサ………………………………………ニーナの隣人
ヴァネッサ・リーブリング………………資産家の娘
ベンジャミン・リーブリング……………ヴァネッサの弟
ウィリアム・リーブリング四世…………資産家。ヴァネッサとベンジャミンの父親
ジュディス・リーブリング………………ヴァネッサとベンジャミンの母親
サスキア・ルバンスキー………………ファッション・インフルエンサー

プロローグ

タホ湖に遺体が沈むと二度と浮かび上がってこないと言われている。水が極端に冷たくて水深も深いために、バクテリアが繁殖しないのだ。ゆえに遺体は腐敗せず、永遠に湖底を漂い続け、高度な有機体として、謎めいたタホ湖の水底(みなそこ)に生息する未知の生物の仲間に加わることになる。

死は誰にでも平等に訪れる。

タホ湖の最大水深は約五百メートルで、形成されたのは二百万年前だ。地元の住民がさまざまな称号を与えたために、タホ湖はアメリカでもっとも深くてもっとも透明度が高く、もっとも青くてもっとも冷たくて、もっとも古い湖となった。湖底がどうなっているのか、誰も正確には知らないが、きっと暗くて不気味なはずだというのは、みなわかっている。

ネス湖のネッシーならぬタホ湖のテッシー伝説もあって、テッシーTシャツはよく売れているが、その存在を信じている者はいない。だが、深海カメラは、水深四百八十八メートル地点で謎めいた魚の姿をとらえている。サメに似たその青白い魚は、血液循環を鈍化させる進化を遂げて氷点に近い水のなかで生きながらえてきたのだ。もしかすると、湖が形成された当初から生息していたのかもしれない。

タホ湖にまつわる伝説はほかにもある。マフィアがネバダ州のカジノを牛耳っていた時代にここを遺体の捨て場にしていたという話や、ゴールドラッシュ期の鉄道王たちがシエラネバダ山脈を越える線路の敷設工事で命を落とした中国人労働者の共同墓地代わりにしていたという話もある。復讐心に燃える妻が夫を殺して、あるいは警官が自ら犯人を始末して捨てたとか、行方不明者の足取りが湖の手前でぷっつり途絶えたという話もある。子どもたちも、髪の毛を扇状に広げて大きく目を見開いたいくつもの死体が湖の底をさまよっているという話を、寝る前にきょうだいどうしで聞かせ合っている。

湖面には雪がふわふわと舞い落ちている。その下では、生気の失せた目を遠ざかる明かりのほうに向けた遺体が徐々に沈みだし、やがて暗い水のなかに消えて見えなくなる。

ニーナ

1

ナイトクラブは享楽に身を捧げる聖地だ。誰も人のことなど気にしない。おべっか使いもいなければ、議論を吹っかけてくる人もいない。せっかくの楽しみをぶち壊すような人もいない。（入口に張られたベルベットのロープが、そういう人たちを締め出す役目を果たしているからだ。）その代わり、毛皮や有名デザイナーのシルクのドレスを身にまとった女性たちが、羽づくろいをするエキゾチックな鳥のように、しょっちゅうドレスの乱れを直しながらちょこちょこと歩きまわっている。歯にダイヤモンドを埋め込んだ男もいる。一本千ドルのウォッカのボトルから炎が噴き出すこともある。店内の大理石や革や真鍮(しんちゅう)は、純金のような光沢を放つようになるまで磨き込まれている。

ＤＪが低音を響かせると、踊っている客は歓声をあげながらスマートフォンを掲げ、画面をタップして写真を撮る。ここが教会なら、聖典はＳＮＳだ。彼らは、スマートフォンの小さな画面のなかで自分を神格化している。

ここには、世の中のわずか一パーセントの人間もいる。つまり、超富裕層の若者も。ビリオネア・ベイビー、ミリオネア・ミレニアル、カリスマ・インスタグラマー。彼らはみな〝インフルエンサー〟だ。すべてを手に入れて、それを世間に見せびらかしているのだ。彼らのインスタグラムに載っている写真はどれも、〝世の中には素敵なものがいっぱいあって、私たちはそのすべてを手にしているのよ〟と語りかけている。〝羨ましいでしょ？こんなに楽しい人生が送れるなんて、＃最高〟と。

踊っている客のなかに、ひとりの女がいる。彼女は、うまい具合にライトが当たって肌が輝いて見える場所で一心不乱に踊っている。顔にはうっすらと汗がにじみ、激しいビートに合わせてターンするたびに、艶やかなブルネットの髪が顔に巻きつく。客のテーブルに酒を運ぶウェイトレスは、ボトルに添えた花火が女の髪に燃えうつらないよう、巧みにまわり込んでいる。お楽しみを求めてロサンゼルスからやって来た、売春婦まがいの女だ。

しかし、よく見ると、目は半開きなのに、目つきは鋭くて警戒心がにじみ、こっそりなにかをにらみつけている。彼女がにらみつけているのは、すぐそばのテーブルにいるひとりの男だ。

その男は酔っぱらっていて、数人の男友だちと一緒にブースシートにもたれかかっている。髪にジェルを塗り、革のジャケットを着て、夜なのにグッチのサングラスをかけた、その二十代の男たちは、音楽にかき消されないように声を張りあげて片言の英語でしゃべり、そばを通る女性に卑猥な視線を送っている。おまけに、時おりテーブルに顔を近づけて、ずらりと並んだ空のグラスを倒しそうになりながらコカインを吸っている。ジェイ・Zの曲が流れてくると、男はシートの上に立ってシャンパンの大瓶を——めずらしいクリスタルのラージボトルを——振り、近くにいる客の頭にシャンパンを浴びせる。女性たちは一本五万ドルのシャンパンにドレスを台無しにされ、濡れた床にハイヒールを滑らせて悲鳴をあげる。男は、シートから転げ落ちそうになるほど笑う。

ウェイトレスが代わりのシャンパンを持ってきてテーブルに置くと、男はシャンパンとともにウェイトレスも自分のものにしたかのように、スカートのなかへ手を入れる。ウェイトレスは、男の手を払いのけることができずに青ざめる。少なくとも、ひと月分の家賃がまかなえるだけの高額なチップをもらいそこねることになるかもしれないからだ。うんざりしながら顔を上げると、先ほどからずっと男のテーブルのそばで踊っているブルネットの女と目が合う。女は、それと同時に行動を開始する。

女は踊りながら近づいてきて——おっと！——足を滑らせて男にぶつかり、その拍子に男がウェイトレスの股間から手を離す。ウェイトレスは、ほっとした様子でその場を去る。男はロシア語で毒づいてから、膝の上に倒れ込んできたのがなかなかいい女だと気づく。入口でふるいにかけているので、この店にいるのはみんないい女なのだが、その女は色が浅黒くて、スペイン系かラテン系の血がまじっているらしい。ここにいる女のなかでもっともセクシーだというわけでもなければ、もっとも華やかだというわけでもないが、服のセンスはいいし、スカートはそそられるほど短い。なによりいいのは、男が興味の対象をウェイトレスからさっさと彼女に切り替えても、まったく動じないことだ。好き放題に太腿を撫でまわしても、耳に酒臭い息を吹きかけても、いやな顔をしない。

それどころか、彼女はグラスを受け取って男やその友人と一緒にブースシートに座ると、男が立て続けに六杯飲みほすのを眺めながら、ゆっくりとシャンパンをすする。ほかの女たちが来ては去っていっても、その女はほほ笑んだりじゃれ合ったりしながら居座っている。が、ちょくちょくタブロイド紙に載っているバスケットボールの花形選手がふたつみっつ向こうのテーブルからやって来て、男たちがその選手と話をするのに夢中になると、彼女は透明な小瓶に入った液体を、ひそかにすばやく男のグラスに垂らす。

それを飲みほしてしばらくすると、男がテーブルに手をついて立ち上がろうとする。女はすかさず身を乗り出してキスをして、男が舌を——巨大なナメクジのような舌を——差し入れてきても、目を閉じて嫌悪感を抑え込む。男の友人たちは驚いて目を見開きながら、ロシア語でさかんにはやし立てる。ついに忍耐の限界に達すると、女は体を引き離し、耳元でささやきかけて、男の腕を引っぱりながら立ち上がる。数分後に外に出ると、店の従業員が気を付けの姿勢を取り、魔法で呼び出しでもしたかのように黄色いブガッティが入口に停まる。

ところが、男は体調に変化をきたして倒れそうになる。シャンパンのせいかコカインのせいかはわからないものの、女がキーを奪い取って運転席に座っても抗えないことだけは本人もわかっている。男は助手席に座ったまま意識を失うが、その前にハリウッド・ヒルズの住所を女に教える。

女は慎重にブガッティを運転してウエストハリウッドを走り、サングラスやカーフスキンのバッグを宣伝する照明付きのビルボードや、人気テレビシリーズがエミー賞にノミネートされたことを知らせる高さ十五メートルの看板を掲げた建物のそばを通りすぎる。マルホランドへ向かう曲がりくねった道に入ると交通量は少なくなるが、ハンドルはぎゅっと握りしめたままだ。男は、となりでいびきを立てながらさかんに股ぐらを掻いている。ついに男の家の門の前にたどり着くと、女は身を乗り出して男の頬を力いっぱいつねり、目を覚まさせて門を開ける暗証番号を聞き出す。

門が開くと、ガラス張りのモダンな大邸宅が姿をあらわす。まるで、街の上にとてつもなく大きい透明な鳥かごが浮かんでいるようだ。

どうにかこうにか男を助手席から降ろし、体を支えて家の玄関まで歩いていく。が、防犯カメラに気づいて死角に逃れ、玄関のドアのロックを解除するために男がキーパッドに打ち込んだ番号を記憶する。ドアが開くと、防犯用のアラームが鳴る。女は、男がもどかしそうに警報装置に打ち込んだ番号も記憶する。

家のなかは美術館のようにひんやりとしていて、心地よい。デコレーターは〝限りなく豪華に〟との依頼を受けて、〈サザビーズ〉のカタログの掲載品をつぎからつぎへと運び込んだのだろう。家じゅうに革とゴールドとガラスがふんだんに使われていて、クリスタル製のシャンデリアの下に置かれた家具はどれも小型車ほどの大きさで、壁は美術品に覆われている。女が歩くと、鏡のように磨き上げられた大理石の床にコッコッとヒールの音が響く。窓の向こうにはロサンゼルスの街の明かりが揺らめいている。男が防犯装置に守られて見下ろす丘のふもとでは、庶民が慎ましやかに暮らしているのだ。

女は、またもや意識を失いかけている男を引きずりながら広い家のなかを歩きまわって寝室をさがす。階段を上っていってようやく見つけた寝室は白い霊廟のような部屋で、床にはシマウマの毛皮が敷かれ、ベッドの上にはチンチラの毛皮で覆った枕が置いてある。

窓の下には、エイリアンのビーコンのように点滅する照明で照らされたプールがある。なんとかベッドまで連れていってしわくちゃのシーツの上に転がすと、男はすぐさまこっちを向いて吐く。女は、サンダルが汚れないように飛びのいてから冷静に男の様子を観察する。

男がふたたび意識を失うと、バスルームに駆け込んで、丹念に歯磨き粉で舌を洗う。それでも、男の口臭を消し去ることはできない。身震いしながら鏡を覗き込んで、大きく息を吸う。

寝室に戻り、床の上の嘔吐物を踏まないように注意しながらそっとベッドに近づいて、軽く男をつついてみるが、男はなんの反応も示さない。しかも、ベッドに小便を漏らしている。

いよいよ本業のはじまりだ。まずはウォークイン・クローゼットへ行く。そこは、日本製のジーンズや限定版のスニーカー、アイスクリームのように各色揃ったシルクのボタンダウン、それに、カバーが掛かったままの高級スーツで床から天井まで埋めつくされている。女は、部屋の真ん中にあるガラス張りのコレクションテーブルに狙いを定める。ガラスの下には、ダイヤをちりばめたきらびやかな時計がずらりと並んでいる。さっそくハンドバッグからスマートフォンを取り出して、写真を撮る。

つぎは居間へ行き、家具や絵画やその他の美術品をひとつひとつ値踏みしながら見てまわる。サイドテーブルの上に銀のフレームに入った写真が並んでいたので、好奇心から、そのひとつを手に取って眺める。男が年配の男性の肩に腕をまわしている写真で、年配の男性はピンク色のおちょぼ口にじっとりとした笑みを浮かべ、たるんだ肉を緩衝材のように顎の下にはさみ込んでいる。見るからに財界の大物という感じがするが、実際、その男性はロシアの大富豪（オリガルヒ）で、現政権にも少なからず影響力を持つミカエル・ペトロフだ。意識を失って寝室で寝ている男は、ミカエルの息子のアレクセイで、一緒に遊びまわっているオリガルヒの子どもたちのあいだではアレックスと呼ばれている。この大邸宅も、ここに美術品やアンティークが山ほどあるのも、それが汚れた金を洗浄するオーソドックスな手法だからだ。

家のなかを歩きまわると、アレクセイがSNSに載せていたアンティークも見つかる。一九六〇年代につくられたジオ・ポンティのアームチェアは二脚で三万五千ドルほどになりそうだし、ルールマンがデザインしたローズウッドのダイニングテーブルセットは六桁の値がつくはずだ。イタリア製の古いエンドテーブルは六万二千ドルだ――アレクセイのインスタグラムに載っているのを見て調べたので、これは確かだ。（インスタグラムにはロベルト・カヴァリのショッピングバッグと一緒にアップされていて、〝#超好評〟というハッシュタグがついていた。）アレクセイも、友人やクラブの客や、大金持ちの家に生まれた十三歳から三十三歳のほかの子どもと同じように日々の出来事をすべてSNSに投稿していて、女はそれをチェックしていたのだ。

女はぐるっと部屋を見まわし、置いてあるものをすべて値踏みして耳をすます。家にそれぞれ個性があるのは、これまでの経験で知っていた。静かに耳をすませば、その家が話しかけてくることも知っていた。家が揺れたり、揺れが収まったり、小さな物音や大きくきしむ音が聞こえたり、こだまが響きわたったりしたときに隠されていた秘密があらわになることもある。いまこの家は、きらびやかな静寂のなかでここでの暮らしのわびしさを女に伝えている。この家は人の心の痛みになど興味がなく、うわべさえ光り輝いていれば、それで満足なのだ。たとえ人が大勢集まろうと、ここは空き家も同然だ。

女はアレクセイが所有している美術品に目を奪われて、ついつい長居をしてしまう。クリストファー・ウールやブライス・マーデン、エリザベス・ペイトンの作品もある。血のついた医療マスクをつけた看護師が黒い人影に背後からつかみかかられているリチャード・プリンスの絵の前では、しばらく足を止める。額縁の外のなにかを見つめる看護師の黒い目は、女をその場に引き込もうとする。

時間がない。すでに午前三時だ。もう一度各部屋をまわり、監視カメラが作動していることを示す光をさがして天井の四隅に目をやるが、見当たらない。パーティーに明け暮れているアレクセイのような男が自分の悪行を撮影して残しておくのは危険だからだ。ようやく家を出ると、ハイヒールを手に裸足でマルホランド・ドライブまで歩いて、タクシーを呼ぶ。アドレナリンが切れて、急に疲労が押し寄せてくる。

タクシーは東へ向かう。家を覆い隠す門などなくて、手入れの行き届いた芝生ではなく雑草が生い茂った庭のある地区へ向かってひた走る。女が後部座席でうとうとしているうちにエコーパークに着き、ブーゲンビリアに覆われた小さな家の前で停まる。

家のなかは暗くて、静まり返っている。女は、汗と肌に染みついた煙草のにおいを洗い流す気力もなく、服だけ着替えてベッドに潜り込む。

ベッドには、裸体にシーツを巻きつけた男が寝ている。女がベッドに入ると男はすぐに目を覚まし、片肘をついて体を起こしながら、暗がりのなかでしげしげと女を眺める。「あいつとキスをしているのを見たけど、嫉妬したほうがいいか?」男は、かすかに訛りのある眠そうな声で言う。

女の口には、まだアレクセイの口臭が残っている。「やめてよ」

男は、よく見えるように女の体の上に腕を伸ばしてランプをつけると、女の顔に視線を這わせて痣をさがす。「心配したんだぞ。ロシアのやつらは手荒いからな」

女は、ランプの光がまぶしくてまばたきをする。男が女の頬を撫でる。「大丈夫よ」女はそう言うが、ついに虚勢が崩れて体が震えだす。ストレスで（それに、ほんとうのところは金に目がくらんで）、ぶるぶると体が震える。「あの男を、本人のブガッティで家まで送ったの。なかにも入ったのよ、ラクラン。ぜんぶゲットしたわ」

ラクランの顔が輝く。「よくやった！　あんたはすごいよ」ラクランは女を抱き寄せ、伸びだしたひげを顎に押しつけて熱いキスをする。両手は女のパジャマの上着のなかに入れている。

女が腕を伸ばしてラクランのなめらかな背中を両手で撫でると、引きしまった筋肉が手のひらに触れる。快感と疲労の狭間に身を沈めているうちに過去と現在と未来の境目がなくなって、白昼夢を見ているような錯覚におちいる。女は、マルホランドに建つガラス張りの家を思い出す。血を浴びた看護師が夜警に代わって無機質な部屋を静かに見つめている、リチャード・プリンスの絵を思い出す。ガラスのなかに閉じ込められて、救い出されるのを待っているような看護師の絵を。

一方、アレクセイはそのうち尿が染みついたベッドで目を覚まして、頭を体から切り離したいと思うに違いない。友だちにメールを送って昨夜のことを尋ねると、セクシーなブルネットの女とクラブをあとにしたという返事が返ってくるが、本人はなにも覚えていない。まずは、意識を失う前にその女とセックスをしたのかどうか思い出そうとするはずだ。そして、思い出せなくても問題はないのかどうかを。それから、あの女は何者だったのか知ろうとするだろう。しかし、誰も教えてくれない。

でも、私は教えてやれる。あれは——あの女は私なのだから。

2

犯罪者には、それぞれ独自の手口がある。私の手口は調べて待つことだ。人がなにを持っているか、それをどこに置いているか調べるのだが、本人が教えてくれるので、簡単にわかる。ＳＮＳのアカウントは彼らの世界に通じる開け放たれた窓のようなもので、なかを覗いてなにがあるか確かめろと、手招きしてくれている。

アレクセイ・ペトロフのこともインスタグラムで知った。いつものように、画面をスクロールしながら見知らぬ人たちの写真を見ていると、黄色いブガッティと、うぬぼれ屋だというのがまるわかりのひとりよがりな笑みを浮かべてブガッティのボンネットに座っている男に目が釘づけになったのだ。その週の終わりまでには、その男のすべてがわかった。友人や家族関係、パーティーを開く場所や贔屓のブティック、食事に行ったレストラン、飲みに行ったクラブ、それに、女性を見下していることも、人種差別的な考えの持ち主でエゴの塊だということも。そういった情報はジオタグやハッシュタグがついていたり、カタログ化して写真にタイトルが入っていたりするので、見つけやすい。

とにかく、調べて待って、好機が訪れたら、すかさず行動を起こす。

こういう連中に近づくのは、それほどむずかしいことではない。彼らは、自分たちの予定をすべて世間に知らせている。だから、そこへ行けばいいだけだ。それなりの身なりをしたきれいな女性が来たら、あれこれ訊かずに歓迎してくれる。なかに入り込んでしまえば、あとはチャンスが訪れるのを待てばいい。誰かがハンドバッグをテーブルに置いたままトイレに行くか、マリファナをまぜた電子タバコでハイになるのを。一緒に帰ろうと誘われたら、相手の注意が散漫になるのを待てばいい。

これは経験で学んだことだが、金持ちは――とくに、若いのに金を持っている連中は――警戒心が完全に欠如している。

そういうわけで、アレクセイ・ペトロフの身にはつぎのようなことが起きる。コカインのせいもあって、おそらく二、三週間ほど経てば彼は今夜のことを（そして、私のことも）忘れてしまい、ルイ・ヴィトンのキャリーケースに一週間分の荷物を詰めて、飛行機で各地を飛びまわっている仲間とロス・カボスへ行く。そして、〝#ヴェルサーチ〟の服を着て〝#ガルフストリーム〟に乗り込む写真や、〝#純金〟のアイス・バケットに入った〝#ドン・ペリニヨン〟を飲んでいる写真、〝#メキシコ〟の〝#美女たち〟とヨットのデッキで日光浴をしている写真をインスタグラムにアップする。

彼が留守にしているあいだに、一台のバンが主(あるじ)のいない家の前に停まる。隣人が、同じく立派な門の奥にある大きな家のなかから見ているかもしれないので(たぶんそんなことはないと思うが)、そのバンには家具の修理と美術品の保管を業務とする実在しない会社の名前が書いてある。私のビジネスパートナーは――いまベッドにいるラクランは――私が確認しておいた暗証番号を入力して家に入る。そして、私が指示したものを――そこにあるなかでは何番目かに高価な時計を二点とダイヤのカフスボタン、ジオ・ポンティのアームチェア、イタリア製のエンドテーブル、その他、値の張るものを数点――バンに積み込む。

アレクセイからはもっと盗んでもいいのだが、そうはせず、数年前にこの仕事をはじめたときに決めたルールに従う。〝ほどほどにしておく。欲張らない。それがなくなっても持ち主が困らないものだけを盗む。金に余裕のある者だけから盗む〟というルールに。

窃盗の心得

一　美術品は盗むな。ついつい手を出したくなるが、何百万ドルもする絵画は――名の知れた芸術家の作品は、なんであれ――動かせない。ラテン・アメリカの麻薬王で

も、公開市場で転売できない盗品のバスキアの絵は買わない。
二　宝石は簡単に盗むことができるが、高価な宝石は一点物が多いので、特定されやすい。ゆえに、最高級品は避け、分解して石だけ売る。
三　ブランド品――高価な時計やデザイナーブランドの服、バッグなど――はどんなものでも売れる。パテック・フィリップの時計をeBayに出品すれば、ホーボーケンに住む高額な初任給をもらったばかりのIT系男子が友人に見せびらかすために購入する。（ここで鍵となるのは忍耐だ。盗品がネットオークションで売られていないか、当局が監視している可能性もあるので、六カ月は待ったほうがいい。）
四　現金。現金はつねに窃盗の王道だが、それを貫くのはきわめてむずかしい。金のある若者はアメリカン・エキスプレスのブラックカードを持っていて、現金は持ち歩かない。とはいえ、中国の成都にある電気通信会社の社長の息子がリムジンのサイドポケットに一万二千ドルの現金を入れていたこともある。あの晩はついていた。
五　家具。家具は見る眼が必要だ。アンティークに関する知識は不可欠で――美術史の学位を取ったおかげで私には知識があるが（ほかにはたいして役に立たない学位なのだが）――加えて、販売ルートも確保しておく必要がある。ジョージ・ナカシマがデザインしたミングレンシリーズのコーヒーテーブルを道端に置いてポケットに三万ドルを入れた人物が通りかかるのを期待しても無駄だ。

私は以前に、テレビのリアリティー番組『ショッパホリック』で脚光を浴びていた出演者のクローゼットから、バーキンのバッグを三点とフェンディのミンクコートを一着盗んだ。ヘッジファンドのマネジャーの家で開かれたパーティーに潜り込んで、明朝の花瓶をトートバッグに入れて持ち帰ったことも、ビバリーヒルズ・ホテルの化粧室で気を失った女性の指からイエローダイヤの指輪を抜き取ったこともある。その女性は、中国の鉄鋼王の相続人だった。派手なカースタントの動画で知られる二十代の人気ユーチューバーのガレージからマセラティを盗んだときは、目立ちすぎて買い手を見つけることができずに、カルヴァーシティーで乗り捨てた。

それはともかく——アレクセイのカフスボタンは、ダウンタウンのあまり評判のよくない宝石屋に持ち込んで、ダイヤだけはずして売ってもらうことになるだろう。時計は、買わずにいられないような値段でオンラインの高級品委託販売サイトに出品するつもりでいる。家具は、行き先が決まるまでヴァンナイズの倉庫に置いておく。

そのうち、エフラムという名のイスラエル人のブローカーが品物を見に倉庫へ来る。エフラムは、私たちから買い取った家具を梱包して、関税が課されないスイスの港に送る。

向こうでは誰も来歴など気にしないし、買い手も、不正に手に入れた金で支払う場合が多い。それで、私たちがアレクセイから盗んだものは、サンパウロや上海、バーレーン、キーウなどに住む人物のコレクションに加わることになる。それによって、エフラムは売値の七十パーセントを手にする。ハイウェイ強盗にあったようなものだが、彼がいなければ、私たちは一セントも手にすることができない。

最終的に、ラクランと私は十四万五千ドル前後の儲けを分け合うことになるはずだ。

盗難にあったことにアレクセイが気づくまで、どのくらいかかるだろう？　インスタグラムで彼の行動パターンを推測すると、メキシコから戻った翌々日には二日酔い状態も解消してふらふらと居間へ行き、いつもと違うことに気づくかもしれない。〝たしか、部屋の隅に金色のベルベット地を張った椅子が二脚置いてあったのでは？〟（おそらく、その日の朝の八時には、〝頭がおかしくなったかもしれないのでテキーラを飲む〟というキャプションを添えたパトロンのボトルの写真を投稿するはずだ。）ほどなく、時計がなくなっていることにも気づくだろう。（新品の時計を毛むくじゃらの手首にいくつもはめた写真に〝決められないから、ぜんぶ買う〟というキャプションを添えて、ビバリーヒルズの〈フェルドマー時計店〉のジオタグ付きで投稿する可能性が高い。）けれども、警察に盗難届は出さない。ああいう連中はめったに出さない。どうせ戻ってくることはないし、代わりのものが簡単に買えるのに、たかが数個の時計のために書類を書いたり、警官にあれこれ訊かれて事情を説明するのは面倒だからだ。

われわれ庶民と大金持ちは違う。われわれ庶民は、現金や貴重品をどこに置いているか、つねに把握している。けれども、大金持ちは、あちこちにお金を置いているので、どこにどれだけあるのか、しばしば忘れてしまうらしい。彼らにとって大事なのは、高価なものを——たとえば、二百三十万ドルもするマクラーレンのコンヴァーティブルを！——所有していることなので、たいていはろくに手入れをしない。だから、平気で車をぶつけたり、絵画を煙草の煙で台無しにしたり、オートクチュールのドレスを一度着ただけで捨てたりするのだ。見せびらかしさえすれば興味は失せるし、新しくて、もっと見栄えのいいものはいくらでも買える。

〝得やすいものは失いやすい〟という諺（ことわざ）は真実だ。

3

カリフォルニアではどこの街でもそうだが、十一月のロサンゼルスは夏のように暑い。南のサンタアナから吹いてくる風は熱波をもたらすだけでなく、渓谷の土をカラカラに乾燥させて、大麻とジャスミンのまじったにおいも運んでくる。私の家ではブーゲンビリアの蔓が窓に叩きつけられて、無惨に葉を散らしている。

アレクセイの件を片づけた一ヵ月後の金曜日、私は寝坊をしてひとりで目を覚ます。丘を下ってコーヒーを飲み、ヨガのレッスンを受けて家に戻ると、小説を手に玄関ポーチの階段に座って、静かな時間を過ごす。となりに住んでいるリサが、車から肥料の袋を降ろして裏庭へ運んでいる。大麻の畑に撒くのだろう。歩きながら私に会釈する。

私がこの家に住みはじめて三年になる。百年前に狩猟小屋として建てられた、木造二階建てのささやかなマイホームだ。私はここに母と一緒に住んでいる。不動産開発業者もエコーパークのはずれに建つ雑草に覆われたボロ屋にまでは押しかけてこないし、丘のふもとの不動産価格を吊り上げているトレンディーな若者の興味もそそらないらしい。曇った日に外に出ると、丘のふもとの州間高速道路を走る車の音が聞こえるが、それを除けば、街から隔絶されているような感じがする。

近所の住人の多くは庭で大麻を栽培したり、割れた陶器を集めたり、詩や政治的な声明文を書いたり、海岸で拾ってきたガラス片(シーグラス)を塀に埋め込んだりしている。このあたりでは、誰も芝生の手入れをしない。そもそも、芝生がないのだ。みんな、芝生よりスペースとプライバシーとおおらかさを大事にしている。リサの名前を知ったのは、ここで暮らしはじめて一年ほど経ったときに、彼女宛の《ハーブ・クオータリー》が間違えてうちのポストに入っていたからだった。

私は、つぎにリサが近くを通るのを待って手を振り、伸び放題になったサボテンのあいだを抜けて、たがいの敷地を隔てる倒れかけたフェンスのそばへ行く。「こんにちは。これ、よかったら使って」

リサは、ガーデニング用の手袋をはめた手で顔にかかった白髪まじりの髪を掻き上げながら、こっちへ歩いてくる。リサがそばへ来ると、フェンス越しに腕を伸ばして彼女のジーンズのポケットに折りたたんだ小切手を押し込む。「子どもたちになにか買ってあげて」

リサがジーンズのお尻で手袋についた土を拭うと、三日月形の茶色い跡がつく。「また？」

「仕事がうまくいってるから」

リサはうなずいて、ゆがんだ笑みを浮かべる。「まあ、ありがとう。助かるわ」となりのアンティークディーラーが定期的に千ドル単位の小切手をくれることをリサが不審に思っているのは間違いないが、それを口にしたことはない。たとえほんとうのことを知っていたとしても、私を責めはしないはずだ。リサは、アドボケイトを派遣して虐待やネグレクトを受けた子どもたちの思いを法廷で代弁するNPOを運営している。目いっぱい甘やかされて育った若者から盗んだお金が恵まれない子どもたちの役に立つのなら私もうれしいし、リサも内心では喜んでいるはずだ。

(もちろん、リサに小切手を渡すのは、チャリティーに寄付をして自ら慈善家を名乗った泥棒男爵のように私自身の良心を満足させるためでもあるが、それでみんなが幸せな気持ちになれるのなら、いいのでは？)

リサは、私の肩越しにわが家を眺める。「お母さんが朝早くにタクシーで出かけるのを見たけど」

「CTを撮りに、街へ行ったの」

リサが心配そうな顔をする。「具合が悪いの?」

「ううん、定期検診よ。主治医は大丈夫だと思っているみたいで。ここのところずっと、検査ではなにも問題がなかったから。たぶん……」〝覚解した〟と言いたいのに、それを口にするのは迷信を信じていると打ち明けるのと同じような気がして、やめる。

「よかったわね」リサはワークブーツの踵を前後に揺らす。「で、どうするの? お母さんのことがクリアになっても、ここにいるつもり?」

クリアという言葉が私の心を波立たせる。クリアとは〝透明〟という意味だが、〝青空〟、〝障害物がない〟、〝見通しがきく〟という意味もある。最近は、先のこともそれなりに考えるようになった。夜、ベッドでとなりに寝ているラクランの浅い寝息を聞きながら、さまざまな選択肢を検討していた。いったい、これからどうすればいいのだろう? いまの仕事は面白いし、いい稼ぎになるのは言うまでもなく、ひとりよがりな感動も味わえるが、永遠に続けるつもりはない。

「さあ」と答える。「ここは、やっぱり刺激が少なくて。だから、ニューヨークに戻ろうかと思ってるんだけど」嘘ではない。けれども、数カ月前に母にその話をすると——「ママがすっかり元気になったら東海岸に戻るわ」と言うと——母の顔に恐怖の色が浮かんで、私はしかたなく話の続きを呑み込んだ。

「仕切り直すいいチャンスかもね」リサは、目を覆う髪を払いのけて私を見つめる。私は思わず赤面する。

一台の車が通りの角を曲がり、でこぼこだらけのアスファルトの道をゆっくり走ってくる。ラクランのヴィンテージBMWだ。坂を上ってきたせいで、エンジンがガタガタウィンウィン鳴っている。

リサは眉を上げ、小指で小切手をジーンズのポケットの奥に押し込むと、肥料の袋を肩にかつぐ。「そのうち抹茶を飲みに来て」リサがそう言うなりラクランがドライブウェイに入ってきて、私のうしろに車を駐める。リサは裏庭へ姿を消す。

車のドアを閉めるバタンという音が聞こえると、すぐにラクランが私の腰に両手をまわして下半身を押しつけてくる。私は体を回転させてラクランのほうを向く。ラクランは私の額にキスをして、頬から首へと唇を這わせる。

「ご機嫌みたいね」

ラクランは一歩うしろに下がり、シャツのいちばん上のボタンをはずして額の汗を拭うと、片手をかざして陽射しを遮る。彼は夜行性の人間で、澄んだ水色の目も色白の肌も、ロサンゼルスの焼けつくような陽光より暗闇のほうが似合う。「いや、機嫌は悪い。エフラムが来なかったんだ」

「えっ？　どうして？」エフラムからは、アレクセイの家の家具の代金、四万七千ドルをまだ受け取っていない。リサに小切手を渡したのは気が早すぎたかもしれないと、後悔する。

ラクランが肩をすくめる。「知らないよ。やつが約束をすっぽかすのは今回がはじめてじゃないからな。なにかあって、連絡できなかったんだろう。メッセージを残しておいたよ。用事もたまってるし、おれは今日中に自分の家に帰るつもりだから、向こうにいるあいだにやつの店を覗いてみる」

「そうね」ラクランは、つぎの仕事のお膳立てが整うまで姿を消すつもりでいるのだ。いつ戻ってくるのかと訊いても無駄なのはわかっている。

ラクランのことで私が知っているのは、そう多くない。彼はアイルランドのカトリック教徒の家に生まれ、当然、きょうだいが大勢いたので、ひどく貧しい幼少期を過ごした。俳優になればみじめな生活から抜け出せると思い、ブロードウェイでの成功を夢見て二十歳のときにアメリカに来たらしい。でも、それは二十年前の話で、それから私たちが出会う三年前までのあいだになにがあったのかはよく知らない。私に話していないことはトレーラー一台分ほどあるはずだ。

ただ、ラクランが俳優として成功しなかったのは明らかだ。ニューヨークやシカゴの小さな劇場で端役をこなし、やがてロサンゼルスに流れてきて、ついに独立系映画に出演するチャンスを手にしたものの、アイルランド訛りが強すぎるという理由で撮影初日にクビになったのだ。ところが彼は、自分の演技力に有意義な使い途があることに気づいた。たとえ多少いかがわしくても、もっと金になる使い途があることに。かくして、彼は詐欺師になった。

第一印象はよくなかったが、私はそのうち彼が同類だということに気づいた。彼は、世の中の隅から内側を覗くとどんな思いがするか知っている。どうすればステーキを食べられるようになるのか考えながら夕食に缶詰の豆を食べている子どもの気持ちを知っている。芸術の世界で成功すれば——彼の場合は舞台で、私は美術だったのだが——みじめな生活から抜け出せると思っていたのに、高い壁に行く手をはばまれたのも同じだ。それに、彼は人が過去を隠そうとする理由を察する能力を持っている。

ラクランは頼りになるビジネスパートナーだが、いいボーイフレンドかどうかは、またべつの話だ。私たちは組んで仕事をして、仕事をしているあいだは一緒にいるが、仕事が終わると彼は姿を消して、どの番号に電話をかけても出ない。彼が単独でも仕事をしているのは知っているが、どんなことをしているのか教える気はないようだ。それでも、しばらく会わずにいて、たまたま夜中に目を覚ますと、彼がベッドに入ってきて私の脚を撫で上げていることがある。私は、拒むことなく彼のほうに向き直って脚を広げる。どこへ行っていたのか、訊きはしない。知りたくもない。彼が戻ってきてくれただけでうれしいからだ。それに、正直に言うと、彼を必要としているから訊けないのだ。

愛しているのだろうか？　愛しているとは言えないが、愛していないとも言えない。ただ、これだけは確かだ――彼の手が肌に触れると体がとろけてしまうことだけは。彼が部屋に入ってくると、たがいのあいだに電流が走るような気がする。過去を含めて、私のすべてを知っているのは彼しかいない。つまり、私は弱みを握られているわけで、それは耐えがたいことであるのと同時に、刺激的でもある。

愛にはさまざまな形があり、それぞれ個性がある。だから、こういう愛があってもいいのだ。当のふたりが納得してさえいれば、愛をどんな言葉で表現してもいい。ラクランは、知り合った数週間後に〝愛している〟と言った。私は〝頼りにしている〟と言った。

しかし、もしかすると彼は名優なのかもしれない。

「母をクリニックへ迎えに行ってくるわ」

頭上から降り注ぐ真昼の陽射しのなかにふたたび車を出して、カモの多くが住んでいる西へ向かう。母がCTを撮ってもらいに行ったウエストハリウッドのクリニックは、シダーズ・サイナイ医療センターにへばりつくようにして建っている。私は低層のビルの前へ車を寄せながら、入口の石段に腰を下ろして火のついていない煙草を手にした母をこっそり見る。母が着ているサンドレスは肩紐がずり落ちている。

速度を落とし、目を細めてフロントガラス越しに母を見ているうちに、その光景の構成要素がいくつか気になって、駐車場の入口を通りすぎてしまう。クリニックのなかで落ち合うことになっていたのに、母は建物の外にいる。煙草は三年前にやめたのに、手に煙草を持っている。真夏と比べると幾分やわらかになった十一月の陽の光を浴びてまばたきしている母は無表情で、遠くを見るような目つきをしている。

真ん前に車を停めて窓を開けると、母が顔を上げて弱々しい笑みを浮かべる。鮮やかすぎるピンクの口紅は、上唇の上にはみ出している。

「待った？」

「ううん」と、母が言う。「早くすんだの」

ダッシュボードの時計に目をやる。十二時に迎えにきてほしいと母が言ったのは間違いないが、まだ十一時五十三分だ。「どうして外にいるの？　なかで待ってるんだと思ってたのに」

母はため息をもらして立ち上がろうとする。石段に手をつくと、手首のしわが深くなって痛々しい。「なかにいるのはいやだったの。ひどく寒くて。外で陽を浴びたかったのよ。とにかく、もう終わったから」

母は自分で車のドアを開けて、ひび割れた革のシートにそっと腰を下ろす。煙草はすでに、腰に吊るしたバッグにこっそりしまい込んでいる。母は手で髪を掻き上げ、フロントガラス越しに前を見つめて「帰りましょう」と言う。

私は母が大好きで、子どものころは——いまから思えば信じられないことだが——母を崇めていた。母の髪はココナツのようなにおいがして、陽を浴びると金色に光っていた。母が湿り気のあるふっくらとした唇で私の頬にキスをすると、いつも口紅の跡がくっきり残った。抱きしめられると、母のふくよかな乳房のあいだに潜り込んで身を隠しているような安堵感が込み上げてきた。母はいつも大きな声でほがらかに笑っていた。夕食が冷凍のアメリカンドッグだけで私がむくれたときも、借金取りがうちの車を牽引していこうとして自分の大きな車のうしろに傷をつけたときも、滞納している家賃を払えと言って大家が部屋のドアを叩いているあいだ、ふたりでバスルームに隠れていたときも。

「笑いが止まらないの」母は、ひどく面白いことにでも出くわしたかのように、かぶりを振りながらそう言っていた。

なのに、最近はめったに笑わない。いろいろあったからだが、私はそれがいちばんつらい。医者に病名を告げられた日から、母は笑うのをやめた。本人はたんなる疲労だと言っていたが、そうではなかった。痩せたのも、食欲がないからではなかった。悪性リンパ腫を発症していたのだ。血液の癌で、治る病気だが、高額な治療費がかかるし、治療には副作用がともない、たちの悪いことに再発率も高い。

笑えるようなことではないのに、それでも母は笑おうとした。「大丈夫。なんとかなるわ。どんなことでも、なんとかなるものよ」母はあの日、医者が部屋を出ていくなり泣いている私の手を握りしめた。平静を装おうとしているようだったが、その言葉が本心でないのは私にもわかった。

母はつねに、つぎの駅を楽しみにしながら列車の旅を続けているような人生を送っていた。たまたま降りた駅が気に入らなければ、また列車に乗ってつぎの駅へ行くような人生を。あの日、母は診察室で自分が最悪の駅で降りてしまっただけでなく、そこが終着駅かもしれないことに気づいたのだ。

あれから三年近く経った。

いまの母はと言えば、抗癌剤の副作用で抜け落ちてしまったブロンドの髪はまた生えてきたものの、まだまばらで短くて、カールもきつく、色も暗い。胸もしぼんで、肋骨があらわになっている。やわらかかった手は静脈が浮き出て、それを目立たなくするために真っ赤なマニキュアを塗っているが、まったく効果がない。ふくよかで魅惑的だったかつての母とは別人のようにすっかりやつれて、見るからに具合が悪そうだ。母はいま四十八歳だが、十歳くらい老けて見える。

今日、母が少しばかりおめかしをしたのは——サンドレスを着て口紅を塗ったのは——いい徴候だ。でも、どこかおかしいと思っていると、たまたま、サンドレスのポケットに四つ折りにした紙が押し込んであるのに気づく。「待って。検査の結果は聞いたの？　医者はなんと言ったの？」

「べつに」と、母が答える。「なにも言わなかったわ」

「嘘」私は、助手席に手を伸ばして母のサンドレスのポケットに入っている紙を引っぱり出そうとする。

「ペディキュアをしに行かない？」母は、キャンディーを買ってくれとねだる子どものような甘えた声で言う。

「ねえ、検査の結果を教えてくれない？」ふたたび手を伸ばすと、今度は母も抵抗しない。サンドレスのポケットのなかの紙をつかみ、鼓動が速くなるのを感じながら、紙が破れないようにそっと引っぱる。結果はすでに察しがついている。母が諦めたような表情を浮かべているのを見れば明らかだ。母の目の下には、にじんだマスカラを拭いた跡が残っている。人生とはこんなものだ。とうとうエンドゾーンに達したと思って、ふと目を上げると、目の前の芝生を見つめてがむしゃらに走っているあいだにゴールポストが遠のいていたようなものだ。

CT検査の結果に――わけのわからない図表や医学用語だらけのむずかしい所見に――ざっと目を通しただけでも察しはつく。案の定、最後のページに恐れていたものがあらわれる。すでに何度も目にした腫瘍のおぞましい影が、母の体を輪切りにした画像に――母の脾臓や胃や背骨に――広がっている。

「再発したの」と、母が言う。「また」

私の胃のなかに、いつもの無力感が広がる。「まさか。嘘よ。嘘、嘘、嘘」

母は私の手から検査結果を奪い取り、折り目に沿ってきれいにたたむ。「こうなることは、おまえもわかっていたはずよ」と、静かに言う。

「再発するなんて、思ってなかったわ。抗癌剤は効くと医者が言うから、私たちも……ひどいわ。なぜ効かなかったのか……」私は途中で口をつぐむ。問題はそこではない。騙されたのだ。でも、医者は……あんまりだ。駄々をこねる子どものような心境におちいりながら、車のギアをパーキングに入れる。「先生に訊いてくるわ。なにかの間違いよ」

「やめて」と、母が言う。「お願い。ホーソーン先生と相談して、今後の治療方針を決めたの。免疫放射線療法を試してみたらどうかと、先生が言うから。ＦＤＡ（アメリカ食品医薬局）に承認されたばかりの薬もあって――たしか、アドベクトリクスとかいう名前の薬だったと思うけど――期待が持てるんですって。幹細胞移植よりいいそうよ。あたしには適してるんじゃないかって、先生が言ってて」母は小さな声で笑う。「それに、髪が抜けることもないらしいの。おまえも、ツルツルになったあたしの頭を見なくてすむわ」

「そんな」私も笑みを浮かべようとする。「ママのヘアスタイルなんて、気にしてないわよ」

母は、ビバリー大通りを通りすぎる車を思い詰めたような表情で見つめる。「ただ、その薬はべらぼうに高いの。あたしの保険ではカバーできないし」

そりゃ、そうだろう。「なんとかするわ」

母は、まつ毛がダマになってしまった目をしばたたかせながら横目で私を見る。「一クール分が一万五千ドルもするのよ。それを十六回続けなきゃいけないの」

「お金のことは心配せずに、ママはよくなることだけを考えていればいいのよ。あとは私にまかせて」

「ああ。言わなくてもわかってると思うけど、頼れるのは、おまえだけなの」母はまっすぐ私を見る。「ハニー、そんな深刻な顔をしないで。いろいろあったけど、なにより大事なのは、あたしにはおまえがいて、おまえにはあたしがいるってことよ。ほかには誰もいないんだから」

　私は、うなずきながら腕を伸ばして母の手を握る。そのときふと、つい最近終わったばかりの治療の請求書が私の机の上に置いたままになっているのを思い出す。エフラムから金が入れば支払うつもりだったのだが。再発は、これで三度目だ。最初の、ごく一般的な化学療法と（その一部は、母が加入している安い保険でもカバーできたからよかったもの）、つぎに思いきって挑んだ幹細胞移植は（それは保険の適用外だったのだが）、癌の進行を一年以上食い止めてくれた。このあいだ治療費のトータルを計算してみたら、百万ドルに近づきつつあるのがわかった。これからはじまる三度目の治療の費用を加えたら、優に百万ドルを超えてしまう。

　喚きたい気分だ。幹細胞移植の成功率は八十二パーセントだという話だったので、治ると思ったのに。当然、母はその八十二パーセントのなかに入ると。だから、信じられないほど高額な治療費がかかると知っても、迷わず同意した。治療のためならしかたがないと思って、私はこの数年間いろんなことをしてきた。

　でも、今度こそ完全に治るのだと自分に言い聞かせながらエンジンをかけて、車を通りに出す。母は、冷たい手で私の手をつかんでティッシュペーパーを握らせようとする。私は、そのときはじめて自分が泣いているのに気づく。でも、涙の理由はわからない。癌がまたひそかに母の体を蝕もうとしているのが悲しいのか、自分の未来にまた暗雲が垂れ込めようとしているのが悲しいのか、よくわからない。

検査の結果が岩のようにたがいのあいだを遮って、母も私も黙り込んだまま家に向かう。私はひとりで今後のことを考える。治療費も加えると、薬代の倍の五十万ドルを超えるはずの支払いも頭痛の種だ。あらたな標的はまだ確保していなかった。足を洗って、なにかべつのことをはじめたいなどと、のんきなことを考えていたからだ。とりあえず、SNSで見つけてお気に入りとして保存しておいた、ビバリーヒルズで豪遊している大富豪の息子や娘の顔を頭のなかでスクロールする。彼らがこれ見よがしに投稿しているインスタグラムの写真を思い出そうとする。すると、醜い火花が散って、昂った怒りが自己嫌悪を心の奥へ押し込める。また同じことの繰り返しだ。

家に着くと、驚いたことに、ラクランの車がまだドライブウェイに駐まっている。私が車を駐めると、カーテンが揺れて、窓の向こうにラクランの青ざめた顔がちらっと見えたが、すぐに消える。

明かりはついておらず、ブラインドも下ろしてあるので、家のなかは薄暗い。私が明かりをつけると、ラクランがドアの陰でまぶしそうにまばたきをしながらふたたび明かりを消して、私をなかへ引っぱり込む。

ラクランは、母がとまどったように玄関に突っ立っているのに気づいて、私の肩越しに母を見る。「やあ、リリー。検査の結果は？」

「あまりよくなかったの」と、母が答える。「でも、いまは話したくないわ。どうして電気を消してるの？」

ラクランは、不安げな表情を浮かべて私の顔を覗き込む。「ふたりだけで話をしたいんだ」彼は小さな声で言い、私の肘をつかんで居間の隅へ連れていく。「すまないな、リリー。ちょっとニーナを借りるよ」

母はうなずき、何事かと言いたげな目をして、わざとゆっくりキッチンへ向かう。「お昼ご飯をつくるわね」

母に聞かれるおそれがなくなると、ラクランは私を引き寄せて耳元でささやく。「警察が来たんだ」

私は思わずのけぞる。「えっ？　いつ？」

「一、二時間前だ。あんたがお袋さんを迎えに家を出たすぐあとに」

「用件は？　で、話をしたの？」

「してないよ。そこまでばかじゃないからな。バスルームに隠れて、連中が玄関のドアをノックしても出ていかなかった。けど、あいつらはあんたをさがしてたんだ。ここに住んでいるのかと、となりの住人に尋ねているのが聞こえたから」

「リサに？　彼女はなんと言ったの？」

「あんたの名前すら知らないと言ってたよ。機転の利くいい人だ」

私は、〝ありがとう、リサ〟と心のなかでつぶやく。「警察は私をさがしている理由をリサに話したの？」と訊くと、ラクランがかぶりを振る。「重大な用件で訪ねてきたのなら、わざわざドアをノックしたりしないわよね」わずかに声がうわずる。「そうでしょ？」

ふと目をやると、母がクラッカーをのせた皿を持って立っている。母は私からラクランに視線を移し、ふたたび私を見る。私は、声が大きすぎたことに気づく。

「なにをしたの？」と、母が訊く。

すぐには返事ができない。なんと言えばいいのだ？

この三年間、私は病気で仕事ができなくなった母を支えてきた。私は、こだわりの強い東海岸の若者に一九五〇年代の北欧やブラジルの家具を売るアンティークディーラーということになっていて、母にもそう話してある。わざわざ、すぐ近くのハイランドパークに二十平米足らずの店を構え、ショーウィンドウには埃をかぶったトールビョルン・アフダルの家具を数点並べて、〝完全予約制〟と書いた紙まで貼っている。そして、週に数回はそこへ行き、静かに小説を読んだりノートパソコンでインスタグラムをチェックしたりしている。（店は、私が不法な手法で手に入れた金の洗浄にも役立っている。）

つまり、ときどきキャビネットを売って手にする二十パーセントの手数料を上手に投資して六桁にまで増やし、母と私の生活費と母の治療費、それに、大学時代に借りた多額の学生ローンの返済をまかなっているふりをしているのだ。信じがたい話だが、あり得ないことではない。けれども、母は疑っているようだ。なんといっても、母も詐欺師なのだから。（いや、正確に言うなら、元詐欺師なのだから。）そもそも、ラクランに私を紹介したのは母だ。

母とラクランは、母がまだ元気だった四年前に高額ポーカールームで知り合った。「詐欺師はひと目で詐欺師を見抜くことができるんだ」と、ラクランが私に言ったことがある。ふたりはたがいの腕を認め合い、やがて友情も芽生えたが、母はラクランと組んで仕事をする機会がないまま病気になった。私は知らせを受けて看病のためにロサンゼルスに戻ってきたが、母はすでにベッドから出られない状態になっていて、ラクランが世話をしてくれていた。

少なくとも、ラクランは私にそう言った。母とはラクランの仕事の話をしたことがない。家族や挫折や死といった、口にしてはいけないほかの話題と同様に封印していた。

母は、ラクランが私を詐欺師に仕立てあげたのかどうか――夜、ふたりで出かけるのは、ほんとうにクラブへ行っているだけなのかどうか――知りたかったはずだが、たがいにごまかしたり気づいていないふりをしたりして、その話題は巧みに避けている。たとえ母の疑念が確信に変わったとしても、それを認めるわけにはいかない。がっかりする母を見たくないからだ。

しかし、母をうまく騙せたと思っていたのは浅はかだったような気がする。母の表情を見れば、警察が来た理由を察しているのは明らかだ。

「なにもしてないわ」と、私はあわてて返事をする。「心配しないで。きっと、なにかの間違いよ」

とは言っても、母が私の左右の目を交互に見つめているのは、心配している証拠だ。私の肩越しにちらっとラクランの顔を見てなにかを読み取ったのか、急に母の表情が変わる。

「逃げなさい」母は迷いのない口調で言う。「さあ、早く。さっさと街を出たほうがいいわ。連中が戻ってくる前に」

私は声をあげて笑う。逃げる？　笑いたくなるのも当然だ。

私が子どものころの母の唯一の特技は逃げることだった。はじめて逃げたのは、母がショットガンを突きつけて父をアパートから追い出した夜で、当時、私は七歳だった。以来、私が高校を卒業するまでに二十五回近く逃げている。逃げたのは、家賃が払えなくなったり、嫉妬深い人妻が家に押しかけてきたり、カジノに手入れが入って事情聴取のために母が連行されたりしたからだ。母は、逃げなければ逮捕されると思ったのだろう。ツキに見放されたとか、たんにその土地に飽きたというだけの理由で逃げたこともある。私たちは、マイアミ、アトランティックシティー、サンフランシスコ、ラスベガス、ダラス、ニューオーリンズ、タホ湖と、各地を転々とした。もうどこへも行かないと母が誓ったあとも逃げた。

「私はママと一緒にここにいるわ。ばかなことを言わないで。ママは癌なんだから。私の助けが必要なはずよ」

母が涙を流して態度をやわらげるのを期待するが、そうはならず、母の顔はこわばって、揺るぎのない冷ややかな表情が浮かぶ。「だめよ、ニーナ」と、母は静かに言う。「刑務所に入れられたら、なんの助けにもならないじゃないの」

母の顔には、私が母の期待を裏切ったためにたがいにその報いを受けなければならなくなったことに対する諦めが——諦めだけでなく怒りも——あらわれているような気がする。

私は、ロサンゼルスに戻って以来はじめて、こんな自分になってしまったことに激しい恐怖を覚える。

4

そう、私は詐欺師だ。〝リンゴが木から遠いところに落ちることはない〟（子は親に似るという英語のことわざ）と言うように、私の先祖には強請り屋やたかり屋、こそ泥、それに完全な犯罪者が何人もいる。ただし、私はそんな人間になるために生まれてきたわけではない。私には未来があった。少なくとも、母は私が布団のなかに懐中電灯を入れて夜遅くまで『高慢と偏見』を読んでいるのを見つけるたびに、そう言っていた。「おまえには未来があるんだから。そんなの、うちの家系じゃはじめてよ」へこんだソファに座ってダーティー・マティーニを飲んでいる男に、母に言われるまま桁数の多い割り算を暗算で解いて答えを教えると、母はきまって「うちの娘は頭がいいでしょ？　この子には未来があるの」と言っていた。大学へ行かせてほしいと頼んだときも、うちにそんなお金がないのはわかっていたが、「お金のことは心配しなくていいわ。おまえの未来がかかってるんだから」と母は言った。

それからしばらくは、母の言葉を疑いすらしなかった。私は、努力はかならず報われるというプロテスタントの倫理観を、アメリカの神話を信じていた。当時はまだ、誰もが同じ条件で戦いに挑むのだと思っていた。ところが、そのうちそうではないことに気がついた。なんの特権も持たずに生まれてきた世の中の大半の人間の戦いの場は険しい坂道で、しかも、みんな足首に石をくくりつけられて坂の下に立っているのだということに。

それでも母の話には説得力があった。それは母の偉大な才能で、詐欺の際にも役立った。母は、春の湖のように澄んだ大きな目で男を見つめて、でたらめな話を信じ込ませていた。もうすぐ小切手が届くはずだとか、ハンドバッグのなかのネックレスは、たまたまなにかの間違いでまぎれ込んだものだとか、世界中の誰よりも深くあなたを愛しているといった話を。

母がほんとうに愛していたのは私だけで、それは私もわかっていた。私たちは、ふたりで世の中に立ち向かっていたのだ。母が父を追い出して以来、ずっとそうだった。だから、母が私に嘘をつくことなどないと、それに、私が母のようになることもないと信じていた。

たぶん、母は私に嘘をついていたのではないと思う。少なくとも、意図的には。母が嘘をついていたのは私にではなく、自分自身に対してだった。

たとえ詐欺師だったにせよ、母は世の中を悲観的にとらえていたわけではない。人生はチャンスに満ちていると、母は本気でそう思っていた。だから私も、はがれた底を粘着テープでくっつけた靴をはいていても、夕食が三週連続でベイクトポテトでも、いずれチャンスが訪れると信じて疑わなかった。そして、ついにチャンスが訪れると――母がカードテーブルで大儲けしたか大金持ちを引っ掛けるかしたのだろうが――ちょっとした贅沢を楽しんだ。一緒にホテルのレストランで食事をし、母はドライブウェイに真っ赤なコンヴァーティブルを駐めて、リボンをかけたバービーのドリームハウスをプレゼントしてくれた。借金取りにコンヴァーティブルを持っていかれないように通りの先まで見張ったり、ぜんぶ使いきらないで一部を残しておくなどという警戒を怠ったのが悪いと、誰が母を責めることができるだろう？　母は、生きてさえいればなんとかなると信じていたのだ。実際、そうだった。とつぜん人生に見放されるまでは。

母はそこそこきれいだったが、美人というわけではなかった。しかし、美人より危険だった。子どものようなピンク色の肌と大きな青い目をして、ブロンドの髪をヘアカラーでさらに明るくしていた母には、素朴な色気があった。胸も豊かで、彼女はそれを上手に揺らすテクニックを身につけていた。（ラスベガスに住んでいたときに、中学生の男子が母のことを〝乳牛〟と呼んでいるのをたまたま耳にしたことがあったが、一発殴ったら、二度と言わなくなった。）

母の本名はリラ・ルッソだが、普段はリリー・ロスと名乗っていた。イタリア系で、一族はマフィアとつながりを持っていたらしい。母がそう言ったのだが、ほんとうのところはわからない。私は祖父母に会ったことがない。母は、未婚のままコロンビア人のポーカープレイヤーとのあいだに子どもを（私を）をもうけたせいで、勘当されたのだ。（結婚せずに子どもをもうけたことと相手の国籍と、どちらが許せなかったのかはわからないのだが。）祖父はボルティモアのマフィアのメンバーで、人を六人殺していると母から聞いたことがある。祖父母も私たちに会いたいとは思っていなかったのかもしれないが、母にも家族との関係を修復しようなどという気はまったくなさそうだった。

生まれて数年間の私の暮らしは父に振りまわされていた。母と私は、父の仕事の都合で渡り鳥のように各地を転々とし、ひとところにとどまってゆっくり羽を休めたくても、季節が変わると、あるいは父の運が尽きるとべつの土地へ移った。記憶をたどって、もっとも鮮明に思い出すのは、レモンに似たアフターシェーブローションのにおいと、私を抱き上げて髪の毛が天井をかすめるほど高く放り上げて、私が怖くて悲鳴をあげたり母がやめてと叫ぶのを見ながら笑っていた父の姿だ。父は、詐欺師と呼ぶまでもない、ただのごろつきだった。

当時、母はパートで働いていて――たいていはウェイトレスをしていたのだが――母にとっていちばん大事な仕事は父から私を守ることだった。父が酔っぱらって帰ってきたときは私を子ども部屋に避難させて、私が殴られずにすむように自分が殴られていた。あれは七歳のときだったが、ある晩、たまたま母が私を避難させることができずにいると、父は私を思いきり壁に投げつけて、一瞬、私は意識を失った。意識が戻ると、母は顔から血を流しながら父の股間にショットガンの銃口を突きつけていた。いつもはおだやかでやさしい母の声も、そのときばかりは鋭くて、凄みが利いていた。「またこの子に手を触れたら、タマをぶち抜くからね。さあ、とっととここから出てって、二度と戻ってこないで」

父は、脚のあいだに尻尾をはさんだ犬のように怯えて、すごすごと出ていった。母は夜が明ける前に荷物をまとめて車に積み込んだ。ニューオーリンズをあとにすると——最終目的地は、コネの利く友だちのいるフロリダだったのだが——母は助手席に座っている私を見て手を握った。「ふたりだけになっちゃったね」と、母はくぐもった声で言った。「でも、もう誰にもおまえに暴力をふるうようなことはさせないから。約束する」

母は約束を守った。私がアパートのとなりの棟に住む少年に自転車を盗まれたときは、母が中庭へ降りていき、その少年を壁に押しつけて私の自転車を隠した場所を泣きながら白状させた。同じクラスの女の子たちにデブとからかわれたときは、その子たちの家に行って呼び鈴を鳴らし、出てきた両親に罵声を浴びせた。私が落第点を取ったときは、学校の駐車場で教師を待ち伏せた。

そして、なんとか問題を解決しようとしても解決できないときは、それまでと同様に究極の方法を選択した。「しかたないわ。よその土地へ行って、また一からやり直しましょう」と、私に言って。

父を追い出したことで、私たちは予期せぬ事態におちいった。ウェイトレスのパートでは生活できなくなったのだ。そこで、母はウェイトレス以外に心得のある唯一の仕事に手を染めた。つまり、犯罪に。

騙し取るのはわずかな金額だった。母は男を誘惑してクレジットカードや預金通帳を手に入れたり、当座の家賃を払わせたりしていた。狙うのは結婚している男だ。結婚している男なら、カードが不正利用されて預金口座からとつぜん五千ドルが消えても、妻に知られるのを恐れて被害届は出さない。それに、金や地位のある男はプライドが高いので、女に騙されたことを認めようとしない。おそらく復讐だったのだと思う。これまで母を蔑んできた男たちに対する——高校生の母に性的な暴行を加えた英語教師や彼女を勘当した父親や、目のまわりに痣ができるほど激しく殴った夫に対する——復讐だったのだと。

あらたなカモをさがさなければならないときはカジノへ行って、カードテーブルのまわりをうろうろしながらチャンスが訪れるのを待った。私にいちばん上等な服を着せて——

ディスカウントストアの〈ロス・ドレス・フォー・レス〉で買った青いベルベットやピンクのタフタやチクチクする黄色いレースの服を着せて――きらびやかな職場へ連れていくこともあった。私は分厚い本と十ドル札一枚とともにカジノの高級レストランに置き去りにされたが、母がゲームフロアでカモをさがしているあいだ、ウェイトレスがミックスナッツやオレンジソーダをご馳走してくれた。客が少ない晩は私をゲームフロアに連れていって、男性のジャケットのポケットから札束を抜き取ったり、椅子の背もたれに掛けてある女性のバッグから財布を盗む方法を実演して見せた。経験にもとづく、ちょっとしたアドバイスも授けてくれた。ファスナーの開いたバッグより膨らんだポケットを狙ったほうが実入りがいいとか、女性はかさばる現金を持ち歩くのを嫌うが、男性は自尊心を満たすために財布を膨らませているとか、衝動的に動いてはいけない、慎重にチャンスをうかがって、三歩先のことまで考えて行動しろというようなアドバイスを。

「たいした額じゃないね」母は、マネークリップにはさまれたお札の枚数をカジノのトイレで数えながら小声でつぶやいた。「けど、これで今月分の車のローンは払えるかも。悪くないと思わない？」

子どものころは、なんの疑問も抱いていなかった。それが母の仕事だと思っていた。友だちの親が他人の家の掃除をしたり患者の歯垢を削ったり、オフィスに座ってコンピュータのキーボードを叩いたりしているのと同じように、カジノに通って知らない人からお金を盗むのが母の仕事だと思っていた。それに、母のしていることはカジノのオーナーのしていることと変わりがなかった。とにかく、母はそう言った。「世の中の人間は二種類に分類できるの。ものが与えられるのを待つ人間と、ほしいものは自分で手に入れようとする人間に」母に抱き寄せられると、つけまつ毛が私の額をくすぐった。母の肌は蜂蜜のようなにおいがした。「あたしは、ただじっと待つようなばかなことはしないわ」

　母は私のすべてで、母の胸は唯一やすらげる場所だった。仲よくなった女の子たちとは転校と同時に縁が切れ、絵葉書を一枚送ってきた文通相手ぐらいしか友だちのいなかった私にとって、なにもかもが変わり続けるこの世の中で、母だけが心の拠り所だった。けっして恵まれた子ども時代ではなかったが、それが母のせいだとは思っていない。しょっちゅう引っ越していたのは、母がいい母親になろうと努力しなかったからではなく、努力しすぎたからだ。母はいつも、つぎの土地では自分も私もかならず幸せになると信じていた。だから自分の親に頼ることはなかったし、私の父親とも連絡を取っていなかった。母はひとりで私を守ってくれていた。

　思春期に入ると、私はクラスメイトと距離を置くようになった。授業中はいつも教室のいちばんうしろに座り、教科書のあいだにはさんだ小説を読んでいた。太っていたし、髪に虹色のメッシュを入れて過激なパンクファッションで通学していたので、自らクラスメイトを遠ざけていたも同然で、そのせいで、友だちに嫌われて落ち込むといったつらい経験をせずにすんだ。成績は中ぐらいで、退学を迫られるほど悪くもなければ、注目されるほどよくもなかった。ところが、ラスベガスにある、コンクリートの壁にひびが入ったマンモス高校の一年生のときにひとりの英語教師が私の〝隠れた才能〟に気づいて、母を学校に呼び出した。私は、いきなりわけのわからないテストを受けに行かされた。母はテストの結果を見せてくれなかったが、意を決したように口を引き結んでアパートのなかを歩きまわっていた。キッチンのカウンターの上にはパンフレットが山積みになり、母は得意満面の笑みを浮かべて分厚い封筒に切手を貼った。また、なにか企んでいたのだ。

一年生も終わりに近づいたある春の日の夜に私がもう電気を消して寝ようと思っていると、母がそっと部屋に入ってきた。カクテルドレス姿の母はベッドの端に腰掛けて、私が読んでいた本を取り上げると、いつものやわらかいハスキーな声で言った。「ニーナ。そろそろ、おまえの将来のことを真剣に考えたほうがいいと思うんだけど」

「宇宙飛行士になりたいとかバレリーナになりたいとかって話?」私は笑いながら言って、本を取り返そうとした。

母は本を遠ざけた。「真剣な話をしてるのよ。あたしのようにはなってほしくないの。

わかるでしょ？　なにもせずにせっかくのチャンスを逃してしまったら、おまえもあたしのようになるのは間違いないんだから」

「ママのようになって、なにが悪いの？」そう訊き返しながらも、母の言いたいことはわかっていた。夜の仕事をして昼間はずっと寝ているのがいい母親だとは思っていなかった。いい母親は、近所の家の郵便受けを覗いてクレジットカードや新しい小切手帳が送られてきていないかさがしたり、警察に疑いをかけられて夜逃げ同然に街を出ていったりしない。私は母を愛していたし、母のしてきたこともすべて許していたが、ゴキブリだらけの賃貸アパートの硬いベッドに座って母と話をしているうちに、やはり母のようにはなりたくないと、はっきり気づいた。もうこんな暮らしを続けるのはいやだと。学校の廊下を母と一緒に歩いているときも――肌に張りつくような母のドレスや踵の細いハイヒールや、ブリーチしているのがまるわかりの白っぽいブロンドの髪や真っ赤な唇を教師が見つめているのに気づいたときも――母のようにはなりたくないと、漠然と感じてはいた。

でも、いったいどんなふうになりたかったのだろう？

母は、私から取り上げた本のタイトルを怪訝そうに見つめた。私は、テストを受けてからほどなくして英語の教師にもらった『大いなる遺産』を読んでいた。「このあいだのテストで、おまえの知能指数がきわめて高いことがわかったの。おまえなら、好きな仕事ができるわ。詐欺師なんかじゃない、もっといい仕事が」

「じゃあ、バレリーナにもなれる?」

母は呆れたような目つきで私を見た。「あたしはチャンスがなかったけど、おまえにはあるんだから、ばかなことを言ってないで、しっかりつかみ取らないと。だから、引っ越すの。もう勘弁してと言いたいのはわかるけど、シエラネバダ山中のタホ湖の近くにレベルの高い高校があって、学費を免除してくれるんですって。だから、引っ越しておまえは勉強に集中し、あたしは向こうで仕事をさがすことにするわ」

「ちゃんとした仕事を?」

母がうなずいた。「ああ、ちゃんとした仕事を。向こうにあるカジノがホステスとして雇ってくれることになったの」

それを聞いたときは、飛び上がりたいような思いを抱いたものの――これで、私たちもようやく普通の暮らしができるようになるのだと思ったものの――何度も失望を味わったせいですっかり皮肉屋になっていた十五歳の私は母の言葉を額面どおりに受け取ることができなかった。「まさか、このあいだ一回テストを受けただけでハーバードに行けると思ってるんじゃないわよね? あるいは、アメリカ初の女性大統領になれるとか? それは無理よ」

母はベッドに座り直すと、青い目を銀貨のように大きく見開いて月夜のように静かに私を見つめた。「なにを言ってるの。無理なことなんてないわ」

わざわざ言う必要はないが、私はアメリカ初の女性大統領にはならなかった。宇宙飛行士にもならなかったし、バレリーナにもならなかった。それでも大学へは行って（結局、ハーバードではなく、そのつぎのレベルの大学でもなかったのだが）、リベラルアーツの学士号を取得した。そして、六桁の学生ローンと、なんの役にも立たない卒業証書を手に大学をあとにした。ただし、頭がよくてそれなりに努力をすれば、あらたな道が拓けるというのはわかった。

だから、私が詐欺師になったところで、それほど驚くことではない。

5

「お袋さんの言うとおりだ。逃げたほうがいい。今日中に」その日の夕方、ラクランと私はハリウッドにあるさえないスポーツバーの片隅の暗がりで、人に聞かれるのを恐れて小声で話をする。しかし、客はフットボールチームのジャージーを着た男たちのグループだけで、かなり酔っぱらっているので、私たちのことなど気にしていない。店内にずらりと並んだテレビからは試合の実況中継が流れてくる。「状況がわかるまで、しばらく街を離れよう」

「でも、なんでもないかもしれないわ」と、私が反論する。「もしかすると、私たちとは関係のないことなのかも。警察が来たのは、たぶん……よくわからないけど、巡回連絡かなにかだったのかも。近所で犯罪が多発しているから気をつけてくださいというような」

ラクランが笑い、「犯罪を多発させてるのはおれたちだよ」と言って両手を揉む。「じつは、警察が来てから何本か電話をかけたんだ。エフラムは姿を消したみたいだ。先週以来、誰もやつに会っていないし、本人もいまだに電話に出ないし。逮捕されたという噂もある。だから――」

「エフラムには四万七千ドルの貸しがあるのよ。それに、輸送を頼んだ品物が数点、まだ倉庫に残ってるし。ジオ・ポンティのアームチェアも――彼は、少なくとも一脚一万五千ドルで売れると言ったのよ」

ラクランが乾燥した唇を舌の先で舐める。「そんなことはどうでもいい。あんたの家に警察が来たんだぞ。もしかするとエフラムは司法取引に応じておれたちを売ったのかもしれないし、あんたの名前がやつの連絡先のファイルに載ってたので、警察が探りを入れているのかもしれない。けど、いずれにせよ、ほとぼりが冷めるまでしばらく街を離れたほうがいい。おれたちの逮捕状が出たってことになれば本気で逃げなきゃいけないが、少なくとも機先を制することはできる」

「逃げなきゃいけないの？」頭が混乱する。「でも、無理よ。母の面倒を見なきゃいけないから」

「いや、その点に関しても、あんたのお袋さんの言ったことは正しい。刑務所にぶち込まれたらお袋さんの面倒を見ることなんてできないんだから」ラクランは一本ずつ指の関節を押さえて、ポキッポキッと不気味な音を鳴らす。「ひと休みして、どこかほかの土地で仕事をしよう。どう考えたってロサンゼルスは暑すぎて、ここではしばらく仕事ができないんだから。少なくとも二、三カ月はここを離れてあらたな猟場をさがすというのも悪くない」

「二、三カ月？」私は、またもや母の体のなかにはびこりだした癌のことを考える。静脈に点滴の針を刺し、規則正しい機械の音を聞きながらひとりで病院のベッドに横たわる母の姿を思い浮かべる。こんなことになるとは思っていなかったと嘆きたいが、それは違う。こうなる危険があるのはわかっていたが、ラクランの腕を信じていたので、けっして捕まることはないと思っていたのだ。おたがいに用心はしていた。もっと盗んでも大丈夫だとわかっていても、欲は出さなかった。例のルールを守っていれば、こんなことにはならないはずだった。

ラクランが冷ややかに私を見る。「あるいは、べつべつに行動するという手もある。好きなようにすればいい。とにかく、おれは街を離れる」

ラクランのドライな考えにショックを受ける。私は、都合が悪くなれば簡単に手を切る、ただの取引相手なのか？　飲み物も喉を通らなくなる。「私は……」それ以上、先が続かない。いったい、どんなふうに考えていたのだろう？　ラクランとはこの先もずっと一緒にいると思っていたのだろうか？　結婚して、郊外に家を買って、ひとりかふたり、子どももつくるつもりだったのか？　いや、それはない。それなら、なぜこんなに傷ついているのだろう？　おそらく、ほかには誰もいないからだ。

「どうしたんだ？　そんな目で見るなよ」ラクランは、テーブル越しに手を伸ばして私の手に指をからませる。「心配しなくても大丈夫だ。一緒に行こう。なんとかなるから。あんたがときどきお袋さんの様子を見に戻ってこられるところへ行こう。カリフォルニアの北部とかネバダとか、車で行き来できるところがいい。ただし、幹線道路から少し離れたところのほうが見つかりにくいかもな。リゾート地もいいかもしれない。モントレーとかナパとか」ラクランが私の手を握りしめる。「そうだな——タホ湖はどうだ？　シリコンバレーの金持ちはみんなタホ湖で週末を過ごすんだろ？　あのへんの連中のことは調べてないのか？」

私は、街を離れた場合のことを考える。母があらたな治療の副作用で体調を崩したら在宅看護を手配して、病院への送り迎えをしてくれる人をさがさなければならない。つぎからつぎへと送られてくる請求書も、封を開けて支払いの手続きを取らなければならない。もちろん、支払うだけのお金があればの話だが。母の命は危険にさらされている。それに、預金残高がゼロのままでは免疫放射線療法も試せない。選択の余地はない。

手っ取り早くて、しかも実入りのいい仕事が必要だ。ラクランが口にしたひとことに頭が反応する。〝タホ湖〟というひとことに。
カウンターのあたりが騒々しいので、ふと目をやると、フットボールファンのひとりが床に吐いているのが見える。その男の仲間たちは愉快げに笑っている。腕にタトゥーを入れたブロンドの女性バーテンダーが私の視線に気づく。彼女が殺気立った表情を浮かべているのは、床を掃除しなければならないからだ。男の後始末をさせられるのは、いつも女だ。

ようやくラクランに視線を戻す。
「いるわ。ヴァネッサ・リーブリングって名前は聞いたことがない？」

ヴァネッサ・リーブリングの動きは十二年前から追っていた。もっとも、彼女がSNS上に登場したのは四年前だ。彼女は、西海岸で不動産業からカジノ経営まで手広く事業を展開していた資産家一族の娘だが、家業は継がずにファッション関係のインスタグラム・インフルエンサーになった。つまり、高価な服を着て――それをつくった女性たちの年収より高い服を着て――世界中で写真を撮るのが彼女の仕事だ。バーレーンでバルマンの、プラハでプラダの、コペンハーゲンでセリーヌの服を着て撮った写真を投稿するだけで五十万人のフォロワーを獲得している。ちなみに、インスタグラムのアカウント名はV－L ｉｆｅだ。

彼女のフィードを見ると──私がしたように、念入りに見ると──最初のころに投稿したのは、金持ちの若い女性のありきたりな写真だとわかる。ヴァレンティノの新作バッグのゴージャスな（ただし、いささかピントのぼやけた）写真や、ミスター・バグルズという名前のマルプーを抱いた自撮り写真。彼女が住んでいるトライベッカのロフトの窓から撮ったニューヨークのスカイラインの写真も何枚かあった。そういった写真の投稿を五十回ほど続けているうちに、インスタグラムで有名になれば仕事につながることに気づいたようで、それ以降は写真の質が劇的に向上している。自撮り写真はとつぜんなくなって、誰かに撮ってもらった写真ばかりになった。アシスタントを雇って、新しい服を着たりマキアートを飲んだりするたびに写真を撮らせていたのだろう。手にいっぱい風船を持ってミスター・バグルズと一緒にソーホーを散歩している写真や、会場は暗いのに、サングラスをかけてシャネルのファッションショーを最前列で見ている写真。ハノイで真っ赤なシルクのドレスを着て屋台のチマキ売りと一緒に撮った写真。その写真には、〝ベトナムのファッションはとってもカラフルで個性的（ドレスは#グッチ、サンダルは#ヴァレンティノ）〟というキャプションがついている。

そういったエキゾチックな土地へ行くときは、彼女と同様に高価な服に身を包んだ女性と一緒だ。仲のいいインフルエンサーたちで、ヴァネッサは彼女たちのことを〝#スタイル隊〟と呼んでいる。そのようなインフルエンサーは何百人、いや、何千人といる。そのなかでヴァネッサのアカウントがもっともすぐれているわけでもなければ、もっとも華やかなわけでもないが、明らかにフォロワー数は多い。それに、企業とタイアップしてジュエリーやボトル入りの野菜ジュースを紹介する投稿を載せれば、収入も増える。

自分がどれほど愛されているかフォロワーにアピールするためか、ハンサムなボーイフレンドと抱き合ってキスをしている写真も投稿していて、犬にまでハッシュタグをつけている。そんなことを続けているうちにヴァネッサはどんどん痩せて、陽焼けが進み、ブロンドの髪は光り輝くようになる。そしてついに、薬指にダイヤモンドの指輪をはめた左手をはにかんだ笑顔の前にかざしている写真が、〝みなさんにお知らせがあります〟というキャプション付きで投稿される。高級ブライダルサロンの写真も何枚かあって、アレンジフラワーの上から顔をのぞかせている写真には、〝ブーケは芍薬（ピオニー）がいいかしら〟というキャプションがついている。

ところが、今年の二月になるとがらりと雰囲気が変わり、病院のベッドの端に置かれた、年老いた男性の染みだらけの手を大写しにした写真が投稿される。その写真には、〝可哀想なパパ。やすらかに〟というキャプションがついていて、それから数週間は投稿がなく、

〝ごめんなさい。しばらく家族とともに過ごして、近いうちに再開します〟というメッセージだけがストーリーにアップされる。再開後に投稿された写真ではつねに喪服を着ていて、〝不可能なことなどないわ——不可能(Impossible)という言葉自体、私ならできる(I'm possible)と言っているのだから〟、〝あなたが打ち勝たないといけないのは昨日のあなただけよ〟、〝幸せとは、すでにどこかにあるものではなく自分の行動から生まれるものです〟などという、人を前向きな気持ちにさせる有名な言葉が添えられている。

そして、彼女の左手の薬指からは指輪が消えている。

その後、家具をすべて運び出して床にダンボール箱を積み上げたマンハッタンのロフトの写真が投稿される。〝みなさん。あらたな一歩を踏み出す時が来ました。タホ湖のほとりにあるわが家の古い屋敷に戻ります。大自然のなかでのんびり過ごしながら屋敷のリフォームをするつもりです！　私のあらたな冒険に乞うご期待を！〟

私は、そんなふうに数年前からヴァネッサの暮らしぶりをこっそり覗き見していた。いまいましい思いはしたが、甘やかされて育った金持ちの娘なのだからと自分をなだめた。取り立てて頭がいいわけでもなく、注目を集めることしか能がないのに、コネを駆使してつねに実力以上のものを手にしているだけだと。彼女は自分を大きく見せるのが上手なだけで、中身はない。生まれながらにしてさまざまな特権を手にしているという自覚もなく、呆れるほど世間知らずだ。しかも、そのような特権を持たない人間を引き立て役として利用して、自分は人気者だというまやかしの優越感に浸っている。インスタグラムに自らを鼓舞するような言葉を載せているのは、人生につまずいて、あらたな生きがいを見つけようと躍起になっていたからに違いない。

ただし、ヴァネッサに強い関心を持つようになったのは、タホ湖へ引っ越すと知ってからだった。引っ越してすでに半年経つが、私はその間ずっとヴァネッサを注意深く観察していた。彼女のインスタグラムからは、プロに撮ってもらったようなきらびやかな写真が消えて、また自撮りが増えた。着飾った写真も消えて、美しい松林に囲まれた、山のなかの透き通った湖の写真ばかりになった。写真に目を凝らして、あの屋敷が――十代のころから幾度となく夢にまで出てきた屋敷が――写っていないかどうかさがした。

あのストーンヘイヴンをさがした。

そして、二、三ヵ月前にとうとう見つけた。ヴァネッサが、彼女と同じように肌をいかにも健康そうな小麦色に焼いたカップルとハイキングに行ったときの写真を投稿したのだ。三人が湖を見下ろす山の頂上で笑いながら肩を組んでいる写真で、〝新しい友だちをタホ湖のお気に入りスポットへ案内しました！〟というキャプションと、〝#ハイキング #アスレジャー #絶景〟というハッシュタグがついている。友人のアカウントもタグ付けしてあったので、そのうちのひとつをクリックすると、アメリカ旅行の様子を記録した若いフランス人女性のインスタグラムに行きついた。その女性は写真を三枚投稿していて、そのうちの一枚は、シダが生い茂る見慣れたコテージのポーチに座っているカップルの写真だった。ふたりの背後のドアは開いていて、ほの暗い居間が見える。居間に置いてある古風な浮織模様の布地を張ったカウチを目にしたとたん、動悸が激しくなった。写真には、〝〈ジェットセット〉（セット ジェットセット）は最高。（エテ メルベユー。）このコテージの持ち主のヴァネッサもとてもいい人でした〟（ヌ ザボン ザドレ ノートレ テス、ヴァネッサ）というキャプションがついている。

高校で習ったフランス語はもう忘れたが、おおよその意味はわかった。ヴァネッサはコテージのレンタルをはじめたのだ。

私は一時間足らずで荷物をまとめる。街を離れることにしたと——ちょくちょく電話をするし、なるべく早く様子を見に来ると——告げると、母がさかんにまばたきをするので、泣きだすのではないかと不安になる。けれども、母は泣かない。「それがいい」と、母が言う。「賢明な判断よ」と。

「去年頼んだヘルパーに連絡するわ。放射線治療がはじまったら、毎日ママの様子を見に来るように頼んでおくから。掃除や買い出しもしてもらえるし。わかった？」

「なにを言ってるのよ、ニーナ。自分のことは自分でできるわ。体が不自由なわけじゃないんだし」

〝いまのところはね〟と、心のなかでつぶやく。「それから、請求書だけど――支払いの手続きは自分でしてね。私の口座から支払えるようになってるから、お金が入りしだい入金しておくわ」入金できないと母がどうなるかは考えたくない。

「心配しなくてもいいわ。わかってるから」

私は母の額にキスをして、母の視界の外に出るまで涙をこらえる。

ラクランと私はサンタバーバラへ行って、安いホテルにチェックインする。コンクリート造りの殺風景なホテルで、海からかなり離れているので波の音は聞こえず、プールのタイルには灰色の汚れがこびりつき、底には腐った木の葉が積もっている。部屋のシャワールームはユニットタイプで、ぽたぽたと水が漏れ、小さなボトルに入ったボディソープやシャンプーはなく、〝全身用ソープ〟の大きなボトルが一本置いてあるだけだ。

私たちは一緒にベッドに寝そべって、使い捨てのカップでワインを飲む。ノートパソコンのブラウザーで〈ジェットセット・コム〉を開き、検索ボックスに〝タホ湖〟と打ち込んで表示されたリストをスクロールしていると、ある物件が目に飛び込んでくる。画面の向きを変えてラクランに見せる。「これよ」

「これか？」ラクランが疑わしげな表情を浮かべているのも無理はない。物件に添えられた写真に写っているのは松林のなかにたたずむこけら葺きの小さなコテージで、板壁には薄緑色のペンキが塗ってある。湖のほとりに建つほかの物件と比べると地味で、うっかりしていると見過ごしてしまいそうだ。ヘンゼルとグレーテルが住んでいたような、どことなく不気味な感じのする建物で、窓は薄い板で覆われ、窓の外に飾ってある鉢にはシダが生い茂って、家の土台には苔が生えている。リストには、〝こぢんまりとした屋敷守りのコテージ。レイクフロント　2ベッドルーム、短期・長期レンタル可〟と書いてある。

「クリックして」と、ラクランに言う。ラクランは眉を上げて私を見るが、ノートパソコンを手に取って言われたとおりにする。

その物件には写真が六枚添えられている。一枚目は居間の写真で、部屋自体は狭いが、石造りの暖炉と色褪せた布地を張ったカウチと、壁を埋めつくす絵画と部屋の隅に並ぶ骨董品が部屋に重厚な感じを与えている。家具はどれも、よそで不要になったものを持ち込んだのではないかと思いたくなるほどちぐはぐで、しかも、このコテージには大きすぎる。

二枚目の写真には、オキーフ＆メリット社の古めかしいエナメル製のコンビネーション・

ガスコンロと、ステンシル画を描いた木製のキャビネットが写っている。美しい湖の写真と小さなバスルームの写真や、ヘッドボードとフットボードが外側に湾曲したベッドがふたつ天蓋の下に並んだ寝室の写真もある。

ラクランは目を細めて写真を見る。「こういうのはあんたの専門分野で、おれは詳しくないんだが、このドレッサーは……ルイ十四世様式じゃないのか？」

ラクランの質問は無視してノートパソコンに手を伸ばし、最後の写真をクリックする。そこには、向こうが透けて見えるほど薄いカーテンの掛かったピクチャーウィンドウと並行に置かれた四柱付きのベッドのある寝室が写っている。ベッドは白いレースのカバーで覆われ、壁には、流れの速い川のほとりに建つ農家を描いた絵が飾ってある。ピクチャーウィンドウのガラスは分厚くてゆがみのあるレトロなガラスだが、目を凝らせば青々とした湖が見える。

そのベッドは覚えている。壁の絵も、窓からの景色も。

「私はこのベッドで処女を失ったの」と、思わずラクランに明かす。

ラクランは首をめぐらせて私を見つめ、私が真剣な表情を浮かべているのを見て笑う。

「ほんとうか？　このベッドで？」

「カバーは違ってたけど」と、私が言う。「でも、ほかはすべて当時と同じ。それと、ドレッサーはルイ十四世様式じゃなくて、ロココ様式よ」

ラクランは体を前後に揺すって笑う。「驚いたな。アンティークに詳しいのはそれでなんだ。初体験がロココ様式のベッドの上だったとは」

「ロココ様式なのはドレッサーよ。ベッドのほうはよくわからないけど、ロココじゃないわ」と、つぶやくように言う。「それほど値打ちのあるものじゃなさそうね」

「いったいこの家はなんなんだよ？　こんな古くてぼろいコテージに誰が十八世紀の家具を置いたんだ？」ラクランはページをスクロールして詳細情報に目を通す。私は肩越しにノートパソコンを覗き込む。

〝タホ湖の西岸にある古い邸宅内のコテージで素敵な時間をお過ごしください！　魅力あふれるコージーなベッドルーム、レトロなキッチン、美しいアンティーク、暖を取るには最適な石造りの暖炉！　窓から湖が見えて、近くにはハイキングコースも。プライベートビーチも目と鼻の先。のんびりと休暇を楽しみたいカップルやインスピレーションを求めているアーティストにぴったりなコテージです！〟

ラクランは訝しげに私を見る。「古い邸宅？」

「ストーンヘイヴンよ」その名前を口にすると、なぜかさまざまな感情がよみがえる。後悔と郷愁、むなしさ、そして激しい怒り。寝室の写真を拡大して、じっくり眺める。自分の体がふたつに分離して、過去の私といまの私がべつべつにそのコテージのベッドに横たわっているような錯覚に襲われる。「リーブリング家が百年以上前から所有していた湖畔の大邸宅なの」

「そのリーブリング家というのは、有名な一族なのか？」

「サンフランシスコに拠点を置いて不動産投資を行なっているリーブリング・グループの創始者一族よ。以前は全米のトップ五百社のなかに入ってたけど、最近はランキング外に転落しているみたい。でも、資産家であることに変わりはなく、西海岸では有名なの」

「で、あんたはその一族と知り合いなんだ」ラクランは、そんな大事なことをこれまで隠していたのは裏切り行為だとでも言いたげな表情を浮かべて私を見つめる。

断片的な記憶が心の奥から浮かび上がってくる。窓から夕陽が射し込んでも薄暗いコテージのなか。ベッドカバーが――当時は、紋章のような模様を織り込んだ青いウールのベッドカバーだったと思うが――むき出しの太腿の裏側に触れる感触。額縁のなかから水しぶきを浴びせて私の体を清めようとしているかに見える、泡立つ川の流れを描いた絵。マリファナとスペアミントのチューインガムのにおいがする少年の、ふんわりとカールした赤い髪。無力感と孤独と、自分のなかの大切なものが無理やり引きずり出されて、はじめて人目にさらされたときに感じた恥辱。

あのときの体験はあまりに衝撃的で、なんとか忘れようと努力してきた。

とつぜん、あのころの自分に――なにをどうすればいいのか、まったくわからずにいた十二年前の太った少女に――戻ったようなとまどいを覚える。「ええ。知り合いと言っても、それほど親しかったわけじゃないけど。ずいぶん昔の話よ。高二のときに、一年だけタホ湖の湖畔に住んでいたことがあって、リーブリング家の息子と仲よくしてたの」私は、そう言って肩をすくめる。「でも、よく覚えてないわ。まだ子どもだったから」

「いや、ずいぶん親しかったようじゃないか」ラクランは、ふたたび一枚ずつ写真をクリックする。「ちょっと待て。この女性は――」

「ヴァネッサよ」

「ヴァネッサはあんたのことを覚えてるのか？」

私はかぶりを振る。「私があそこに住んでいたときにはもう、彼女は大学に行ってたから。私が親しくしていたのは弟のほうなの。彼女にも一度ちらっと会ったことがあるけど、十二年も前の話だし。だから、いま会っても向こうは気づかないはずよ。私は当時とはぜんぜん違うもの。昔は太ってたし、髪もピンク色だったの。会ったと言っても、彼女は私に目もくれなかったから」わざわざ目を向けるほどの相手ではないと思ったのか、ヴァネッサの視線が私を素通りしたのは、いまでもよく覚えている。劣等感の原因だった思春期特有のニキビを隠すために念入りに化粧をした顔が燃えんばかりに熱くなったのも覚えている。

ただし、ベニーは気づいてくれるかもしれない。けれども、私はベニーがいまどこにいるのか知っている。ストーンヘイヴンにベニーはいない。

ベニーのことを考える気にはなれず、心のなかから締め出して、ラクランに見せるためにヴァネッサのインスタグラムを画面に出す。

ラクランは写真をクリックしていって、ヴァネッサがヴァレンティノのドレスの裾を風に揺らしながらヴェネツィアでゴンドラに乗っている写真を見つめる。ヴァネッサの笑みが作り笑いだということには、ラクランも気づいているようだ。彼女は船頭に目もくれず、美しい運河も、汗まみれになってゴンドラを漕いでいる年老いた船頭も、インスタ映えする写真を撮るための小道具にすぎないと思っているかのような、傲慢な笑みを浮かべている。「それにしても解せないな。そんな金持ちが、なぜ屋敷守りのコテージを人に貸すんだ？」

「さびしいからだと思うわ。父親が死に、フィアンセとも別れてニューヨークから引っ越してきたんだから。ストーンヘイヴン自体、人里離れた場所だし。話し相手がほしいのかも」

「じゃあ、おれたちが彼女の話し相手になるわけだ」ラクランは、写真をスクロールしながら計画を立てているようだ。まずは母屋に入る方法だが、うまく水を向ければ私たちを母屋に招いてくれるかもしれない。招かれたら、こっちは金目のものをさがして母屋のなかを歩きまわる。「で、ここではなにを狙うんだ？　アンティークか？　代々伝わる宝石か？　彼女が買い集めているバッグか？」

「今回はアンティークじゃないわ」そう答えながら、わずかに震えていることに気づく。いまごろになってこんなことをしようとしている自分に驚いているからだろう。復讐心に火がつくが、十二年で状況がこんなに変わってしまったのは——十二年前にはのどかな湖畔に建つコテージにいた私が、こんな安ホテルで詐欺師とよからぬ相談をしているのは——なぜなのだという思いが込み上げてくる。〝欲張らない。それがなくなっても持ち主が困らないものだけを盗む〟という、自分で決めたルールのうちのふたつを破ろうとしていることにもかすかな罪悪感を覚える。

「ストーンヘイヴンのどこかに隠し金庫があると思うの」と、私が言う。「そのなかには百万ドルの現金が入っているはずよ。驚かないでね。私は金庫のコンビネーションを知ってるの」

ラクランがとつぜんとなりで体を起こして身震いする。「それはないよ、ニーナ。そんな大事なことを内緒にしてるなんて」身を乗り出して、冷たい鼻の先を私の耳たぶに押し当てながら息を吹きかける。「で、あんたの初体験の相手はリーブリングの息子だったのか？　それとも屋敷守りか？」

6

ラクランと私は、窓を開け放したカフェのテラス席で朝食を楽しむにはもってこいの、よく晴れた日の朝に南カリフォルニアをあとにする。が、シエラネバダ山脈のふもとに近づくと気温はマイナス一度まで下がって、雨雲が頭上を覆う。

そのまま山の中腹にある小さな町まで行って、ゴールドラッシュ時代の雰囲気を再現したレストランでハンバーガーを食べる。〈パイオニアバーガー〉というその店のテーブルには赤いチェックのクロスが敷かれ、壁には幌馬車の車輪が飾ってあって、女性用のトイレのそばには、切り株を彫ってつくった森の動物が並んでいる。ハンバーガーはびっくりするほどおいしいが、フライドポテトはげんなりするほどまずい。

ラクランは膝の上から念入りにパン屑を払いのけながら、ボタンダウンのシャツにケチャップの染みがついているのを見て顔をしかめる。彼はオーダーで仕立てたスーツをロサンゼルスに残して、ジーンズとスニーカーをキャリーケースに詰めてきた。

「きみの名前は……」と、とつぜんラクランが訊く。

「アシュレイ・スミスよ」鏡の前で何度も練習したのに、途中でつかえて、まだすらすらとは出てこない。「愛称はアッシュ。で、愛しいボーイフレンドのあなたの名前はマイケル・オブライアン。あなたは私にぞっこんなの」

「それは、きみがすばらしいからだ」ラクランは皮肉っぽく返す。「きみの出身地は……」

「オレゴンのベンドよ。あなたは大学教授なんだけど、いまはサバティカル休暇中で……」

「ぼくはマーシャル・ジュニアカレッジで新入生に英語を教えてるんだ」ラクランは、そう言って笑う。未来を担う若者を育てる大学教授というのが気に入ったらしい。「ぼくは優秀な教師か？」

「ええ、とっても優秀で、学生にも好かれてるわ」私も一緒に笑うが、もしかするとラクランはいい教師になっていたかもしれないと、ふと思う。彼は口がうまいし、長丁場の仕事に必要な忍耐力も持ち合わせている。所詮、大学教育も詐欺と同じではないだろうか？教育はもっとも長丁場の詐欺のようなものだ。期待を持たせて有り金を巻き上げておきながら、約束どおりの結果がもたらされるとはかぎらないのだから。しかし、ラクランは個別指導のほうが向いているかもしれない――課題を絞り、緊密な関係を築いてみっちり教えるほうが。以前、私にそうしたように。

私たちはヴァネッサのインスタグラムを分析し、そこにアップされている数多くの写真やキャプションから彼女の弱みを探った。ヴァネッサはよく『アンナ・カレーニナ』や『嵐が丘』などの古典小説を小道具として手に持ってビーチに寝そべったりカフェのテーブルに座ったりしている写真を撮っている。知的で、かつ個性的な女性だと思われたいのだろう。それを見て、ラクランは小説や詩を書いている〝芸術的な才能の持ち主〟としている。しばらく前から人の心に訴えかけるような言葉をアップしているのは、ドレスをひけらかすだけでは軽薄だと思われるおそれがあるので、繊細で思慮深い一面もあることをアピールしたかったからだろう。そこで、私は彼女が傾倒している禅の教えと通じるところが多いヨガのインストラクターになることにする。

ヴァネッサは孤独だ。だから、私たちは彼女の友だちになる。そのほかに、丈の短い派手なドレスやビキニ姿でセクシーなポーズを取っている写真もある。「求めてるんだよ、明らかに」と、ラクランが言う。「おれが相手をしてやるよ。ほんのちょっぴりな。向こうの気持ちをつなぎ止めておく程度に」

「私の前ではイチャイチャしないでね。ひどい男だと思われないように」

ラクランはフライドポテトをケチャップまみれにすると、フォークで口に運んでウインクする。「ぜったいにしないよ」

そして、もっとも大事な最後の仕上げとして、ラクランはアイルランドで財を築いた古い資産家一族のひとりになる。アイルランドなら、ヴァネッサも簡単には調べられない。金持ちは、つねに金持ちと一緒にいるのを好むので、親近感は愛情に変わる。

私たちは、街を離れる前にそれぞれのあらたな名前でSNSデビューを果たしていた。〝アシュレイ〟のフェイスブックは、オプラ・ウィンフリーやダライ・ラマの名言や、ほかのウェブサイトから借りてきた、複雑なヨガのポーズを取る女性の写真であふれている。（それに、たった二ドル九十五セントで買った千人の〝友だち〟で）。プライベートレッスン専門のヨガ・インストラクターとしてのウェブサイトも開設した。（ロサンゼルスでビクラムヨガのクラスにせっせと通ったので、偽物だと見破られるおそれはないはずだ。）〝マイケル〟もウェブサイトを設けて作品の一部を（ミネソタ在住の、まだ本を出版したことのない駆け出しの作家のホームページから盗用したものを）載せ、LinkedInには大学の教員としての職歴をプロフィールとして掲載した。

準備は一週間足らずで完了する。これは、インターネットが私たちの世代に授けてくれた恩恵だ。神を演じることができる能力は。私たちは人間を自分の思いどおりに変えることができるし、人間を一からつくりあげることもできる。ヒントは、数えきれないほどあるウェブサイトやフェイスブック、インスタグラムが提供してくれる。たったひとりのプロフィールや経歴、たった一枚の写真をもとに、とつぜんひとりの人間が偽りの生を享けるのだ。（そうやって世に送り出した人間の存在を抹消するのはきわめてむずかしいが、それはまたべつの話だ。）

ヴァネッサは、私たちが彼女だけのためにせっせとSNSのプロフィールをねつ造したことに気づかないはずだ。ネット上には、アシュレイ・スミスやマイケル・オブライアンと同姓同名の人物が大勢いる。そのなかの誰かと私たちを結びつけるのは無理だ。ただし、よく調べれば、不審感を払拭するのに充分なサイトが見つかる。昨今は、ネット上で自分をさらけ出すことに消極的だと、信用できない怪しい人物だと思われてしまう。

ネットで調べさえすれば、アシュレイにもマイケルにも怪しいところはなくレンタルサイトに載っているプロフィールどおりの人物だとわかるので、ヴァネッサも安心するだろう。ふたりはポートランドに住むクリエイティブな若いカップルで、日常生活を離れて一年間アメリカ中を旅行しながら独創的なプロジェクトに取り組もうとしているのだから。

〝私たちは以前からタホ湖のほとりで過ごしたいと思っていました。スキーも楽しみたいので、雪の季節まで滞在することも考えています〟と書いてヴァネッサに送ると、すぐに

〝それはすばらしいわ〟という返事が届いた。〝いまは観光客が少ない時期なので、好きなだけ滞在してください〟

滞在期間はどのくらいになるだろう？　あそこにいるのは、ヴァネッサの生活に入り込んでストーンヘイヴンの秘密をつかみ、こっそり金を盗み出すまでだ。そう思うと、早くもかすかな満足感を覚えるが、つまらない復讐心は捨てるべきだと自分に言い聞かせる。

〝個人的な恨みとは関係ない。過去とは関係ない〟と。

ラクランはソーダを飲みほすと、ナプキンを丸めて私たちのうしろで歯をむき出しにしている木彫りのクマに投げつける。ナプキンはクマの口に命中し、先の欠けた歯に引っかかってぶら下がる。「行くぞ」と、ラクランが言う。

山の日暮れは早い。私たちがレストランを出てしばらくすると、雨が降りだす。灰色の霧雨で、道路は濡れて滑りやすくなる。長距離輸送のトラックは低いうなりをあげながら登坂車線をゆっくりとのぼり、四輪駆動のSUVは、しぶきを撒き散らしながら飛ぶようにほかの車を追い抜いていく。ラクランのヴィンテージBMWに乗った私たちは、中央車線をゆっくり走る。（オレゴン州の偽造ナンバープレートをつけた車は制限速度を守らなければならないのだ。）ドナー峠まで来ると、周囲の山々の頂にはすでにうっすらと雪が積もっていて、沈みかけた陽の光を浴びてきらきらと光っている。

このあたりの道はよく覚えていない。ここを通ったのは、母とタホ湖をあとにして、行くあてもなく山を下ったときだけだ。それでも、道路沿いに広がる雨に濡れた松林やつぎからつぎへとあらわれる湖に目を凝らして、記憶がよみがえるのを待つ。

タホシティーに向かって坂を下り、道路がトラッキー川と並行して走りだすと、カーブを曲がるたびに、なつかしさが込み上げてくる。目に入るものすべてに見覚えがある。雨に煙った車窓を過ぎ去る、伝統的な山小屋風のドイツ料理店。川岸にひっそりとたたずむブリキ屋根の丸太小屋。愛好家が顔をびしょ濡れにしながら登っていく花崗岩の沢。さまざまなことが視覚のこだまとしてよみがえる。当時は差し迫った問題をいくつもかかえていたために抑え込まれていた記憶が、心の奥から湧き出てくる。

あたりが暗くなったころに、店がまばらに立ち並ぶタホシティーのはずれに着くが、私たちは中心部に入る手前で右折して、湖畔の道を南へ向かう。タホシティーの中心部から遠ざかるにつれて、広くて立派な、新しい別荘が目につくようになる。伝統的な三角屋根の別荘は、ガラス張りの壁をデッキで囲んだ二階建てのスキーハウスに変わっている。松林がすぐそばまで迫る道路を走って、雪のないスキー場の前を通りすぎる。むき出しになったゲレンデには、ここで夏を過ごしたマウンテンバイカーたちが残していった轍がついている。

建物の合間から、時おりちらっと湖が見える。もうすぐ冬を迎える湖はひっそりとしている。プレジャーボートはすでにドックに引き上げられ、シートに覆われたまま五月が来るのを待っている。桟橋の明かりも、スキーシーズンの到来まで消されている。十一月のタホ湖に漂う、無人地帯に取り残されたような雰囲気はいまでも覚えている。夏の避暑客は去ったが、スキー客はまだ訪れず、太陽は顔を出さないのに雪は降らない。まるですべての動きが止まってしまったかのように静まり返っている。気温は低いのに、冬のような楽しみはなく、雨も多いし、寒くてハイキングもできない。ただし、地元の住人は、リスがドングリを集めるように冬支度に精を出す。

目的地まであと数キロになると、私もラクランも急に黙り込む。私は、木立を眺めながらあらたな自分のストーリーの――ふたりで考え出したアシュレイとマイケルの物語の――細部を確認して、すべてが自然につながるように調整する。期待と郷愁の入りまじった奇妙な感覚に襲われ、目を凝らしてさがさなければ見えないなにかが暗い木立のなかに潜んでいるような錯覚におちいる。ラクランが太腿に手を置いて止めてくれるまで、膝が震えていることに気づかない。

「気が変わったのか？」ラクランは、温かい大きな手で太腿をぎゅっとつかみながら、探るように私を見る。

ラクランの手の重みが私をつなぎ止める錨となり、そっと彼の手に指をからめる。「うん。あなたは？」

ラクランが思案顔で私を見る。「もうあと戻りはできないだろ？ 彼女だって、ベッドに入る時間までにはおれたちが来ると思っているはずだ。来なかったら、警察に連絡するかもしれない。それだけはごめんだからな」

ついに目的地に着くが、道路からでは、そこが屋敷だということすらわからない。表札のようなものはなく、湖畔の道路沿いに、鉄の門のついた高い石塀が続いているだけだ。ラクランがインターホンを押すと、すぐに蝶番をきしらせながら門が開く。門の奥には松林のなかを抜けるドライブウェイが延びていて、ソーラーライトが低い位置からやわらかい光で行く手を照らしている。車の窓を開けると、湿ったにおいがする。木の根と、腐敗しかけた松葉と、湖畔を覆いつくす苔のにおいがする。そのにおいが、十代のころの切ない思いを掻き立てる。ドライブウェイを照らす明かりは、風に揺れる木立のなかに霊のように漂い、立ち込める霧は車のヘッドライトを浴びてきらきらと光っている。この木立には不思議な力が宿っていて、過ぎ去った若いころのさまざまな出来事や、とうの昔に忘れてしまった当時の気持ちをありありとよみがえらせる。

ドライブウェイの脇にある芝のテニスコートのネットは、カビが生えてたるんでいる。

いくつもあるこぢんまりとした木造の建物はメイドや執事の住まいだが、真っ暗で雨戸も閉まっている。木立のなかの坂を下っていくと、湖岸に建つ石造りの大きなボートハウスが見える。さらにその先の急なカーブを曲がると、まるで暗闇から巨大な幽霊が出没したかのように、ついにストーンヘイヴンが目の前に姿をあらわす。私は思わず喉を鳴らす。写真はインターネットで何度も見ていたが、ストーンヘイヴンの威圧的で厳しい冷たさを目のあたりにする心の準備はできていなかった。

タホ湖の西岸に広がる鬱蒼とした松林のなかに建つその古い屋敷は石と木でできていて、中世の要塞のようにそびえている。屋敷は敷地の真ん中にあって、三階建ての塔の両側にふたつの翼棟が延びている。塔のてっぺんに小さな縦長の窓がついているのは、城の見張り櫓(やぐら)のように、侵入者に対する備えなのかもしれない。翼棟に一本ずつ石造りの煙突が立っているが、長年のあいだに苔が生え、オレンジ色に変色しているところもある。屋敷を取り囲むポーチは太い松の丸太に支えられている。木の柱や板が茶色く塗ってあるのはまわりの景観との調和を考えてのことなのだろうが、訪ねてきた者には、迫り来る暗い森のなかに屋敷が埋もれかけているように見える。

ストーンヘイヴン。〝三階建てで、部屋数は四十二。広さは一七〇〇平方メートル。七棟の離れ付き〟。私はここへ来る前に詳しく調べて、《ヘリテージ・ホーム》のバックナンバーに写真が何枚も載っているのを見つけた。この屋敷は、アメリカに移り住んではじめて生まれたリーブリング一族のひとりが一九〇〇年代に建てたという。ゴールドラッシュで大儲けしたその人物は、貧しい移民だった一族を二十世紀の名家のひとつにした立役者でもある。二十世紀の到来を待つことなく、タホ湖はすでに西海岸に住む実業家たちの別荘地になっていた。リーブリング家は湖岸沿いの手つかずの森を一・五キロにわたって購入し、桟橋をつくって屋敷を建てて、対岸の別荘でくつろぐほかの億万長者たちの様子を遠目に眺めることになった。

リーブリング家は五世代にわたってこの屋敷を住み継いできた。建物自体は建築当時から大がかりな改装が行なわれておらず、各世代の住人が好みに合わせて何度か内装を変えただけだった。

ラクランが玄関の前に車を駐めると、ふたりで車のなかから屋敷を見つめる。ラクランは、私の呼吸がおかしいことに——というか、息を止めていることに——気づいて私を見る。怪訝そうな表情を顔中に広げ、私の太腿をつかんでいた手にとつぜん力を入れる。

「この屋敷のことはよく覚えてないと言ったよな?」

「ええ、覚えてないの」なぜかほんとうのことは言いたくなくて、嘘をつく。ラクランも私にすべてを話しているわけではない。だから、私も話さない。「ほんとうに覚えてないのよ。ここへ来たのは三、四回だけだし、もう十年以上前のことだし」

「動揺しているようだぞ。落ち着け」ラクランの声は低くておだやかだが、苛立ちを募らせているのがわかる。私はと言えば感情に引きずられやすいタイプで、ラクランには最初のころから注意されていた。〝詐欺を働くときに感情に流されちゃだめだ。命取りになる〟と。

「動揺はしてないわ。久しぶりにここへ来て、なんだか妙な気持ちになっただけよ」

「これはあんたが思いついたことなんだぞ。おれは、しくじったらどうなるか忘れないでいてほしいだけだ」

私はラクランの手を太腿から払いのける。「そんなことは言われなくてもわかってるわ。それに、ぜったいにしくじらないから」目を上げて屋敷を見ると、巨大な煙突の片方から煙が立ちのぼり、窓にはすべて明かりがともっているのがわかる。「私はアシュレイで、あなたはマイケルよ。私たちは休暇中で、こんな素敵なところだとは思ってなかったから、とっても喜んでるの。タホ湖に来るのははじめてで、前々から来たいと思ってたから、早くあちこち見てまわりたいわ」

ラクランがうなずく。「よしよし」

「上から目線でものを言うのはやめて」

目の前の屋敷で動きがある。とつぜん扉が開いて、屋敷のなかから洩れる四角い光のなかに女性が姿をあらわす。女性の顔を縁取るブロンドの髪は明るく光っているが、顔は陰になってよく見えない。寒いからか、女性はきつく腕を組み、車のなかに座っているのを訝るようにポーチから私たちを見つめている。私は、運転席に手を伸ばしてエンジンを切る。

「ヴァネッサが見てるわ」と、ラクランに耳打ちする。「笑みを浮かべて」

「浮かべてるよ」ラクランは、ラジオをつけてクラシックを流している局を見つけるなり、音量を上げる。それから私の首に手を伸ばし、引き寄せて長く激しいキスをする。謝罪のつもりか、恋人どうしが車を降りる前に情熱的なキスをしているのを見せつけるためなのか、理解に苦しむ。

が、すぐに体を引き離し、口を拭ってシャツの乱れを直す。「これでいい。家主に挨拶しよう」

7

十三年前

母と私は、私が高校の一年目を終えたその日に車で八時間かけてラスベガスからタホシティーへ行った。高速道路はネバダ州とカリフォルニア州の境界線のすぐそばを走っていて、北西へ向かうにつれて気温が下がっていくのがわかった。砂漠の熱気が山の涼しい空気に変わるのが。

ラスベガスに未練はなかった。ラスベガスには二年いたが——私たちにとって、二年は永遠にも等しかったのだが——一秒たりとも楽しいと思ったことはなかった。元凶は、あの驚異的な暑さだ。容赦なく照りつける太陽のせいで、誰もが人と交わるよりエアコンの利いた部屋に避難してひとりで過ごすことを選び、その結果、みんなが無愛想で意地悪になるのだ。高校の廊下は、いつも獣のにおいに似た強烈な汗のにおいがした。まるで、生徒全員がつねに恐怖にさらされて冷や汗をかいているかのようで、人が住むのにふさわしい土地だとは思えなかった。私たちが暮らしていたのは、ダウンタウンから何キロも離れたところに立ち並ぶ、どこの郊外住宅地でも見かけるようなコンクリートのアパートのひとつだったが、それでもカジノの影はあたりに漂っていた。一攫千金を狙っているわけでもない人間が、すべてが金を中心に動いている街に住む理由がどこにある？

私たちのアパートは空港の飛行経路の真下にあったので、スロットマシンや巨大なマルガリータが目当ての客を乗せて数分置きにやって来る飛行機が見えた。「愚かね」と、母は吐き捨てるように言っていたが、そもそも、母と私がそこに住んでいたのは愚かな人たちが大勢ラスベガスにやって来るからだった。母は毎晩、私をテレビの前に残して、その愚かな人たちから金を巻き上げるためにカジノへと車を走らせていた。

けれども、私たちはついに、別荘と避暑客と、クラシックな木製ボートのメッカと言われるタホ湖を目ざすことにした。「カリフォルニア側の湖畔にあるタホシティーに住むところを見つけたの」母は、ハンドルを握りながら私に説明した。映画女優を真似てブロンドの髪にスカーフを巻いていた母は、エアコンの調子が悪いホンダのハッチバックではなくヴィンテージのコンヴァーティブルを運転しているようなつもりだったのだろう。「カジノがある南側よりカリフォルニア側のほうが格調高いのよ」

私は母の話を信じたかった。自分たちも格調の高い暮らしができるのだと思いたかった。それに、峠を越えて湖のほうへ下っていくにつれて、自分たちが古い皮を脱ぎ捨てて、新しい、これまでよりましな人間になろうとしているような気がした。学者になるのも悪くないと思った私は、目を閉じて、ハーバードの卒業証書を手に角帽をかぶってステージを歩く自分の姿を想像した。母は――母はカジノの合法的な部門で働けばいい。それだって、大きな進歩だ。車の窓から松林を眺めながら、これまで暮らした土地の長いリストも、この山あいの静かな街が最後になるはずだと自分に言い聞かせた。これまでできなかったことも、ここでならきっと実現すると。

世間知らずだと言いたい人がいれば、言えばいい。実際、そのとおりなのだから。

タホシティーは、シティーとは名ばかりの、木立に覆われた湖畔の小さな町だった。メインストリートにも、ハンバーガー店とスキー用品のレンタルショップと、不動産屋と、山の景色を描いた絵を売る店が何軒かあるだけだ。湖の水はトラッキー川の源となって町の南端から流れ出て、ゆったりと山を下り、いくつか谷を越えれば、観光客がゴムボートに乗ったり浮き輪遊びを楽しんだりできる大きな川になる。

私たちのあらたな住まいはアパートではなく、すぐそばまで木立が迫る静かな道路沿いに建つキャビンで、ひと目で気に入った。心が浮き立つような黄色いペンキが塗ってあるのも、川石を埋め込んだ煙突も、真ん中をハート形にくり抜いた雨戸も、幸せを予感させてくれた。前庭は松葉で覆われていたが、すでに腐敗がはじまってぬかるんでいた。外見と比べると、コテージのなかはあまり状態がよくなくて、居間は暗くてカーペットが埃っぽかったし、キッチンのテーブルは角が欠け、寝室のクローゼットは扉がついていなかった。けれども、床や壁には節のある松材が使われていたので、木のほこらに棲むシマリスになったような気がした。

私たちは、冬のあいだ格納庫にしまってあったモーターボートを運んできた車が、ぞろぞろと道路を引き返していく六月の初旬にここへ来た。最初の数週間は、毎朝、湖まで歩いていって、アルバイトの少年が、巨大なホットドッグのような形をしたキューキューときしむゴム製のバンパーを桟橋の外側に投げ込んだり、レストランのオーナーが物置からパラソルを取り出してきて、折り目に潜んでいたハイイロゴケグモをつぶしたりしているのを眺めていた。朝の八時の湖面はガラスのように透き通っていて、浅瀬なら湖底の砂の上を這うザリガニの姿を見ることができるが、十時になると、モーターボートやウォータースキーヤーが湖面に白くて冷たい波を立てた。雪解け水のせいで、タホ湖の水位は高かった。まだウェットスーツを着ずに泳げるほど水温は高くなかったものの、避暑に来た若者は桟橋から湖に飛び込んでいた。わずか数分後には、真っ青な顔をして鳥肌を立てながら桟橋によじ登っていたのだが。

私は泳がなかった。たまたま砂のなかに埋もれているのを見つけた錆だらけのローンチェアに座って、転校したばかりの学校から渡されたリーディングリストに載っている本を読んだ。トマス・ハーディの『カスターブリッジの町長』、スタインベックの『おけら部落』、アーネスト・J・ゲインズの『ジェファーソンの死』。いつもひとりだったが、さびしくはなかった。友だちがほしいと思ったことは、昔からあまりなかった。母は、スパンコールのついたコバルトブルーのカクテルドレスを着て毎晩出かけていた。パンティーが見えそうなほど深いスリットの入ったそのドレスを着て胸元に〝リリー〟と書いた名札をつけると、車で四十五分かかるネバダ州まで通い、〈フォンデュラック・カジノ〉でポーカーを楽しむ客に水っぽいジン・トニックを運ぶ仕事をしていたのだ。

最初の晩にその日の給料の小切手を持って帰ってきた母が、買ってもらったばかりのおもちゃを見せびらかす小さな子どものように興奮していたのはいまでも覚えている。煙草と強烈な香水のにおいで目を覚ますと、母が封筒を両手で握りしめて私のベッドの端に座っていた。母は私に手を振ると、「お給料よ。すごいでしょ？」と言いながら意気揚々と封を開けて、一枚の小切手を取り出した。書いてある金額を見るなり表情を曇らせ、「ひどいわ。こんなに税金を取られるなんて知らなかった」と嘆いたが、しばらく小切手を眺めたあとは、気を取り直して笑みを浮かべた。「まあ、チップしだいだというのはわかってたんだけど。今夜は、客がワンドリンクで緑色のチップを一枚くれたの。緑色のチップは二十五ドルなのよね。賭け金の高いテーブルの係になったら百ドルのチップをもらえることもあるそうよ」

私はそれを聞いて不安になった。私のためにと思って母がしていることにかすかな疑念が芽生えたのだ。母がドレスの胸元をかき合わせると、スパンコールの縁取りで赤くこすれた肌が見えた。母が普通の仕事につけずにいるのは、高校を卒業していないうえにきちんとした職歴がないからだと思っていたが、ほんとうは普通の仕事などしたくないのではないかと思いはじめた。

「私も仕事をさがすわ」と、母に約束した。「いやなら、無理にカジノで働かなくてもいいんだから」

母は小切手を見つめてかぶりを振った。「ううん、働かなきゃ。おまえのためなんだから、苦でもなんでもないわ」そう言うと、手を伸ばして枕の上の私の髪を撫でた。「おまえの仕事は勉強よ。あとのことはまかせなさい」

私は、レイバー・デー（九月の第一月曜日）の翌日からノースレイク・アカデミーに通いはじめた。避暑客はレイバー・デーに山を下って家に戻ったので、道路からは高価なSUVの姿が消え、〈ロージーズ〉の前からもブランチを食べにくる客の行列が消えた。前日は遅番だったせいで腫れぼったい目にマスカラの跡をにじませた母は私を学校まで車で送ってくれて、校門のなかに入るなり、車を停めて一緒に降りようとした。私は、母が車のキーを抜く前に手首をつかんだ。「大丈夫よ、ママ。ひとりで行けるから」

母は私たちの車の前を横切って校舎へ向かう生徒たちを眺めて、にっこり笑った。「そうね」

ノースレイク・アカデミーは、〝オールラウンドなグローバル人材の育成〟を目標とする、革新的な小規模校だった。創立者は、四十九歳で引退して、高い建物や断崖からパラシュートで飛び降りるアマチュアのベースジャンパーになって慈善活動にも取り組んでいる、元シリコンバレーの実業家だ。すぐそばにスキー場のある谷間にガラス張りの校舎が何棟も建っていて、敷地は松林に囲まれていた。学校のウェブサイトには〝チャレンジ、自立、自己実現、チームワーク〟といった聞こえのいい言葉が並び、卒業生の二十パーセントはアイビーリーグに進学すると書いてあった。

私は、ラスベガスで流行っていた尖った格好で——服もメーキャップも黒一色で、髪にピンクのメッシュを入れて——校舎に入ったとたん、この学校には馴染めないと悟った。ぞろぞろと廊下を歩いている男子生徒はパタゴニアの服とジーンズ姿で、その上にはおるスポーツウェアをバックパックにぶら下げていた。女子生徒はみんな化粧っけがなくスッピンで、むき出しのふくらはぎは筋肉が引きしまっている。校舎の前に駐めてあるマウンテンバイクは車の数より多い。けれども私はスポーツに興味がなく、長年ファストフードばかり食べていたし、おまけに座って本ばかり読んでいたので、腰まわりにも顔にも贅肉がついていた。赤ちゃんのようにぽっちゃりとしたベイビーゴスだったのだ。

一時間目に、教師が〝ジョー・ディラード〟と黒板に名前を書いて「ジョーと呼んでくれ」と言うと、前の席に座っていた女子生徒が振り向いてにっこり笑った。「ヒラリーよ。新入りなのね」と、声をかけてくれた。

「ええ」

「三年生のクラスにも新入りがいるの。ベンジャミン・リーブリング。もう会った？」

「ううん。けど、会ってもわからないと思うわ。私にとっては全員が初対面だから」

ヒラリーは指に髪を巻きつけて顔の反対側へ引っぱった。彼女の鼻は陽に焼けて皮がむけ、髪は塩素でバサバサになっている。肩越しに目をやると、バインダーにスノーボードのステッカーが何枚も貼ってあるのが見えた。「ねえ、いちばん好きなのはなに？」

「さあ。イチゴかな？　アプリコットも好きだけど」

それを聞いてヒラリーが笑った。「趣味を聞いてるのよ。滑るの？」

「スキー場へは一度も行ったことがないの」

ヒラリーが眉を上げた。「まったく、正真正銘の新入りね。で、趣味はなんなの？　マウンテンバイク？　ラクロス？」

私は肩をすくめた。「読書？」

「なるほど」ヒラリーは、私の返事についてゆっくり考えないといけないと思っているかのように、真剣な面持ちで言った。「それなら、ぜったいにもうひとりの新入りに会ったほうがいいわ」


ときどき廊下でちらっと見かけることはあったが、もうひとりの新入りに会う機会はなかなか訪れず、私はつねに孤独を感じていた。仲間はずれにされていたからではない。ヒラリーもほかのみんなも健全な優等生タイプで、親切にしてくれた。勉強会にも誘ってくれたし、昼食のときも同じテーブルに座らせてくれて、英語のレポートの仕上げを手伝ってほしいと頼まれたこともあった。けれども、同じ学校に通っているというだけで、ほかにはなにも共通点がなかった。母が私のためだと言って選んだのは、野外教育の理念を尊重してカヤックでの探検やキャンプをカリキュラムに取り入れたり、休憩時間にはかならず生徒に校庭内の松林を歩かせる学校だったのだ。テストはなく、生徒は野外活動に励んでいた。

大半の生徒は、来るべくしてノースレイク・アカデミーへ来ていた。野外活動を通じて独立心を養いたいと考えて、わざわざ山の中に引っ越してきた家の子どもがほとんどだった。母がノースレイク・アカデミーを選んだのは、奨学金が支給されるうえに、近くのサウスレイクにカジノがあることと、優秀な生徒ではなく可能性を秘めた生徒を積極的に受け入れていたからのようだった。学校側も、私に半分コロンビア人の血がまじっていて母親は貧しいシングルマザーだという多様性を評価してくれたのだろう。

私のほかにもうひとり、ベンジャミン――ベニー――リーブリングも、学校の野外活動重視の方針に馴染めずにいた。彼は、ほんの少し前にサンフランシスコから引っ越してきたらしく、家族は金持ちで、湖の西側に立派な屋敷を持っているという話だった。もっとレベルの高い進学校から放り出されてここへ来たという噂も耳にした。燃え立つようなオレンジ色の髪と長くてしなやかな手足を持った彼はけっこう目立っていて、ぶつからないように頭を引っ込めてドアを抜けるときのぎこちない姿は、色白のキリンのようだった。私と同様に彼も場違いな空気を漂わせていたが、彼の場合は、ラスベガスの街の澱(おり)ではなく金から来るものだった。彼のTシャツはつねにアイロンがかかっていて、染みなどひとつもついていなかったし、サングラスの両サイドの柄には、たとえ粘着テープを貼っても隠しきれないグッチのロゴが刻まれていた。毎朝、母親の運転するゴールドのランドローバーの助手席から降りると、速く走れば人に気づかれずにすむと思っているかのように校舎の入口目ざしてダッシュしていたが、それでも、みんな気づいていた。百八十八センチの長身でハロウィンのカボチャのような色の髪をした生徒に気づかないわけがない。

たんなる好奇心から彼の名字を図書室のコンピュータで調べると、真っ先にあらわれたのは両親の写真だった。白い毛皮のコートを着て首に重そうなダイヤモンドのネックレスをぶら下げた女性が、タキシードを着たかなり歳上の男性の腕に寄りかかっている写真で、男性は頭が禿げて、顔の肉がゴムのように醜くたるんでいる。写真には、〝後援者のジュディス・リーブリングとウィリアム・リーブリング四世夫妻がサンフランシスコ・オペラのオープニングナイトへ〟という説明がついていた。

ベニーの姿は、昼食の時間に図書室で何度か見かけた。私は、白いパンにピーナッツバターとジャムを塗ったサンドイッチを大急ぎで食べるとすぐに図書室へ行って本を読んでいた。ベニーは、ノートの上に身をかがめて黒の太いボールペンで漫画っぽい絵を描いていた。席は離れていたが、何度か目が合って、おたがいに新入りどうしだということを確認するかのように笑みを交わした。一度、全校集会でベニーが私の前に座ったときは、振り向いて「ハイ」と言ってくれるのを期待しながら、鳥の巣のような彼の髪を見つめていた。振り向いてはくれなかったが、私が見つめていることに気づいたのか、彼のうなじは少しずつ赤くなっていった。けれども、学年が違うので同じ授業はなかった。課外クラブには入っていなかったので、部活で一緒になることもなかった。

それに、彼の家族は大金持ちで、一方、私の母は毎月のガス代の支払いにも苦労していた。おたがいに健全な優等生ではないということを除けば、私たちが話をする理由はなかった。


私はひそかに勉強に打ち込んだ。転校ばかりしていたせいで、どの科目もクラスメイトよりはるかに遅れていたので、急いで追いつく必要があったのだ。季節は夏から秋へ、そして冬へと変わり、やがてあたりは雪と氷に閉ざされた。冬のあいだは学校と家が私の生活のすべてで、暖房と手袋が相棒だった。古着のパーカーを着込み、水がしみ込むスノーブーツをはいて、毎日スクールバスで家と学校を往復したが、雪をかぶった森の美しさやまぶしいほど青い湖には言葉を失った。それは、これまで目にしたことのない感動的な景色だったが、ガラス張りの高層ビルが林立する都会のコンクリートジャングルをなつかしく思うこともあった。

母はすっかり仕事に慣れた。あれこれ手をつくした結果、賭け金の高いポーカールームの担当になることができて——それでも百ドルのチップをもらえることなどごくまれで、期待していたほどではなかったのだが——うれしそうだった。母がシャリマーとかいうゲランの香水とレモンバーベナの石鹸のにおいをぷんぷんさせてマスカラを塗りながらハイヒールで家のなかを歩きまわっているあいだ、私は角の欠けたキッチンのテーブルで勉強した。郵便受けから取り出す請求書の封筒に〝延滞通知〟の赤いスタンプが押してあるのを見なくてすむようになったのは、おそらく母が勤務時間を延ばしたからだ。私が学校へ行く時間になるまで帰ってこないこともあったが、母はスパンコールのついたドレスも髪も乱したままコーヒーポットの前に立って、私がバックパックに教科書を詰めるのをうっとりと眺めていた。自己満足かプライドに酔っていたのだろう。

ある日、私は母がブロンドの髪をマリリン・モンローのプラチナ・ブランドからグウィネス・パルトローのゴールドへと、数段階暗くしたことに気づいた。理由を訊くと、母はそっと髪に手を触れて、うっすらと笑みを浮かべながら鏡を覗いた。「このほうがエレガントでしょ？　ここはベガスじゃないんだから。こっちの男は好みが違うのよ」

それはつまり男をさがしているということなのだろうかと心配したが、冬が終わりに近づいても見知らぬ男が夜中の三時にわが家に来ることはなく、私はほんとうにすべてが変わったのだと思った。ついに正しい駅で列車を降りたのだと。出世してカジノのフロアマネジャーになったり、昼の仕事に変わってホテルのフロント係として働く母の姿を思い浮かべもした。もしかすると、素敵な男性にめぐり合うかもしれないとさえ思った。日曜日に私たちが店に行ったらいつもベーグルにスモークサーモンを多目に入れてくれる、白髪まじりの顎ひげを生やしたカフェのやさしい店主のような、まともな男性にめぐり合うかもしれないと。

私が長年かけて築いてきた心の壁は徐々に崩れた。クラスの人気者になったわけではなかったが——ハーバードへ進学できる見込みもまったくなかったが——それなりの充実感はあった。安定した生活は人に大きな変化をもたらすのだ。私の幸せは母の幸せと固く結びついていて、切り離して考えることはできなかった。

あれは、一月末の雪の日の放課後のことだった。授業の終わりを告げるベルが鳴るやいなや、クラスメイトはみんなスキー場へ行ったので、私はひとりでバスに乗った。すると、ベンジャミン・リーブリングが手足を投げ出していちばんうしろの席に座っていた。バスに乗り込む私を見ていたのはわかっていたが、目が合うと、あわてて視線をそらした。

私は前のほうの席に座って代数の教科書を広げた。大きな音を立ててドアが閉まると、バスは車体をガタガタと揺らし、スノータイヤで路上の雪を蹴散らせながら走りだした。

数分間は対数の概念に意識を集中しようとしたが、もうひとりの乗客のことが気になってしかたなかった。彼はひとりでさびしい思いをしているのだろうか？　話しかけずにいると感じが悪いと思われないだろうか？　話しかけないことがどうしてこんなに気詰まりなんだろう？　私はいきなり立ち上がってゴムのマットを敷いた通路をふらふらと歩いてうしろへ行くと、彼の前の席に座り、通路の反対側の席に両脚を伸ばして振り向いた。

「ベンジャミンよね」

彼は赤みをおびた茶色い目をしていて、近くで見ると、まつ毛が異様に長いのがわかった。目をしばたたかせていたのは、驚いたからだろう。「ぼくをベンジャミンと呼ぶのは父だけだ」と、彼は言った。「ほかのみんなはベニーと呼んでる」

「ハーイ、ベニー。私はニーナよ」

「知ってる」

「そう」そこに座ったのを後悔しながら、元の席に戻ろうと思って立ち上がろうとすると、ベニーが身を乗り出して顔を近づけてきた。ミントキャンディーを食べていたのか、彼の息はミントのにおいがして、しゃべると、キャンディーの砕ける音がした。

「きみに会えとみんなに言われてたんだけど、なぜなんだ？」

ベニーがスポットライトをつけて私の目に当てたような錯覚におちいった。なんと答えればいいのだろう？　一瞬考えてから返事をした。「誰もわざわざ私たちと友だちになりたいとは思ってないから、私たちふたりが友だちになれば都合がいいのよ。面倒なことは、そうやって人に押しつけるのが彼らのやり方なのかも。私たちを引き合わせてよかったと、自己満足に浸ることもできるし」

脚を広げて座っていたベニーは、目を伏せて考え込みながら黒い大きなスノーブーツを見つめた。「たぶん、そんなところだろうな」彼はポケットに手を突っ込むと、タブレットケースを取り出して差し出した。「食べる？」

私はひと粒手に取って口に入れ、深く息を吸い込んだ。私たちの息がバスのなかの冷たい空気とまじり合い、すべてが新鮮でさわやかに思えたからか、私は勇気を出して訊かなくてもいいことを訊いた。「じゃあ、友だちになる？」

「状況しだいだ」

「どんな？」

ベニーがふたたびうつむくと、彼の首がマフラーの下から顎のほうへと赤くなってくるのがわかった。「おたがいに気が合ったらってことだよ」

「それは、どうすればわかるの？」

その質問自体は気に入ってくれたようだった。「そうだな。タホシティーでバスを降りて〈シッズ〉でホットチョコレートを飲みながら、どこから引っ越してきたとか、この町も親のことも大嫌いだというような、お決まりの話をすればわかるかも」

「私は母が嫌いじゃないわ」

ベニーは驚いたような顔をした。「お父さんのことは？」

「父には七歳のときから会ってないの。だったら嫌いだってことになるのかもしれないけど、好き嫌いとそれとは関係ないのよね」

ベニーが笑みを浮かべた。そのとたん、まとまりがないように感じていた彼の顔が――そばかすや鉤鼻や、異様に大きな目が――純真で無邪気で、子どものような清らかさを秘めていることに気づいた。「ほら。すでに少しわかってきたじゃないか。もちろん、これからふたりで〈シッズ〉へ行って十五分か二十分話をすれば、おたがいに話題が尽きたことに気づいて死ぬほど退屈する可能性もある。その場合、きみは宿題があるからと言って先に帰って、ぼくたちは今後一年間、廊下ですれ違っても、気まずいからおたがいを避けることになる。あるいは、話題が尽きずに、もう一度、あるいは、さらにもう一度会って話をすれば、クラスメイトの戦略は正しかったってことが証明されるかもしれない。それでみんなが喜べば、ぼくたちも義理を果たしてウィンウィンになるわけだ」

ベニーの話は面白いし、大人びていて、かつ遠慮がなく、私は頭がクラクラした。彼のように話す同年代の友だちはいなかった。ほかのみんなはほんとうのことを言わずにまわりくどい話をして、自分たちの望みどおりに解釈させようとするのだ。私はすでに、自分とベニーがクラスメイトにはとうてい理解できない秘密結社の会員になったような思いを抱きはじめていた。

「つまり、ホットチョコレートを飲みに行きたいってことよね。私と一緒に」

「ぼくはコーヒーのほうがいいんだけど」と、ベニーが言った。「きみはホットチョコレートのほうが好きなんじゃないかと思って」

「私もコーヒーのほうがいいわ」

ベニーが笑った。「これで、もうひとつ可能性が出てきたな。もしかすると、ぼくたちが友だちになれるかもしれない可能性が」

私たちはタホシティーでバスを降り、雪が解けかけた歩道を歩いてメインストリートのカフェへ向かった。私は、スノーブーツをはいてゆっくり歩いていくベニーを見つめた。もっとも、ベニーは口元までマフラーを巻いて、ウールの帽子を額まで下ろしていたので、目のまわりの十センチほどしか見えなかった。ちらっと私を見て、見つめられていることに気づくと、彼はまた顔を赤らめた。私は、感情がすぐに顔に出るところが気に入っていることに気づいた。彼のまつ毛についている雪を、手を伸ばして払ってやりたい衝動にも駆られた。そうやってそこにふたりでいるのは、とても自然なことのように思えた。すでにゲームを終えておたがいの勝利を宣言したような気分になった。

「どうして今日はバスに乗ったの？」店に着いて、注文の列に並びながらベニーに訊いた。

「お袋がまたメルトダウンを起こしたみたいで、不安定になってるんだ」

私には、ベニーが軽い口調で言ったことがショックだった。「メルトダウン？　つまり、今日は迎えに行けないからバスに乗ってと、泣きながら学校に電話をかけてきたってこと？」

ベニーはかぶりを振った。「電話をかけてきたのは親父だ。それに、ぼくは携帯を持ってるから」

「そうなんだ」私は少しも驚いていないふりをした。携帯電話を持っている高校生はほかにも大勢知っているようなふりをした。その一方で、彼のことをもっと知りたいと思った。羽をむしり取って生身の姿を見たかった。「それで、お父さんは、その、運転手さんか誰かを寄越してくれなかったの？」

「ぼくの通学手段にやけに興味があるんだね。ひどくつまらない話題だと思うけど」

「ごめん。バスで通学するタイプだとは思ってなかったから」

ベニーは悲しげな表情を浮かべて私を見た。「じゃあ、ぼくの家族のことを知ってるんだ」

　今度は私が顔を赤らめた。「そんなに詳しく知ってるわけじゃないの。悪かったわ、よけいなことを言って」私はそれまで大金持ちと話をしたことなどなかった。彼らが贅沢な暮らしをしているのを見ても、そっと目をそらして気づいていないふりをしたほうがいいのだろうか？　お金を持っていることは、髪の色や民族的な背景や運動神経と同じように、アイデンティティーのひとつなのでは？　それを話題にするのは、なぜいけないのだろう？

「さっきの質問だけど、答えはノーだ」と、ベニーが言った。「まあ、普通はそう思うよな。たしかに、うちには運転手がいるし。でも、もしそんなことをしたら親を殺すよ。それでなくても……」私は、ベニーがその先を言わなかったのを見て、彼にとっては大金持ちであることが悩みの種なのだと、とつぜん気づいた。各地を転々としているせいで私に友だちがいないのと同じように、彼は資産家の息子であるがゆえに孤独に苛まれているのだと。

　ようやく列の先頭になったので、ふたりともコーヒーを注文したが、私が小銭入れを取り出そうとすると、ベニーが腕に手を置いて止めた。「なにをしてるんだ」

「コーヒー代ぐらい持ってるわ」思わず強い口調で言った。私の背景をどこまで知っているのか、急に不安になったのだ。

「それはわかってる」ベニーはあわてて手を引っ込め、お尻のポケットからビニールの財布を取り出して、しわひとつない百ドル札を一枚抜き取った。「けど、払わなくてもいいときに無理に払う必要はないから」

私の目は百ドル札に釘づけになった。よけいなことを訊いてはいけないと思ったものの、訊かずにはいられなかった。「あなたの親は百ドル札でお小遣いをくれるの?」

ベニーが笑った。「違うよ。両親はぼくを信用してないから、小遣いをくれなくなったんだ。これは、親父の金庫から盗んだんだよ。ぼくの誕生日をコンビネーションの番号にしてるんだ」そう言うと、満面に笑みを浮かべて大事な秘密を打ち明けるような口調で付け足した。「自分はほかの人より頭がいいと思っているくせに、意外と抜けてるんだよな」

振り返ると、ベニーと付き合いだしたばかりのころはとまどいの連続だったような気がする。育った環境があまりに違うためにうまくいかないこともあって、うれしさとほろ苦さの入りまじった思いを抱いていたのを覚えている。ただし、ふたりとも学校で疎外感を感じているという共通点はあった。私たちは、不釣り合いな変わったカップルだった。最初は、週に一、二回、放課後にデートをした。私が凍えながらひとりでバスを待っているときにランドローバーが猛スピードで目の前を通りすぎていくこともあったが、そのうち、ベニーがしょっちゅうバスの待合室で待っていてくれるようになった。ベニーは私に肩を寄せて、バックパックに余分に入れていた使い捨てカイロを黙って渡してくれた。ダウンタウンでバスを降りると、〈シッズ〉へ行って一緒に宿題をした。ベニーは絵を描くのが好きで、私はいつも彼がノートにほかの客の似顔絵を描くのを見ていた。宿題が終わると雪に覆われた湖岸まで歩いていって、風に波立つ湖面を眺めた。

「あなたがバスに乗るのは私と一緒にいたいから？　それとも、お母さんが毎日メルトダウンを起こすから？」二月のある日、雪をかぶったピクニックテーブルに座って、すぐに冷めてしまうコーヒーをちびちびと飲んでいたときに、ベニーに訊いた。

ベニーは、ピクニックテーブルの端に垂れ下がっていた氷柱を手袋をはめた手で折って、ナイフのように握りしめた。「もう迎えに来なくていいと言ったんだ。お袋はほっとしたみたいだった」ベニーは氷柱の先を見つめて、魔法の杖のように湖のほうへ向けた。「お袋はときどきあんなふうになって、そういうときは家から一歩も出ようとしないんだ」

「あんなふうにって？」

「つまり、その、精神的に不安定になるってことだよ。まずは、信じられないようなことをするんだ。使用人に喚きちらしたり、つぎからつぎへとスピード違反の切符を切られたり、〈ニーマン・マーカス〉で山ほど買い物をしたり。で、ついに親父が怒ると、ベッドに潜り込んで、何週間も寝室から出てこなくなる。そもそも、それもここへ引っ越してきた理由のひとつなんだ。環境を変えるといいかもしれないと、親父が考えて。都会を離れたら」――ベニーは手袋をはめたまま指を曲げて、わざわざクォーテーションマークをつくった――「〝社交生活のプレッシャー〟から解放されると」

私は、ランドローバーを運転していたベニーの母親に思いを馳せた。顔はよく見えなかったが、革の手袋をはめて、毛皮のついたパーカーのフードをかぶっているのはわかった。シルクとダイヤモンドで身を飾って朝食にシャンパンを飲み、午後はスパでくつろぐ彼女の姿も想像した。「パーティーに行くのがそんなにたいへんだとは知らなかったわ。今度ダンスパーティーに誘われたら思い出すことにするわね」

ベニーは、笑ったあとで顔をしかめた。「お袋がおかしなことばかりするのは、親父を困らせたいだけなんだよ」そこで、いったん言葉を切った。「ぼくもお袋も、リーブリングの家名を汚すようなことばかりしたから、親父はおしおきのために先祖から受け継いだ古い屋敷にぼくたちを連れてきたんだ。言うことを聞かない子どもに罰を与えて、〝いい子にしていないと、ずっとここにいなきゃいけなくなるぞ〟と脅すように。親父はがき大将と同じで、自分の思いどおりにならなければ、思いどおりになるまで相手を脅し続けるんだ」

私は、ベニーの言ったことをじっくり考えた。「ちょっと待って。あなたはなにをしたの？」

ベニーが氷柱を雪に突き刺すと、丸くて細い穴ができた。「まずは、学校を退学になった。クラスメイトにリタリンを渡してたからなんだけど。学校はぼくを麻薬の売人扱いしたんだ。クラスメイトからお金はもらってなくて、奉仕活動のようなつもりだったのに」

「お願い。ゆっくり話して。あなたはリタリンを飲んでたの？」

「いろんな薬を飲まされてたんだ」ベニーは、目をすがめて湖面の白波を見つめた。「リタリンを飲まされてたのは、ろくに授業を聞かずにしょっちゅう居眠りをしてたので、注意欠陥障害と診断されたからだ。ひとりで部屋にこもってばかりいるのは鬱病で、かつ社交不安障害もあるとみなされて、抗鬱剤もいっぱい飲まされた。学校の行事やなんかに積極的に参加しないと、心を病んでるってことにされてしまうんだよ」

また考え込んだ。「じゃあ、私も心を病んでるのかも」

「だから、ぼくはきみが好きなんだ」ベニーは笑みを浮かべて、照れ臭さをごまかすかのようにうつむいた。「両親は、ぼくが姉のヴァネッサのようだといいと思っているらしい。

ヴァネッサは両親の期待にすべて応えてるんだ。社交界にデビューして、高校では卒業パーティーのクイーンに選ばれ、テニスクラブのキャプテンを務め、両親がパーティーで自慢できるように、親父の出身校に入学した。若いうちに結婚して何人か子どもを産めば家族写真もにぎやかになる」そう言って、顔をしかめた。

「つまらない人ね」

ベニーは肩をすくめた。「ぼくの姉だから」そのあと、しばらく間を置いた。「とにかく、親父はぼくもお袋みたいにおかしくなるんじゃないかと心配してて、手遅れになる前に治療を受けさせようと思っているようなんだ。おまけに、お袋も、治療を受けなきゃいけないのは自分だという事実を直視しなくてすむように、必死にぼくをなんとかしようとしてるんだよ」

私は、どう受け止めればいいのかわからないままベニーと並んでピクニックテーブルに座っていた。カーテンを開けて、その向こうでなにが起きているのか見せつけるような打ち明け話をする友だちはこれまでひとりもいなかった。私たちは、吐いた息が雲のように漂って、やがて消えるのを眺めていた。

「私の母は、すごくいいかげんなの」私はひとりでにしゃべりだしていた。「それに、ばかなことばかりして、うまくいかなくなったら逃げ出すのよね。ただ、少なくとも私のことには一生懸命で——なんとしてでも私を守りたいと思っていて——でも、母に振りまわされるのは、もううんざり。私のほうが母親みたいなんだから」

ベニーは考え深げに私を見た。「せめてもの救いは、きみのお母さんがきみを変えようとしていないことだ」

「冗談じゃないわ。母は、私がノーベル賞級の学者かロックスターか大統領か社長になると思い込んでるのよ。プレッシャーどころの話じゃないわ。私は母の至らないところを補って、おまけに母の夢も叶えないといけないんだから。母の人生の選択が私の人生を台無しにしたわけじゃないってことを証明してみせないといけないの」私は、自分で自分に驚きながら冷たくなったコーヒーの残りを足元に捨てて、白い雪の上に茶色い染みができるのを見つめた。母を裏切ったような気がして、そんな言い方をしてしまったことを即座に後悔した。けれども、これまで気づいていなかった暗くて苦い恨みが心の底から込み上げてくるのを感じた。私は、その苦みを嚙みしめながら恨みが心のなかに広がるのを待った。

私の人生はどうしてこんなふうになってしまったのだろう？　どうして、動物病院や保育園の事務員として働いて家でカップケーキを焼いてくれるような母親のもとに生まれてこなかったのだろう？　なぜ私は境遇に翻弄されて、これまでも、そして、おそらくこれからもチャンスを手にすることができないのだろう？

とつぜん、なにかが背中に触れるのを感じた。ベニーがそっと腕を伸ばして背骨のあたりに手を当てたのだ。ハグに近い行為だったが、それ以上先へは進まなかった。分厚いダウンパーカーがたがいを隔てていたので、ベニーの体のぬくもりを感じることはできなかった。私はベニーの肩に頭をのせて、しばらくそのままじっとしていた。また雪が降りだすと、顔に落ちた雪が解けて冷たい小さなしずくになった。

「でも、ここはそれほど悪くないわ」ずいぶん経ってから、私が言った。

「ああ」と、ベニーが相槌を打った。「それほど悪くない」

私たちはなぜ惹かれ合ったのだろう？　ほかに適当な相手がいなかったからか、それとも、相性がよかったのだろうか？　十年以上経ったいまになって思い返すと、似た者どうしだったからではなく、まるっきり違っていたからのような気がする。それまでまったく異なる人生を歩んできたために――両極端の世界で生きてきたために――自分と相手を比べたり優劣をつけたり、欠点をさがしたりすることはなかった。あまりに違いすぎていたために、私たちにできるのは違いを埋めることだけだった。まだ高校生だったので、なにもわかっていなかったのだ。

それがひとつの答えだ。しかし、初恋とは、生まれてはじめて相手が好意を寄せてくれているかもしれないと思ったときに誰でもおちいる、たんなる心の迷いなのかもしれない。

それはともかく、三月の初旬になると、バスに乗ってコーヒーを飲んでベンチに座るという私たちのルーティーンが崩れた。北極から吹いてくる冷たい風のせいで気温が下がり、絵本の挿絵のような雪景色は氷に覆われた。除雪車が通る道路の両側に積み上げられた黒く汚れた雪は、三カ月目に入った冬にうんざりしはじめた大半の市民の心情をあらわしているかのようだった。

ある日の放課後に、スクールバスのなかでベニーが私のほうを向いた。「今日はきみの家に行こう」

私は、壁に掛けてあるスパンコールのついたドレスや、リサイクルショップで買った家具や、キッチンに置いてある角の欠けたテーブルのことを考えた。けれども、いちばん気がかりだったのは、母がベニーを見たら大騒ぎするのではないかということだった。シャワーを浴びたばかりの体から湯気を立ててドライヤーで髪を乾かしながら仕事に行く身支度を整えている母を眺めるベニーの姿を想像した。昨夜はがして、居間のコーヒーテーブルの上に置いたままになっているつけまつ毛のことも考えた。「だめよ」

ベニーが怪訝そうな顔をした。「いいアイデアだと思うんだけど」

「うちは狭いし、母が邪魔をしてくると思うから」一瞬、迷った。「あなたの家のほうがいいわ」

私は、ベニーがちらっと横目で私を見て、とんでもないことを言ってしまったことを気づかせてくれるのを待った。ところが、彼はうっすらと笑みを浮かべた。「じゃあ、そうしよう。ただし、びっくりして気を失ったりしないと約束してくれ」

「それはないと思うけど」

ベニーは目に悲しそうな色を浮かべた。「いや、きみはきっとびっくりする。でも、心配しなくていいよ。許してやるから」

その日はタホシティーでバスを降りてもぶらぶらせずに、べつのバスに乗り換えてウエストショアへ向かった。ベニーは家に近づくにつれてテンションが上がり、手足を派手に動かしながらさまざまな漫画のスタイルについて話しだした。漫画に多くのスタイルがあるのを、私はそのときはじめて知った。

やがて、ベニーがとつぜん「ここだ」と叫んで立ち上がり、バスを停めてくれと、運転手に手振りで伝えた。バスは車体を大きく揺らしながら律儀に停まり、私たちは凍てついた通りに降り立った。私は通りの反対側に目をやって、川石を埋め込んだ塀を眺めた。なかが見えないほど高いその塀はどこまでも続いていて、塀の上には鉄製の忍び返しがついていた。ベニーは走って通りを渡り、門の脇のキーパッドに暗証番号を打ち込んだ。すると、地面の氷を引っ掻きながら門が開き、門を抜けると、急に静寂に包まれた。松葉を揺らす風の音や、雪の重みに耐えかねた枝のきしみが聞こえるだけのドライブウェイをゆっくり歩いていくと、ついに目の前に大きな家があらわれた。

あのような家は見たことがなかった。まるでお城のようで、もちろん、お城ではないとわかっていたが、ほかにはない威厳が漂っていた。私はすっかり魅せられて、最新のファッションに身を包んでかつてここでガーデンパーティーを楽しんでいた若い女性や、猛スピードで湖を横切る艶やかな木製のモーターボートや、平べったいシャンパングラスを運ぶ使用人の姿を思い浮かべた。

「なにに驚いて腰を抜かすと思ったのか、わからないわ」と、私は軽口を叩いた。「うちのほうが大きいから」

「ハハハ」ベニーは、寒さで赤らんだ顔とは対照的に白っぽくて、しかもざらざらした舌を突き出した。「それなら、サンフランシスコの北のペブルビーチにあるおじの家へ行くといい。おじの家と比べるとここはちっぽけだし、おまけに古い。古くてカビ臭いから改装したいと、お袋はしょっちゅう言ってるよ。でも、ぼくは改装なんてしないほうがいいと思ってるんだ。この家はこのままがいいと」そう言うと、ベニーは石段を駆け上って、普通の家のドアを開けるように玄関の扉を開けた。

ベニーのあとに続いてなかに入った私は、すぐに足を止めた。家のなかは、豪華さを際立たせるためにヴェネツィアンガラスや金箔をふんだんに使ったラスベガスにあるカジノホテルの〈ベラージオ〉のようだった——当時の私が引き合いに出せるのは、それぐらいしかなかったのだ。けれども、〈ベラージオ〉とは比べ物にならなかった。壁に飾ってある絵も家具も、サイドボードや本棚に並んでいる美術品も、私にはその価値がわからなかったが、薄暗くてひんやりとした玄関ホールでおごそかな輝きを放っているのを見て、本物だというのはわかった。手を触れて、マホガニーのテーブルのなめらかな天板や陶製の壷のかすかな冷たさを感じてみたかった。

屋敷は吹き抜けになった玄関ホールを中心に放射状に広がっていて、長い廊下や、いくつものドアや、その奥の応接間らしき部屋や、車を一台駐められるほど大きい暖炉が見えた。目を上げると、二階の天井の木の梁に描いてある、金色の蔓がからみ合ったステンシル画が見えた。玄関ホールの奥には緋色の絨毯を敷いた優雅な螺旋階段があって、しずく形のクリスタルがぶら下がった真鍮製の巨大なシャンデリアの光に照らされていた。内装には木がふんだんに使われていて、彫刻や化粧加工や象嵌をほどこした木材はどれも、自ら光を放っているのかと思うほど磨き込まれていた。

螺旋階段の壁の両側には大きな肖像画が二枚飾ってあった。正装して直立している男女を描いた油絵で、金縁の額越しにたがいを咎めるように見つめている。いまなら、やたらと肖像画がもてはやされた二十世紀初頭にサージェント派の画家が描いたものだとわかるが、当時は高価なものに違いないと思っていた。肖像画にはそれぞれ、〝ウィリアム・リーブリングⅡ〟、〝エリザベス・リーブリング〟と書かれた、美術館で見かけるのと同じ小さな真鍮のプレートが添えてあった。私は、ベニーの曾祖母かもしれないエリザベス・リーブリングなる女性が大きく膨らんだサテンのスカートの裾をぴかぴかに磨き上げられた床の上でひるがえしながら屋敷のなかを颯爽と歩きまわっている光景を想像した。

「立派な家ね」ようやく正直な感想を口にした。

ベニーは、起きているか確かめるかのように私の肩をつついた。「なにが立派なもんか。ここは泥棒男爵の隠れ家だったんだ。この悪趣味な家を建てたぼくのひいひいじいさんは、設計士と建築業者に代金を払わなかったから訴えられたんだぞ。家が気に入らなかったからでも金がなかったからでもない。ただのクソ野郎だったからだ。死んだときの追悼記事には、〝見事なまでに不誠実な人物だった〟と書いてあったらしい。親父は、その記事を額に入れて読書室に飾ってるよ。親父はそれを誇りに思ってるんだ。ひいひいじいさんは親父のロールモデルなのかも」

私は、声をひそめたほうがいいことに気づいた。「いまいるの？　あなたのお父さん」

ベニーはかぶりを振った。玄関ホールの天井はとてつもなく高いので、長身のベニーがひどく小さく見えた。「親父がここにいるのは週末だけだ。平日は都会で、つまり、その、サンフランシスコ湾を見下ろすきれいなオフィスに座って仕事を失ったばかりの工場労働者の家を差し押さえたりしてるんだよ」

「お母さんはつらいでしょうね」

「親父が家にいないことが？　かもしれない」ベニーが表情を曇らせた。「ぼくにはなにも言わないけど」

「お母さんはいるんでしょ？」私は、ベニーの母親がいたほうがいいのかいないほうがいいのか、よくわからなかった。

「ああ。でも、二階にある自分の部屋でテレビを観ているはずだ。きみが来てるとわかったら、ぜったいに下りてこないよ。服を着替えないといけないから」ベニーはわざと音を立て階段の下にバックパックを置くと、二階に目をやって母親が部屋から出てくるかどうか確かめたが、母親は出てこなかった。「とりあえず、キッチンになにかないか見に行こう」

ベニーのあとについて屋敷の奥にあるキッチンへ行くと、年配のラテン系の女性が大きなナイフで大量の野菜を切っていた。「ローデス、ニーナだ」ベニーは、そう言うなり女性の脇をすり抜けて冷蔵庫のほうへ歩いていった。

ローデスは、垂れてきた髪を手の甲で払いのけながらちらっと私を見た。「学校のお友だち？」

「はい」

すると、ローデスがしわだらけの顔をゆるめてにっこり笑った。「で、お腹(なか)はすいてる？」

「いえ、大丈夫です」

「彼女は腹ぺこなんだ」ベニーは横からそう言いながら冷蔵庫を開けて、半分になったチーズケーキを取り出した。「これ、食べてもいいかな？」

ローデスが肩をすくめた。「奥さまはお召し上がりにならないので、どうぞ」彼女は野菜の山に向き直ってふたたび切りはじめた。ベニーは引き出しからフォークを二本取り出してべつのドアから出ていった。私は、驚きから覚めやらぬままふらふらとあとを追った。ドアの向こうはダイニングルームで、顔が映るほどピカピカに磨き上げられた、黒くてやたらと長いテーブルが置いてあった。天井からはシャンデリアがぶら下がっていて、薄暗い部屋にこまかい虹色の光を散らしていた。ベニーは片手にケーキをのせたまま、その堅苦しいテーブルに目をやって一瞬考え込んだ。

「いいことを思いついた。屋敷守りのコテージへ行こう」

私は意味がわからなかった。「なにか用があるの？」

「いや、もう屋敷守りは置いてないんだ。住み込みの屋敷守りは。だから、週末に客が泊まりにきたときのためのゲストハウスのようなものなんだけど、客が来ることはなくて」

「じゃあ、なにしに行くの？」

ベニーがにやりとした。「きみをハイな気分にするためだよ」


放課後のあらたなルーティーンはそうやってはじまった。私は週に二、三回バスでベニーの家へ行き、キッチンでおやつを調達して裏口から外に出た。裏口にもポーチがあって、その先には夏になると芝生が青々と茂る裏庭があるのだが、冬のあいだは真っ白な雪景色が広がっていた。私たちは、数日前に自分たちがつくった足跡を追って、敷地の端にひっそりとたたずむ屋敷守りのコテージまでゆっくり歩いていった。コテージに着くと、ベニーがマリファナに火をつけ、ふたりでカビ臭い布張りのカウチに寝そべって話をしながらマリファナを吸った。

ハイになるのは好きだった。普段とは逆に、体が重くて頭が軽くなるのが気に入った。いちばんよかったのはベニーと一緒にハイになれたことで、たがいを隔てる溝も狭まったような気がした。それぞれ逆向きにカウチに寝そべって足をからませると、体がつながっているようなーーたがいの鼓動が共鳴して、からませた足からエネルギーが伝わり合うようなーー気がした。当時はとても有意義な話をしているように感じていたので、どんな話をしたのか覚えていないのは残念だが、ハイになった高校生のくだらない無駄話だったのだと思う。クラスメイトのゴシップや教師に対する不満や、UFOや死後の世界の存在を信じるか、多くの死体が湖の底をさまよっているという噂を信じるかといったような話だったのだと。

あのコテージでなにかが芽生えかけていたのはーーふたりの関係が変わろうとしていることにとまどいを覚えていたのはーー覚えている。私たちはただの友だちだったはずだ。なのになぜ、窓から斜めに射し込む夕陽に照らされた彼の顔を眺めて、顎のそばかすに自分の舌を這わせて塩っぱい味がするかどうか確かめたいなどと思ったのだろう？　なぜ彼が脚を押しつけてきたときに、イエスかノーかの返事を求められているなどと思ったのだろう？　ハイになってボーッとしているときに、ずいぶん長いあいだ沈黙が続いていることに気づいて、ふとベニーのほうを見ると、長いまつ毛越しに私を見つめていたベニーが顔を赤らめて視線をそらしたことも何度かあった。

ベニーの家へ行くようになってひと月と経たないころに、一度だけ彼の母親に会った。

いつものように玄関ホールを抜けてキッチンへ行こうとしていると、重々しい静寂を切り裂くような声が聞こえてきた。「ベニー？　あなたなの？」

ベニーはあわてて足を止め、用心深い表情を浮かべてエリザベス・リーブリングの肖像画の脇の壁にぼんやりと目をやった。「やあ、ママ」

「こっちへいらっしゃい」ミセス・リーブリングは喉につかえた声で言った。言葉が喉の奥に引っかかって、それを呑み込もうか吐き出そうか決めかねているようだった。

ベニーは、すまないと言わんばかりに私のほうへ首を傾けた。ベニーのあとを追い、これまで足を踏み入れたことのない迷路のような廊下を恐る恐る歩いていくつもの部屋の前を通りすぎると、床から天井までの本棚がずらりと並ぶ部屋にたどり着いた。そこはおそらく読書室で、カバーのかかっていない、あまり面白くなさそうな大型本で埋めつくされていた。何十年も前にそこに糊で貼りつけて以来、一度も動かしていないように思えるほど整然と並んでいた。羽目板張りの壁には、狩猟で仕留めたヘラジカやアカシカの頭が飾ってあった。部屋の片隅には直立したクマの剝製もあったが、尊厳を奪われたことを恨んでいるのか、どれも悲しげな顔をしていた。ベニーの母親は、暖炉の前に置いてあるベルベットのカウチにインテリア雑誌を積み上げて、体の下に脚をたくし込むようにして座っていた。彼女はドアに背を向けていて、ベニーと私が入っていっても振り向かなかったので、私たちはしかたなくカウチの角をまわってミセス・リーブリングの目の前へ歩いていった。

〝何様のつもり？〟と、私はちらっと思った。

近くで見ると、ミセス・リーブリングはとても魅力的だった。目は大きくて、潤みがちで、顔は小さくてほっそりしていた。ベニーの赤毛は母親譲りなのだろうが、ミセス・リーブリングの髪は小豆色に近く、手入れの行き届いた馬のたてがみのように艶々していた。それに、その気になればひょいとつまんで立ち上がらせて、膝蹴りでぽきんとふたつ折りにできそうなほど痩せていた。着ていたのは白っぽいシルクのジャンプスーツのような服で、首にスカーフを巻いていた。まるで、フレンチレストランで優雅なランチを楽しんで帰ってきたばかりのような感じがした。ただし、この家で誰かが優雅なランチを楽しむことなどないような気がしてならなかった。

「なるほど」ベニーの母親は、読んでいた雑誌をカウチの上に置いて私を見た。「先ほどから聞こえてたのはあなたの声だったのね。ベニー、紹介してくれない？」

ベニーは両手をポケットの奥に突っ込んだ。「ママ、彼女はニーナ・ロス。ニーナ、ぼくの母親のジュディス・リーブリングだ」

「はじめまして、ミセス・リーブリング」私が手を差し出すと、ベニーの母親は驚いたように目を見開いて私を見つめた。

「まあ、お行儀がいいこと！」彼女はそう言いながらやわらかくてぐにゃっとした手を差し出し、私の手を軽く握って、すぐに離した。そして、またせわしなく雑誌のページをめくりはじめたが、認めてくれたのはわかった。けれども、ラスベガスにいたときに髪に入れたピンク色のメッシュはずいぶん色褪せていたし、目のまわりはアイライナーで真っ黒で、タグに他人の電話番号が書いてあるパーカーには染みがついていた。おまけに、スノーブーツのつま先には粘着テープが貼ってある。「ひとつ訊いてもいいかしら、ニーナ・ロス？　あなたはどうしてほかのクラスメイトと一緒にゲレンデへ行かないの？　ここではみんなスキーをするんだと思ってたんだけど」

「私はしません」

「あら」ミセス・リーブリングはニューヨークの豪華なアパートメントの写真に目をやって、あとでもう一度見るためにページの端を折った。「ベニーはスキーが上手なのよ。聞いてない？」

私はちらっとベニーを見た。「そうなの？」

ベニーがなにも言わないので、ミセス・リーブリングが代わりにうなずいた。「私たちは、彼が六歳のときからサン・モリッツで休暇を過ごしてたの。楽しかったわ。彼が友だちと一緒にスキーをしないのは、格好をつけているだけだとしか思えないのよね。だって、いまはこうして雪のなかで暮らしてるんだから。そうなんでしょ、ベニー？　スキーもボートもチェスも、以前はあんなに好きだったのに、最近は部屋にこもって漫画ばかり描いてるのよ」

ベニーの首筋がこわばった。「やめろよ、ママ」

「冗談よ」ミセス・リーブリングは声をあげて笑ったが、少しも楽しそうではなかった。

「ねえ、ニーナ、あなたのことを詳しく聞かせて。興味があるの」

「ママ」

ミセス・リーブリングは、めずらしいものでも見るように、わずかに首を横に倒して私を見つめた。私は完全に射すくめられた。殺されるまでじっとしていなければならないと思い込んでしまったかのように、体がまったく動かなくなった。「えーっと、その、私たちは去年引っ越してきたばかりなんです」

「私たちというのは？」

「母と私です」

「そう」ミセス・リーブリングがうなずいた。「それで、ここへ引っ越してきた理由は？お母さまのお仕事の関係？」

「ええ、まあ」ミセス・リーブリングは続きを待った。「母は〈フォンデュラック〉で働いてます」

ついにベニーが怒りだした。「頼むよ、ママ。彼女を質問攻めにするのはやめてくれ」

「わかったわよ。黙ればいいのね。あなたの人生にはなんの関係もないつまらないことを訊いて悪かったわ、ベニー。とにかく、もう行きなさい。ふたりで毎日こっそり出かけているところへ行きなさい。私のことは気にしないで」ミセス・リーブリングは雑誌に視線を戻して、ちぎれるのではないかと思うほどすばやく、立て続けに三ページめくった。

「そうそう、今日はお父さんが帰ってきて、一緒に食事をするんですって。家族みんなで」ミセス・リーブリングは私に意味ありげな視線を向けた。まるで、〝あなたを食事に招くつもりはないから、空気を読んで、暗くなる前に帰りなさい〟と言っているようだった。

すでに部屋を出ていきかけていたベニーが足を止めた。「でも、今日は水曜日だよね」

「そうだけど」

「金曜日まで帰ってこないんだと思ってたよ」

「そうね」ミセス・リーブリングが雑誌を手に取った。「話し合った結果、パパはこっちにいる時間を増やすことにしたみたいなの。私たちと一緒に過ごす時間を」

「それはすばらしい」ベニーの言葉は皮肉にまみれていた。

ミセス・リーブリングは雑誌から目を上げて、低い声で咎めた。「ベニー」

「ママ」ベニーが母親の声色を真似たとたん、私はいたたまれない思いに駆られた。ベニーはいつも、こんなふうに生意気で、しかも母親を見下したような口のきき方をしているのだろうか？　けれども、ミセス・リーブリングは受け流したようで、指先を唇に当ててベニーに投げキスを送った。そのあとは、べつの雑誌を手に取って、またせわしなくページをめくりはじめた。私たちはようやく解放された。

「ごめん」読書室を出てキッチンへ向かう途中で、ベニーが謝った。

「あなたが言うほどひどいお母さんじゃなかったわ」と、私は思いきって言った。

ベニーはうんざりしたような表情を浮かべた。「きみは相対評価をしてるんだよ」

「でも、今日は起きてベッドを出てたし、お父さんも帰ってくるってことだし。よかったじゃない」

「やめてくれ。ぜんぜんよくないよ」ベニーが顔をゆがめてそう言ったのは、彼もほんとうはよかったと思っているのに、それを私に知られたくないからのような気がした。「親父が帰ってくるのは、お袋がそうしてくれと言ったからで、それだけの元気があるのなら、夕食のあとは好きなところへ行けるからだよ。長居をする気はないはずだ。お袋も、親父と一緒にいたいなんて思ってないし。お袋は、呼んだときに親父が帰ってくれば、それで満足なんだ。妻としての立場が保たれている証しになるから」

私は、ベニーが精神科医にかかっていた理由がわかる気がした。「お母さんとお父さんはなぜ離婚しないの？」

ベニーは苦々しげに小さな声で笑った。「金だよ。決まってるじゃないか。すべては金だ」

母親のことが心配だったのか、ベニーはそれからずっとふさぎ込んでいた。ミセス・リーブリングの振る舞いは私も気になっていた。取りつかれたように雑誌のページをめくっていたからだ。私たちはマリファナを吸い、そのあとベニーは漫画を描いて、私は宿題をした。カウチの反対側の端に座ったベニーがときどき私を見つめているのは気づいていた。母親が私をどう思っているか察したことで彼の私に対する印象も変わってしまったのではないかと、不安でしかたなかった。その日は、日が暮れる前にコテージをあとにした。家に帰って、髪にカーラーを巻いた母がキッチンでマカロニを茹でているのを見たときはうれしかった。

思わず、うしろから母に抱きついた。「マイベイビー」母は、振り向いて私を抱きしめた。「どうしたの？」

「べつに、どうもしないわ」私は母の肩に顔を埋めた。「ママこそ、どうしたの？」

「あたしはしごくご機嫌よ」母は私を押し返し、ピンクのマニキュアを塗った指で顔の輪郭をなぞりながらまじまじと見つめた。「おまえは？　学校は順調？　気に入ってる？いい成績が取れそう？」

「うん」放課後はベニーと一緒にハイになっていたものの、テストの点数はよかった。たいへんだったが、予習や復習もきちんとこなしていた。学校の自由な雰囲気も、教師がマルチプルチョイスのテストばかりさせるのではなく、考えることに重きをおいた授業をしてくれるのも気に入っていた。転校して半年経ったころには、ほとんど科目でAが取れる見込みが出てきた。英語のジョー先生は数日前に私を教室の隅に引っぱっていって、スタンフォード大学の夏期講習のパンフレットをこっそり渡してくれた。「来年、受けてみるといい。大学に入る際に有利になるから」と、先生は言った。「夏期講習の責任者と知り合いだから、推薦状を書いてあげるよ」

私はそのパンフレットをバックパックに押し込み、ときどき取り出しては表紙に載っている学生たちの写真を眺めた。みんなスクールカラーの赤紫色のTシャツを着てバックパックにぎっしり本を詰め、にっこり笑って肩を組んでいる。もちろんスタンフォードへ行くにはお金がかかるが、けっして叶わない夢ではないと、それを見てはじめて思った。もしかすると、なんとかなるかもしれないと。

母は満面の笑みを浮かべた。「よかった。おまえが誇らしいわ」

母の笑みに嘘はなく、私が学校を気に入っていると知って心底喜んでいるようだった。そのとき、ふとミセス・リーブリングのことを思い出した。私の母は欠点だらけだが、冷たい人間ではない。私をないがしろにしたことはないし、私も母の期待に応えようと努力した。母は、私のためならどんなことでも、おまけに、何度でもしてくれた。それに、私たちは雪などものともせず、安全で快適に暮らしていた。「今日は体調がすぐれないから休むと電話をして、一緒に映画でも観ない？」と誘ってみた。

母は悲しそうな顔をした。「いまさら無理よ。急に休むと、支配人がカンカンに怒るから。けど、日曜日は仕事が休みなんで、コブルストーン・センターへ行って、どんな映画をやってるかチェックしない？　たぶん、ジェームズ・ボンドをやってたはずよ。映画を観る前にピザを食べてもいいし」

私は、母の背中にまわしていた腕を下ろした。「うん」

コンロの上のタイマーが鳴ったので、母はあわてて火を切った。「今晩は帰りが遅くなっても心配しなくていいからね。ダブルシフトを引き受けたの」母がえくぼを浮かべながら、にっこり笑って鍋を流しに運ぶと、一瞬、湯気で顔が見えなくなった。「お腹いっぱい食べられるように！」

四月半ばのある日に、私はあたりを見まわして春の訪れに気がついた。山の頂はまだ凍った雪に覆われていたが、湖のほとりでは残っていた雪を雨が消し去った。季節が変わると、ストーンヘイヴンはまったく違って見えた。やがて夏時間に切り替わると、夕方でもあたりは松林の木洩れ陽に包まれた。青々とした芝生の絨毯が屋敷から湖畔まで続いているのも、ついに目にすることができた。屋敷内の小道には、姿を見かけたことのない庭師が植えたスミレが咲いた。そして、私が当初感じていた屋敷の不気味さや威圧感は、ずいぶんやわらいだ。

いや、そう感じたのは、ストーンヘイヴンに慣れて楽しく過ごしていたからかもしれない。ストーンヘイヴンの玄関の石段まで歩いていっても、もう気後れすることはなく、まるで、そこがバックパックの置き場所だと決められているかのように、ベニーの真似をして私も階段の下にバックパックを放り投げた。ミセス・リーブリングには、あのあともう一度会った。彼女は、両手にひとつずつ花瓶を持って屋敷のなかを幽霊のようにふらふらと歩いていた。ベニーの話では、部屋の模様替えにのめり込んでいるとかで、家具を部屋の片側から反対側に移したり、また元に戻したりしているようだった。私が挨拶をしても黙ってうなずいただけで、腕で顔の埃を拭おうとして頬に灰色の筋をつけていた。

春休みに入ってほどない日曜日の朝、私はベーグルとコーヒーを買いに母と〈シッズ〉へ行った。列に並んで待っていると——母は、顎ひげを生やしたやさしい店主と話をしていたのだが——ほかの客の話し声にまじって私の名前を呼ぶベニーの声が聞こえた。振り向くと、ベニーが見たことのない若い女性と一緒に列のうしろのほうに立っていた。

私は、ベニーのそばへ歩いていって女性を見た。地元の人ではなさそうで、オスカー像のようにきらきら光っていた。髪もネイルもメーキャップも、洗練された輝きを放っていた。プリンストン大学のスウェットシャツにジーンズというラフな格好だったが、ジーンズのおしゃれなデザインも、スウェットシャツの袖の下からのぞくダイヤのブレスレットも革のバッグも、ベニーと違ってお金のにおいがした。アイビーリーグの大学案内の表紙に載っている女子学生のように、頭も見た目もよくて、進歩的な考えの持ち主だという印象を受けた。

彼女は携帯をいじっていたし、店内は騒々しかったので、私に気づかなかった。ベニーは私の肩に腕をまわして、私と彼女を交互に見た。「ニーナ、ぼくの姉貴だ。ヴァネッサ、友だちのニーナだ」

お姉さんなんだ。なるほど。私の心のなかで相反するふたつの思いが——ヴァネッサのように、いや、ヴァネッサになりたいという思いと、けっしてなれないという思いが――交錯した。結局、ヴァネッサを羨ましいと思うのは間違いだと気づいたが、自分の気持ちに逆らうことはできなかった。ヴァネッサは母が思い描く未来の私の姿そのものだったが、彼女を目のあたりにすると、叶わない夢だというのがはっきりわかった。

ヴァネッサはようやく目を上げて、弟が誰かの肩に腕をまわしていることに気づいた。一瞬、彼女の大きな緑色の目に、驚きと、おそらく安堵の色が浮かんだが、私を見つめたとたんに消えた。彼女は礼儀をわきまえていて、頭のてっぺんからつま先までじろじろ見るようなことはしなかったが、人を値踏みするのが好きなタイプだというのはわかった。慎重で、抜け目のない人物だというのもわかった。おそらく、ひとつひとつチェックして点数を足し合わせ、仲よくするに足る人物ではないと判断したのだろう。

「可愛い子ね」ヴァネッサはしらじらしく私をほめると、もう用はないと思ったのか、すぐさま携帯に視線を戻して一歩うしろに下がった。

私は顔が真っ赤になった。自分のすべてがダサいことに気づかされたのは、おそらくそれがはじめてだった。メーキャップは下手だし、ごてごて塗りすぎだし、お尻とお腹のラインを隠してくれるはずの服は太って見えるし、髪も、ドラッグストアで買ったカラーリング剤で染めたために傷んでいて、格好よくないし、クールでもない。それに、安っぽい。

まずにすんだ。

「学校の友だち？」気がつくと、母がそばに立っていた。母のおかげで、それ以上落ち込
「ベニーです」ベニーは自己紹介して、礼儀正しく手を差し出した。「お目にかかれて光栄です、ミセス・ロス」母はびっくりしたような表情を浮かべたが――もしかすると、〝ミセス〟と呼びかけられたのは生まれてはじめてだったのかもしれないが――すぐに元の表情に戻った。母はベニーの手を握って型どおり上下に振ったが、手を離すのがほんの少し遅れたので、ベニーが顔を赤らめた。

「〝あなたのことはいろいろ聞いてるわ〟と言いたいところなんだけど、ニーナは新しくできた友だちのことをぜんぜん話してくれないの」

「だって、友だちが大勢いるわけじゃないから。彼だけよ」と私が言うと、ベニーは私の目を見てにっこり笑った。

「こんなに素敵な友だちができたのなら、名前ぐらい教えてくれればいいのに」母は、えくぼをつくってベニーにほほ笑みかけた。「あなたは親に友だちの話をするわよね」

「いいえ、しません」

「じゃあ、親どうし団結して慰め合わないとね。みんなで情報交換したりして」母は目をまわすふりをしたが、ベニーが私にほほ笑みかけたり、私がわずかに頬を赤らめたりして

いるのをこっそり観察しているのはわかっていた。一瞬、気詰まりな沈黙が流れたあとで、母があたりを見まわした。

「クリームと砂糖はどこ？　砂糖をどっさり入れないとコーヒーが飲めないのよ。話がすんだら教えてね、ニーナ」母は、私とベニーに気を遣ってカウンターの端のコーヒーバーへ行き、私たちのことはまったく気にしていないふりをしてコーヒーに大量の砂糖を入れた。私は、〝ふたりだけにしてくれてありがとう〟と、心のなかで感謝した。

けれども、ヴァネッサがうしろにいたので、ベニーと私は無言で笑みを交わしただけだった。注文の順番がまわってくると、「ぼくはコーヒーで、姉はカプチーノ」と、ベニーがバリスタに告げた。

「豆乳（ソイ）ラテよ」ヴァネッサが、携帯から目を上げずに言った。

ベニーは天井を仰ぎ、「いまのは無視していいから」と言って財布から百ドル札を取り出した。ようやく目を上げてそれに気づいたヴァネッサは、つかつかと前に出るなりベニーの腕をつかんで手にしたお札を見つめた。

「まったく。また金庫から盗んでるの、ベニー？　そのうちパパも気づくだろうし、そしたら、たいへんなことになるわよ」

ベニーがヴァネッサの手を振り払った。「金庫には百万ドル入ってるんだから、二、三百ドル減ってたって気づくもんか」

ヴァネッサはちらっと私を見て、すぐに視線をそらせた。「いいかげんにしなさいよね、ベニー」と、声をひそめて鋭い口調で言った。

「今日は機嫌が悪いのか？」

ヴァネッサはため息をついて両手を投げ出した。「ばかなことを言ってないで、もう少し大人になりなさい」彼女はわざと私を見ないようにしていた。私を無視すれば弟が生意気な口をきいたことも記憶から消せると思っているかのようだった。そのとき、彼女の携帯が振動した。「電話がかかってきたわ。すぐに戻るから。私のサングラスをさがしに飛行場へ行くのを忘れないでね」そう言って、店の外へ出ていった。

「ごめん。普段はあんなにつっけんどんじゃないんだけど。姉貴は友だちとメキシコへ行きたがってるのに、お袋はぼくたちと一緒にパリへ行かせたがっていて。だから、機嫌が悪いんだ」

私は、ヴァネッサに嫌われたことなどさっさと忘れて、ストーンヘイヴンにある暗い金庫のなかの百万ドルのことを考えていた。そんな大金を手元に置いておく人がいるだろうか？　見た目はどんな感じなのだろう？　どのぐらいの量になるんだろう？　強盗が緑色の札束をダッフルバッグに詰め込む映画のワンシーンをふと思い出した。きっと、ストーンヘイヴンのどこかに銀行にあるようなロック付きの隠し金庫があるのだろう。ひとりでは開けられないほど重い、大きな丸い鉄の扉のついた金庫が。「お父さんはほんとうに百万ドルも家に置いてるの？」

ベニーは困ったような顔をした。「まずいことを言っちゃったな」

「いったい、なんのために？　銀行を信用してないの？」

「ああ。でも、それだけじゃない。いざというときのためなんだ。親父はいつも、現金を手元に置いておくのは大事なことだと言っている。だって、そうだろ？　もしなにか起きて、たいへんなことになって、すぐに逃げなきゃいけなくなったときは現金が必要だし。サンフランシスコの家にもいくらか置いてるはずだ」いざというときは、当然、七桁の現金が必要だと思っているのか、ベニーは軽い口調で言った。でも、いざというのは、どんなときだろう？　ゾンビが襲ってきたとか、FBIに目をつけられたというようなときだろうか？　バリスタからコーヒーを受け取って振り向いたベニーは、いつものように首が顔のほうに向かって赤くなりかけていた。「ねえ、親父の金の話はやめないか？」

私はベニーの表情を見て、自分が暗黙のルールを破ってしまったことに気づいた。それまでは彼の父親が大金持ちだというのを知らないふりを、いや、たとえ知っていてもまったく気にしていないふりをしていた。けれども、彼の家にはいざというときのために百万ドルが置いてあって、飛行場では彼らをパリへ運ぶプライベートジェットが待機しているのだから、私たちを隔てる溝はとてつもなく深い。〈ウォルマート〉で買った古びたパーカーを着てカウンターの端に立っている母に目をやって、毎晩、カジノで何万ドルもの大金を紙屑のように浪費する男たちを母はどう思っているのか考えた。

するとと、母がしていることには——つまり、母がしている詐欺まがいの行為の裏には——秘めた理由があることを（そのときはあったことを！）、とつぜん悟った。母と私はガラスに顔を押しつけて、ガラスの向こうにいる持つ側の人たちが特権を享受するのを長いあいだ眺めてきた。とくに、このリゾートタウンには労働者階級の住人もいれば、年間三百二十日も空き家同然の状態になっている湖畔の家に高価なSUVで乗りつけて百三十ドルもするスキーリフトのチケットを買う別荘族もいる。持たざる側の人たちが金槌でガラスを叩き破り、手を伸ばして富の一部を奪い取ろうとしたところで、それほど驚くことではない。世の中には、与えられるのを待つ人間と、ほしいものがあれば奪いに行く人間がいる。母は、ガラスの反対側を指をくわえて眺めながら、自分も向こうへ行ける日が来るのを夢みているような人間ではなかった。

私はどうだったのだろう？

もちろん、いまはもう答えがわかっている。

けれども、あの日の私は「ごめんね」と、ベニーに謝った。罪悪感もあったし、ベニーを失うのが怖くて、それ以上お金の話をするつもりはなかった。

「いいんだ。べつに気にしてないから」ベニーは私の内心の葛藤に気づくことなく、ぎゅっと腕を握った。「ぼくたちは明日発つんだけど、パリから戻ったらすぐに会おう」

「お土産にバゲットを買ってきてね」私は、頬が痛くなるほど大きな笑みを浮かべた。

「いいよ」と、ベニーが約束してくれた。


春休みが明けて学校がはじまった初日に、またバスでベニーの姿を見かけた。ところが、春の陽気のせいか、ベニーは落ち着きがなくて、なんだか様子がおかしかった。私がバスに乗り込んだときも、飛びはねるように座席から立ち上がって、バゲットを二本、剣のように頭の上で振った。

「マドモワゼルにバゲットを」と、彼は勿体をつけて言った。

私は一本受け取ってちぎった。ずいぶん硬くなっていたが、わざわざ買ってきてくれたのがうれしくて、ひと口食べた。ただし、大富豪の息子がお土産に買ってきてくれたのがパンだけだったことには首をかしげた。（暗い隠し金庫のなかに入っている札束も、またもや目に浮かんだ。）もちろん、ベニーが私のことも私との約束も忘れずに、頼んだとおりのものを買ってきてくれたことに意味があるのだと、自分に言い聞かせはした。大事なのはそこで、私はそれがわかる人間なのだと。違うだろうか？

　それにしても……。

「また会えてうれしいよ」ベニーは、めずらしく大胆に私の肩を抱いた。以前の彼となにかが違う気がしたが、なにが違うのかはわからなかった。「やっと健全な日常に戻れた気がする」

「フランスはどうだった？」

　ベニーはひょこっと肩をすくめた。「ぼくはほぼ毎日、お袋と姉貴が買い物を終えるのを店の外でパンを食べながら待ってたんだ。で、ホテルに戻って、ふたりが山のように買い込んできたのを見ると、親父がキレるんだよ。スリル満点だった」

「パンを食べて買い物のおともをしただけだなんて、最悪ね。私は、町の図書館で生物学的個体性の勉強をしてたの。羨ましいでしょ」

「ああ、たしかに。家族とパリへ行くよりきみと一緒にいたかったよ」ベニーはそう言って、肩をぎゅっとつかんだ。

　私はまた、ここへ来てから感じるようになったあらたな苛立ちを覚えた。私はパリと聞いただけでわくわくしているのに、ベニーも自分の恵まれた環境にもっと感謝するべきだと思ったからだ。けれども、彼はフランスで休暇を過ごすより私と一緒にいるほうが楽しいと、ほんとうにそう思っているようで、それを否定するつもりはなかった。

ベニーも一緒にバゲットを食べたので、ストーンヘイヴンに着いたときには、バスの床がパン屑だらけになっていた。門を抜けると屋敷のほうへ歩きはじめたが、ベニーは玄関の石段に向かおうとはせず、車寄せの手前で私の袖を引っぱって左に曲がり、家の脇の松林のなかへ連れていった。

「どうしたの？」

ベニーは唇に指を当てて二階の窓を指さすと、声は出さずに口だけ動かして「お袋が」と告げた。

なんのことかよくわからなかったが、私はベニーのあとについて松林を抜け、敷地の縁をめぐる未舗装の小道を通って屋敷守りのコテージの前まで行った。コテージのなかに入ると、ベニーは私たちがスナック菓子を置いていた小さなキッチンへ行き、キャビネットからボトルを一本取り出して私に見せた。フィンランド産の、高級そうなウォッカだった。

「隠していたマリファナがなくなったから、親父のリカーキャビネットから盗んできたんだ」

「なくなった？　ぜんぶ吸ったの？」

「違うよ。フランスへ行く前にお袋が勝手にぼくの部屋を調べたんだ。ベッドの下に隠してたんだけど、見つかって、トイレに流されてしまって」ベニーはばつが悪そうな顔をした。「それで、まずい状況になってるんだ。ほんとうは、きみがここにいるのもまずいんだよ。両親に、きみに会っちゃいけないと言われたので。だから、家のなかには入らなかったんだ」

私はベニーの話の真意を探った。彼がめずらしく大胆なことをしたのは——まるで、きみはぼくのものだと言わんばかりにバスのなかで肩を抱いたのは——両親への反抗だったのだ。「つまり、マリファナの件は……私のせいだと思ってるのね、ご両親は。私があなたによくない影響を与えていると思われてるのは、髪がピンクだから？　それに、スキーをしないから？」心の奥でひとりよがりな怒りが湧き立った。

ベニーはかぶりを振った。「親父にもお袋にも、きみは関係ないと言ったよ。きみと知り合う前からだというのは両親も知ってるんだ。ただ、あのふたりは……過保護で、大げさで。いつだって、そうなんだ。もう、うんざりだよ」

ウォッカのボトルは、私とベニーの関係の変化を、あるいは反抗心を、いや、謝罪の気持ちを象徴するトーテムポールのように私たちのあいだに立っていた。ついに、私が手を伸ばしてボトルをつかんだ。「ジュースはある？　スクリュー・ドライバーをつくるわ」

「いや。ウォッカしかない」ベニーは私の目を見て顔を赤らめた。それを見た私は、なにかの本で知った〝酔った勢い〟という言葉を思い出しながらキャップを開けて、そのままひと口飲んだ。以前に母のマティーニをすすったことはあったが、ごくりとひと口飲んだ。喉が焼けるように熱くなって咳き込むと、ベニーが背中を叩いたので、ぜんぶ吐き出してしまった。

「グラスを渡すつもりだったんだけど……」ベニーはボトルを奪い取って口をつけ、ウォッカが食道に達すると、ぶるっと体を震わせた。口の端からこぼれた分はTシャツの袖で拭いた。充血した涙目で彼が私を見たとたん、ふたりとも笑いだした。

　ウォッカは私の胃に火をつけた。気持ちが昂り、頭がクラクラして、体が熱くなった。

「ほら」ベニーがボトルを返してきたので、今度は、息が切れるまで流し込むように飲んだ。そんなことを五分ほど続けているうちに、ベニーも私も酔っぱらって足元がおぼつかなくなり、ダイニングルームの椅子につまずいて、倒れそうになりながらへらへらと笑った。ベニーは、倒れる前に私を支えて自分のほうに向かせた。私は、まさに酔った勢いでベニーにキスをした。

　キスはそのあといろんな人と何度もして、その人たちのほうがベニーより上手だったが、ファーストキスはいつまでも思い出に残るもので、いまでも鮮明に覚えている。ベニーの唇がひび割れていたことも、なのに、とろけるようにやわらかかったことも。私は目を開けていたのに、彼は目をつぶっていたことも、だから、真剣で情熱的な感じがしたことも。キスがしやすいように彼がかがんで私の顔を自分の顔に近づけ、私も背伸びをして、倒れないように彼の胸に寄りかかったときに、おぞましい音を立ててたがいの歯がぶつかったことも覚えている。いったん唇を離して、長いあいだ水中に潜っていたかのように、あえぎながら息を吸ったことも。

ベニーに寄りかかっていると、彼の心臓が激しく脈打っているのがわかった。心臓が胸を突き破って、ドアの外へ飛んでいくのではないかと思うほど激しく。けれども、しばらくそうしているうちに、あらたな現実に慣れて動悸も収まった。「同情や哀れみで応じてくれなくてもいいんだよ」と、ベニーが私の耳元でささやいた。

私は体を引き離してベニーの腕を叩いた。「ばか。私のほうからキスをしたのよ」

ベニーは長いまつ毛をしばたたかせて、シカのようなやさしい目で私を見た。彼の息はウォッカのにおいが——甘いガソリンのようなにおいが——した。「きみは美人で頭がよくて、おまけにしっかり者なのに、なぜなのかわからないよ」

「理由なんてないわ」と、私が言った。「深刻に考えるのはやめて。私はあなたが好きなんだから、それでいいじゃない」

しかし、彼が疑念を持つのも当然だ。世の中に見かけどおりのものなどない。どんなに素敵なものでも、染みひとつなくてきれいなようでも、ひと皮めくればいろんなものが隠れている。透明な湖の底には黒々とした泥がたまっているし、アボカドのなかには硬い種が潜んでいる。いまにして思うと、私がベニーにキスをしたのは、彼は私のものだという一種の宣言だったような気がする。ベニーの両親は、私が悪い影響を与えていると思って会わせないようにするつもりだったはずだ。だから、キスをすることによって、ベニーの両親にメッセージを伝えたかったのだ。〝放っておいて。彼は私のものなんだから。あなたたちに勝ち目はないわ。あなたたちはすべてを手にしているけど、あなたの息子は私のものよ〟と。

よろめきながらも、迷うことなくベニーの手を取って天窓のある部屋のギシギシときしむベッドへ彼を連れていったのも、両親へのメッセージだった。私はウォッカの力を借りて、それまで気づかずにいた自分の大胆さに火をつけると、床に服を脱ぎ捨ててたがいの体に舌を這わせ、ためらうことなくベニーに身をゆだねた。一瞬、鋭い痛みが走ったが、激しくあえぎながら最後までいった。それが未来を切り拓く道だと思っていた。

動機は不純だったかもしれないが、その日、私たちに――そして、それから数週間に――

――起きたことは純粋だった。ほかには誰もいないコテージで私たちがしたことは、まるで異空間での出来事のように思えた。学校での関係はこれまでと変わらず、教室を移動するときに廊下ですれ違ったり、たまにカフェテリアで一緒にピザを食べたりするだけだった。カフェテリアのテーブルの下でこっそり足をからませることはあっても、体に触れたりすることはなかった。私自身は期待に胸を膨らませていたものの、放課後に彼の家へ行くバスのなかでも、たがいにボーイフレンドとガールフレンドのような振る舞いはしなかった。手をつなぎもしなければ、青いボールペンで相手の腕に自分のイニシャルを書いたり、ひとつのカップにストローを二本突っ込んでソーダを飲んだりはしなかった。自分の気持ちを言葉にすることはなかったし、相手の気持ちを推し量ろうともしなかった。ところが、コテージに一歩足を踏み入れると、すべてが変わった。私たちのささやかな反抗を行動に移すには、長い時間が――放課後までの時間に加えてバスに乗っている三十分が――必要だった。

「相手は誰なの?」ある晩、夕食の前に危なっかしい足取りで帰ってきた私を見て、母が訊いた。私の肌にはまだベニーのにおいが残っていたので、十代の若者の旺盛なフェロモンのにおいに母も気づいたのではないかと不安になった。

「どうしてそんなことを訊くの?」

母は、髪に巻きつけたカーラーをはずしながらバスルームの入口で足を止めた。「愛のことなら、あたしもよく知ってるから」そう言って、しばらく考え込んだ。「要するに、セックスのことならね。予防はしてるの？　あたしのナイトスタンドにコンドームが入ってるから、必要なだけ持っていっていいわ」

「やめてよ、ママ！　〝早すぎる〟と言うだけにしておいて」

「早すぎるわ、ベイビー」母は手櫛でカールをほぐして、スプレーで固めた。「嘘よ。あたしは十三歳のときだったの。だから、そんなこと言えるわけないでしょ？　とにかく、会わせて。一度、食事をしに来てもらってよ」

今度は私が考え込んだ。相手はカフェで会った少年だと打ち明けたほうがいいのだろうか？　もしかすると、母はすでに気づいていて、私が打ち明けるのを待っていたのかもしれない。けれども、たがいの世界を隔てるルビコン川のこちら側にベニーを連れてくることには、なぜか抵抗があった。そんなことをすると、大事なものが壊れてしまうような気がしてならなかった。「そうね」

母は便器の上に座って、片足のつま先をそっと揉んだ。「いい？　この際、ひとつ言っておきたいことがあるの。よく聞いて。たしかにセックスが愛の証しとなる場合もあるわ。もしそうなら素敵だし、おまえの場合もそうならいいのにと思ってるわ。でも、セックスはたんなる手段でもあるの。ほしいものを手に入れるだけの力があるのを自分自身に証明するためにセックスをする男もいる。おまえは、男が牛耳る世界の階段をたった一段上っただけなのよ。もし、おまえのしているセックスがそうなら——たいていはそうなんだけど——おまえもセックスを道具として使えばいい。利用されているばかりじゃだめで、おたがいに対等な関係だということを頭において、男と同じだけのものを手に入れるようにしなきゃ」母はむくんだ足を靴に押し込んで、ヒールをぐらつかせながら立ち上がった。「それに、せいぜい楽しまないと」

私はいやな気分になった。ベニーとの関係に打算も下心もないことは、よくわかっていたからだ。それでも母の言葉は私たちのあいだに漂って、私の甘美な思いに毒を吹き込んだ。「それって、ずいぶん古い考え方よ、ママ」

「そう?」母は鏡に映った自分の顔を眺めた。「職場で毎晩目にしていることからすると、古いとは思えないんだけど」そう言って、鏡のなかの私の目を見つめた。「とにかく、気をつけたほうがいいわ」

「ママも気をつけてるの?」思いのほか意地悪な口調になってしまった。

母は、苛立ちを振り払うように青い目をすばやくしばたたかせた。マスカラのだまも後悔も振り払うかのように。「あたしは高い授業料を払ったの。おまえには同じ轍を踏んでほしくないのよ」

私は態度をやわらげた。無意識のうちにそうなった。「心配しなくても大丈夫よ、ママ」

母はため息をついた。「そんなこと言われても心配なのよ」


最後にベニーに会ったのは五月半ばの水曜日だった。学年末まで残り三週間となって、学校は期末テストの真っ最中だった。私は、まだBプラスしか取れていない科目の成績をなんとかAに引き上げようと最後の追い込みをかけていたので、一週間近くベニーに会っていなかった。ベニーはその日、バスに乗り込んできてとなりに座るなり、私に一枚の紙を差し出した。その分厚いリネン紙には、漫画のキャラクターに仕立てた私の姿がていねいに描いてあった。タイトな黒いコスチュームに身を包んだ私は、血のしたたる剣を手にしてピンク色の髪をうしろになびかせながら勇ましく宙を舞い、私の足元では、火を吐くドラゴンが怯えをなして身をすくめている。きらきら光る私の黒い大きな目は、振り向く者を〝来るなら来い〟と威嚇するように紙の外へ向けられていた。

しばらくその絵を見つめていると、ベニーが私をどのようにとらえているのかわかった。彼は私を、弱き者を助けるスーパーヒーローのように思っていたのだ。ほんとうはそんなに強くないのに。

　私はその絵を折りたたんでバックパックに入れると、黙ってベニーの手を握りしめた。ベニーはうっすらと笑みを浮かべて私の手に指をからませた。車体を揺らしながら湖畔を走るバスのわずかに開けた窓からは、暖かい春の風が舞い込んできた。

「お袋は一週間サンフランシスコに行ってるんだ」屋敷の近くまで来たときに、ベニーが言った。「薬を変えてもらわないといけなくなったみたいで。家のなかの家具の置き場所を変えてばかりいるんで、これはおかしいと、ついに親父が気づいたんだよ」そう言って笑おうとしたが、死にかけたカモメの苦しそうな鳴き声のようにしか聞こえなかった。

　私はベニーの手を握りしめた。「お母さん、大丈夫なの？」

　ベニーは肩をすくめた。「いつものことだから。医者にどっさり薬をもらって帰ってきても、一年経てば、また同じことになるんだ」けれども、ベニーが目を閉じると、色白の肌に浮かぶ冷めきった表情とうらはらに長いまつ毛が揺れていた。私は、ベニーもさまざまな薬を飲んでいることや、唇が乾燥してひび割れたり、鼓動がやけに速いことを思い出し、自分がどれだけ母親の気質を受け継いでいるのか気にしているのではないかと心配した。

「じゃあ、今日は家を独占できるわけ？」私は、ついにストーンヘイヴンの二階に上がってベニーの部屋を見ることができるのだと期待した。ベニーの部屋は、はじめて会ったときの彼と同様に、私にとっては謎めいていた。私が見たのは、玄関ホールのほかに、居間とキッチン、ダイニングルーム、それに読書室だけで、四十二部屋あるストーンヘイヴンのごく一部にすぎず、それは私が歓迎されていない証拠だった。（と、いまならわかる。）

ベニーはかぶりを振った。「忘れたのか？　ぼくは謹慎させられてるんだぞ。両親が、ぼくをローデスとふたりきりにするわけがないよ。お袋がサンフランシスコにいるあいだは、親父がこっちにいるんだ。ふたりにとっても、そのほうが都合がいいんだろう」そう言って眉をひそめた。「もしドライブウェイに親父の車があったら、いつも以上に気をつけないと。わかるだろ？　親父はお袋以上に敏感だから」

ところが、ミスター・リーブリングのジャガーは見当たらず、ローデスの泥だらけのトヨタが松の木の下に駐まっているだけだった。だから、私たちは堂々と家のなかに入り、キッチンからコーラを二本とポップコーンをひと袋持ち出して屋敷守りのコテージへ向かった。コテージに着くと、たがいの脚を交差させて入口の前の石段に座り、芝生の上にいた数羽の雁を眺めた。時おりポップコーンをひと粒投げてやると、勇敢な雁が近寄ってきて、用心深く私たちを見ながらパクッと食べる。彼らはけたたましい声で鳴きながら草を食み、青々としたきれいな芝生の上に黒い糞を撒き散らしていた。

「じつは、悪い知らせがあるんだ」ベニーが、とつぜん沈黙を破った。「両親が、夏のあいだぼくをヨーロッパへ行かせようとしてるんだよ」

「えっ？」

「ぼくが問題を起こさないように、イタリアのアルプスにある更生キャンプのようなところへ。新鮮な空気と運動が魔法のような効果を発揮して、ぼくを彼らの望みどおりの神童に変えてくれると期待してるんだ」ベニーが一羽の雁をめがけてポップコーンを投げつけると、雁が羽を上下にばたつかせて抗議した。「親父もお袋も、アメリカの空気よりヨーロッパの空気のほうが効果があると思ってるんだろう」そう言って私を見た。「じつは、三科目落としそうなんだ。ふたりは、これがぼくを立ち直らせる最後のチャンスだと思ってて、だめだったら永遠に見捨てるつもりなんだよ」

「テストでいい点を取ったら行かなくてすむんじゃない？」

「それはない。テストでいい点を取るのは無理だし、たとえいい点を取っても行かされるはずだ。きみみたいに必死に勉強してAを揃えるなんて、できないよ。たった五分、本を読むことさえできないんだから。漫画なら読めるけど」

　私は自分の夏休みに思いを馳せた。今年は、タホシティーにあるリバー・ラフティングの会社で、五月の末の戦没将兵追悼記念日（メモリアル・デー）から九月初旬のレイバー・デーまでのあいだトラッキー川を占領することになるゴムボートを下ろしたり引き上げたりする最低賃金のアルバイトをすることが決まっていた。アルバイトを終えてから会いに行こうにもベニーがいないとなれば、ますますやる気が失せた。「そんな。私はひとりでなにをすればいいの？」

「携帯電話をプレゼントするよ。毎日、電話で話をしよう」

「うれしいけど、会って話をするのとは違うから」

私たちは、明るい陽射しを浴びながらしばらく黙って座って湖を眺めていた。まだボートは浮かんでいない真っ青な湖面に太陽が反射して、まぶしかった。やがてベニーがキスをしてきたが、早くも夏に別れを告げようとしているような、いつもとは違うさびしいキスだった。けれども、一瞬、体を引き離したベニーは、目を閉じて「愛してる」と言った。私は、胸を躍らせながら「愛してる」と返した。おたがいに望みが叶って、ほかにはなにもいらないと思ったし、立ちはだかるさまざまな障害も、いまの言葉で撥ねのけることができるような気がした。

私がまじり気のない純粋な喜びを味わったのは、それが最初で最後だった。

私たちは、そのあとコテージのなかに入って寝室へ行った。ヘンゼルとグレーテルがパン屑をひとかけらずつ道に落としていったように、まずはTシャツ、つぎはソックスと、服はぜんぶ途中で脱ぎ捨てた。寝室に入ると、夕陽がベニーの白い肌を照らした。私は、ベニーの胸のそばかすを指で撫でてから彼の上にまたがった。もう十回以上は交わりを重ねていたので、どういう体位がいちばんいいのかわかっていた。私が上になれば、肘や膝がぶつからずにすむのだ。どこに触れたり触れられたりすればどんなふうに感じるとか、どこになにが触れればどうなるかというようなことも、すでに知っていた。小学生の理科の実験に似たところもあったが、もちろん危険もはらんでいた。

ふたりともベニーの父親がコテージに入ってきたことにまったく気づかなかったのは、ベニーが私の胸に熱い息を吐きかけながら汗のにじんだ下腹部を押しつけていたからだった。ベニーも私もふたりの世界に没頭していたので体を隠す時間もなく、気がついたときにはベニーの父親が寝室の入口に立って、居間からの明かりを大きな体で遮っていた。つぎの瞬間、ベニーの父親は私の腕をつかんでベニーから引き離し、私が悲鳴をあげながらシーツを引っぱって体を隠すと、ベニーはベッドの上で裸体をさらしながら、当惑したようにまばたきをした。

ウィリアム・リーブリング四世は写真で見た姿と同じく禿頭で体格がよく、高価なスーツを着ていた。ただし、実物は写真よりさらに大柄で、ベニーより背が高く見えた。六十は超えているはずなのに老けた感じはせず、何代も続く資産家の当主としての力と風格をたたえていた。それに、私がネットで見つけたくつろいだ様子の写真と違って顔は真っ赤で、たるんだ皮膚のなかに埋もれた目には怒りがたぎっていた。

ミスター・リーブリングは、あわててベッドから降りて両手で股間を隠している息子には目もくれず、吠えるように私に訊いた。「きみは何者だ？」

私はみじめで無防備だった。胸の奥ではまだ炎がくすぶっていたし、ほてりも疼きも残っていて、自分の体を貫くさまざまな感情をなだめることができなかった。「ニーナです」と、やっとの思いで言った。「ニーナ・ロスです」私は、床に転がっているボクサーショーツを拾い上げようとして自分の大きな足を踏みつけたベニーに目をやった。ベニーは廊下に脱ぎ捨てたジーンズを見つめて、おずおずと部屋の入口のほうへ向かおうとした。

ミスター・リーブリングが振り向いて、「止まれ」と怒鳴った。それからふたたび私に視線を戻して、長いあいだじろじろと見つめた。「ニーナ・ロス」と、ゆっくり私の名前を口にしたのは、記憶にとどめておくためだったのだろう。私は、ミスター・リーブリングが母に電話をかけて文句を言うようなタイプかどうか、見極めようとした。おそらく電話をかけるだろう。あるいは、ベニーの母親にかけさせるかもしれない。私は、母が〝親の出る幕じゃないので〟と言い返す光景を思い浮かべた。

なんとか下着を身につけたベニーは、むき出しになった胸を細い両腕で隠しながら背中を丸めてドアの手前に立っていた。「ダッド……」

ミスター・リーブリングは、さっと振り向いて指を振った。「ベンジャミン。おまえは黙っていろ」そう言うと、ふたたび私に向き直ってスーツのジャケットの裾を引っぱった。怒りを鎮めるためなのだろう。「ニーナ・ロス。きみは帰りなさい」と、彼は冷ややかに告げた。「二度とここへ来てはいけない。ベンジャミンには、今後いっさいつきまとわないでくれ。わかったな？」

私は、鼻をつく異様なにおいに気がついた。それは、打ちひしがれたような表情を浮かべて私を見ているベニーが発する不安のにおいだった。ベニーはとつぜん小さく、しかも幼くなったように見えた。少なくとも十五センチは父親より背が高いはずなのに、幼い少年のように見えた。私は、ベニーを傷つけるすべてのものから彼を守ってやりたい衝動に駆られた。そして、私を血のしたたる剣を手にしたスーパーヒーローとして描いたベニーの絵を思い浮かべた。すでに気持ちの昂りは消え、私は体を覆っていたシーツを落ち着いてきつく巻き直した。「いいえ」思わず、そう答えた。「あなたの指図は受けません。私たちは愛し合ってるんです」

ミスター・リーブリングの顔が、まるで電気ショックにかけられたかのように痙攣した。私に近づいて身を乗り出した彼は、しわがれた低い声でうなるように言った。「きみはなにもわかっていないようだな、お嬢さん。うちの息子にこの状況を収めるだけの力はないんだ」

私は部屋の隅で小さくなっているベニーに目をやって、ミスター・リーブブリングの言うとおりかもしれないと、ちらっと思った。「ベニーのことは、あなたより私のほうがよくわかってます」

ミスター・リーブブリングは、人をばかにしたような空々しい声で笑った。「私はベンジャミンの父親だ。しかし、きみは」途中で言葉を切って、値踏みするように私を見つめた。「きみは何者でもない。取るに足らない存在だ」そう言って、ドアを指さした。「さっさと帰りなさい。帰らないのなら、警察を呼んで追い出してもらう」

ミスター・リーブブリングはベニーのほうに向き直り、頭蓋骨の形を確かめでもするかのように禿げた頭を撫でた。「おまえは、きちんと服を着て五分後に私の書斎へ来なさい。いいな?」

「イエス、サー」ベニーはささやくような声で返事をした。

ミスター・リーブブリングは、息子の体を観察するように長くて細い手足やくぼんだ胸にゆっくり視線を這わせると、ため息に似た声をもらした。私は、ミスター・リーブブリングのなかでなにかがしぼんだことに気づいた。「ベンジャミン」名前を呼んで手を伸ばすと、ベニーがあとずさった。ミスター・リーブリングは途中で手を止め、手を伸ばしたままにはしておかずに、ふたたび頭を撫でると、くるりとうしろを向いて部屋を出ていった。

ベニーと私はコテージのドアが閉まるのを待って服を拾い上げ、脱いだときと同じぐらいすばやく身につけた。ベニーは、私の目を見ずにスウェットシャツを頭からかぶってスニーカーの紐を結んだ。「ごめんよ、ニーナ」と、彼は何度も謝った。「ほんとうにごめん」

「あなたが悪いんじゃないわ」私が腰に両腕をまわしても、ベニーは背骨が折れてしまったかのようにだらんと立っていて、キスをしようとすると顔をそむけた。私はベニーの父親に抵抗したが、彼にはその気がないのだと、それではっきりわかった。口では家族が大嫌いだと言っていても、家族と私のどちらかを選べと迫られたら私に勝ち目はない。私は、彼のためにドラゴンを退治するスーパーヒーローではない。私は何者でもないのだ。覗き込んでいた鏡が割れて破片だけが残り、それをどのようにつなぎ合わせれば元に戻るのかわからずに途方に暮れているような思いがした。

一緒に母屋へ戻るあいだも、ベニーは手をつなごうとしなかった。私が右に曲がって母屋の脇へ向かい、ベニーが左に曲がってキッチンのポーチへ向かうときもハグはしてくれなかった。脳裏の奥に隠れているなにかを見ようとしているかのように固く目を閉じて、

「ごめんよ、ニーナ」と、消え入るような声でまた謝った。そして、私たちは別れた。

ノースレイク・アカデミーでは、期末試験と卒業式が終わると全校生徒が湖に繰り出してパーティーを開くことになっていた。カヤックやウォータースキーをしたり、誰かのプライベートビーチの桟橋でトーフドッグを焼いて食べたりして、学年最後の一日を楽しむのだ。私は、それまでの数週間に何度かベニーを見かけていた。やつれたベニーが学校の廊下を歩いているのをこっそり遠目に見るたびに、会いたい気持ちが募って息苦しくなって、夜、ベッドに入っても、パーティーで久しぶりにベニーと話をする場面を思い浮かべていた。私の空想のなかでは、ビーチに座っている私を見つけてベニーがそばに来て、涙ながらに謝ることになっていた。もちろん、私は彼を許して抱き合い、縒りを戻してハッピーエンドを迎えるというストーリーだ。

ところが、ベニーはパーティーに姿をあらわさなかったので、私は泣きたいのを我慢しながらヒラリーやヒラリーの友だちと一緒にビーチに寝そべって彼女たちの話に耳を傾けた。彼女たちは、ライフガードのアルバイトの話をしていた。

話の途中でヒラリーが私のほうに体を向けて、手で頭を支えた。「ねえ、あなたのボーイフレンドはどこにいるの？　ヨットにでも乗ってどこかへ行っちゃったわけ？」

「ボーイフレンド？」私は、わざとしらばっくれた。

ヒラリーは心得顔で私を見た。「白状しなさい。みんな知ってるのよ。あなたはごまかすのが下手だから」そう言って、にやっと笑った。「最初からお似合いだと思ってたわ」

ビーチタオルの上に仰向けになって固く目を閉じると、まぶたの裏に赤い花火のような模様が浮かんだ。「ボーイフレンドじゃないわ。だめになったの」

「へえ、そうだったんだ。残念ね」ヒラリーは腹這いになってビキニの紐をほどいた。「じゃあ、今年の夏は私たちと一緒に過ごせばいいわ。もっといいのを見つけてあげるから。ライフガードのバイトは、男に出会うチャンスが多いところが魅力なの」

この計画は――ライフガードのアルバイトをしてヒラリーと仲よくなって、避暑に来ている陽に焼けた男の子をものにするという計画は――私自身、成果に疑問を抱いていたにせよ、その日、家に帰ったとたんに消滅した。それは、家の手前の角を曲がったとたんにわかった。母のホンダにダンボール箱やビニール袋がぎゅうぎゅうに積み込んであったのだ。私はドライブウェイを歩いていって、後部座席の窓からなかを覗いた。破れたところを粘着テープで補修した私のスノーブーツもあって、窓の内側に貼りついていた。もはや涙をこらえることはできなかった。わずか数週間で幸せの絶頂から奈落の底へ落ちてしまったことに打ちのめされて、派手にしゃくり上げて泣いた。

すると、母が姿をあらわして、ハグをするために両手を広げながら近づいてきた。「ごめん。許して」

私は腕で鼻水を拭いながら脇へよけた。「約束したのに。私が卒業するまでここにいるって」

母も泣きそうな顔をした。「覚えてるわ。けど、思いどおりにはなりそうになくて」母は、シャツの裾をつかんで巻き上げたり伸ばしたりした。「おまえのせいじゃないの。おまえはよく頑張ったわ。でも……」その先は言わなかった。

私は母の表情にショックを受けた。「ベニーのことが原因なのね？」

母は両目の端に涙を浮かべたが、否定はしなかった。「ニーナ……」

「電話がかかってきたんでしょ？　ベニーの親のリーブリング夫妻から。ベニーと私が深い仲になってるって言ったんでしょ？　おたくの娘はうちの息子にふさわしくないから、近づかせないでくれと」

見つめても、母は私と目を合わそうとせず、にじんだマスカラが頬に流れ落ちるのも気にせずに、相変わらずシャツの裾を巻き上げたり伸ばしたりしていた。これまでの自分の人生がわずか数個のダンボールに詰め込まれたみじめな思いを味わいながらその場に立ちつくして母を見つめているうちに、私はすべてを悟った。リーブリング夫妻が母に町から出ていけと言ったのだ。世の中を自分たちの意のままに動かしたい彼らにとって、私たちは目障りで、しかもゴミのような存在にすぎない。だから、追い出そうとしたのだ。金にものを言わせて目的を遂げたのだ。

彼らがどんな手を使って私たちを追い出しにかかったのか、気になってしかたなかった。母が、そう簡単に仕事と家と娘の輝かしい未来を手放すわけがない。おそらく、力ずくで脅しをかけたのだろう。それがリーブリング家の伝統だというのは、ベニーから聞いて知っていた。〝ぼくの親父は強引で、ほしいものがすんなり手に入らないときは、手に入るまで相手を脅し続けるんだ〟と。ミスター・リーブリングがノースレイク・アカデミーに苦情の電話を一本かけただけで、私の奨学金は取り消される。母の職場にもっともらしい嘘をつけば、母は職を失う。私たちが手にしているわずかなものを奪うことなど、驚くほど簡単だと思ったはずだ。彼らにとって、私たちなど取るに足らない存在なのだから。

母が、片手で私をそっと抱き寄せた。「泣かないで。あんな男は必要ないわよ。おまえにはあたしがついてるんだから。あたしさえいれば、ほかにはなにもいらない。頼れるのは、おたがいだけよ」母の声は小さくて、しわがれていた。「それに、おまえはあたしがこれまで会ったどこの誰よりも頭がいい。あんなろくでもない家の息子よりおまえのほうがずっと優秀よ」

「じゃあ、なぜ言いなりになるの？　あの人たちの言うことをきく必要なんてないんだから」私は怒りを募らせながら母に迫った。「あの人たちの思いどおりにさせちゃだめよ。ここにとどまらなきゃだめ」

母はかぶりを振った。「ごめん。でも、もう遅いの」

「アイビーリーグはどうなったの？」私は思いきって訊いた。「スタンフォードのサマースクールは？」

「そのためにわざわざ私立の学校へ通う必要なんてないわ」母は背筋を伸ばして私の腕をつかむと、車のほうへ視線を向けた。私にはなんの相談もなく勝手に決めてしまったのだ。「おまえは、どこでもちゃんとやっていけるわ。こんなことになったのは、あたしのせいよ。そもそも、ここへ来たのが間違いだったのかも」

そういうわけで私たちはラスベガスへ戻り、私は以前に通っていたのとはまたべつのマンモス公立高校の三年生になった。いい大学へ進学するために私立の学校に通う必要などないという母の考えは正しかったのかもしれないが、タホ湖での一年は私の内面の大事な部分を破壊していた。自分の可能性を信じる力を。私はすでに自分の限界を悟っていた。何者でもなく、取るに足らない存在で、将来の展望もないことを。

ラスベガスに戻ってからは、母も精神的に不安定になった。最初の数ヵ月は、新しいアパートに必要なものをうきうきと買いに出かけて、そのうち運がめぐってくると期待してもいた。しかし、冬が近づくとふさぎ込んで口数も少なくなり、夜はまたカジノへ行くようになった。ただし、ウェイトレスとして雇ってもらったわけではなく、それは私も知っていた。そして、ついにクレジットカードの詐欺となりすまし容疑で逮捕された。その結果、母は刑務所へ行き、私は母が出所するまでの半年を里親のもとで過ごした。母が出所してからは、アリゾナのフェニックス、ニューメキシコのアルバカーキと移り住み、その後、ロサンゼルスへ流れついた。

なにかと落ち着かない生活だったにもかかわらず、私は平均レベル以下の高校の生徒としてはけっこう優秀な成績を収めて、東海岸にある文科系の単科大学への入学が認められた。もちろん、アイビーリーグではなく、奨学金ももらえなかった。それでも、母とはできるだけ距離を置いて暮らしたかったので、地元の短大は蹴って学生ローンに頼った。美術史を専攻して学士号の取得を目ざしたのはストーンヘイヴンで多くの美術品を目にしたときの感動が忘れられなかったからだが、卒業後の進路については真剣に考えていなかった。四年後に大学を卒業したときは最悪の状態だった。お金はないし、美術関係の仕事につくには実力不足で、ほとほと途方に暮れた。輝かしい未来は、プリンストン大学のスウェットシャツを着ていた女子学生や、スタンフォード大学のサマースクールのパンフレットに載っていた女子学生たちのもので、私には縁がなかったのだ。

すべてはリーブリング一族のせいで、私はどうしても彼らを許すことができなかった。


ただ、ベニーに対する私の疑念は誤解であってほしいと、長いあいだ願い続けていた。彼はほかの家族と違うと思いたかったし、ほんとうのところはどうなのかも知りたかった。ラスベガスに戻ったばかりのころは、何度も彼に手紙を書いた。さびしさゆえのとりとめもない愚痴や、あまりにひどい新しい学校のことや、いまでも私のことが好きなら知らせてほしいという思いのこもった言葉を書いて送った。数カ月後に、ようやく一枚の絵葉書が届いた。タホ湖の西岸のチャンバーズ・ランディングにあるボートハウスの絵葉書で、裏には子どもっぽい字でたったひとこと、〝やめてくれ〟と書いてあった。

やはり、母の言ったとおりだったのだろうか？　ベニーと私は、そもそも釣り合いが取れないせいでうまくいかなかったのだろうか？　私は経済的に恵まれたベニーを羨んで、あわよくばおこぼれにあずかろうと思っていたのだろうか？　一方、ベニーは一族の例に倣って私を意のままに利用しようとしていたのだろうか？　私たちが経験したのは愛ではなかったのかもしれない。おそらく、最初から最後まで、セックスと孤独と支配だけだったのかも。

状況が違っていれば、ベニーが漫画の登場人物に似せて描いてくれた例の絵は残しておいたはずだ。不安になったときにそっと取り出して、私の存在を認めてくれた人がいたことを思い出しながら力を奮い立たせていたかもしれない。けれども、あの絵はタホ湖を去る直前にキャビンの暖炉で燃やした。私は火かき棒を手に暖炉の前に座り、紙の端が黒くなって丸まっていくのを眺めた。炎が、あの自信に満ちた目と剣を握りしめた手を舐めつくしてすべてが灰になるのを見届けた。

もしも、これが小説なら――主人公の私がもっとやさしくて心が広ければ――何年かのちにベニーをさがし出して、たがいに当時のことを悔やんでいるのを知り、それをきっかけに距離が縮まって、場合によっては、かつて引き裂かれたときより強い絆が芽生えたかもしれない。しかし、現実はそんなふうにもならなかった。私がリーブリング家の人たちの行動を遠くから追っていたのは事実だ。私があの冷酷な絵葉書を受け取ってからそれほど日が経たないうちにジュディス・リーブリングがボートの転落事故で溺死したのも、ヴァネッサ・リーブリングがインスタグラムのインフルエンサーになったのも、ウィリアム・リーブリング四世が死んだのも知っていた。けれども、ベニーと連絡を取ろうとはしなかった。あっさり私を見捨てた理由を説明しようともしないのだから、当然だ。彼に怒りを抱き続けているうちに、私にとってはそれが生きていく拠り所となった。みぞおちのあたりに居座る痛みは、やがて世間に対する怒りになった。

ところが、ノースレイク・アカデミーで一緒だったヒラリーと数年後にニューヨークの街でばったり再会して、ベニーが統合失調症を発症したと聞かされたときに感じたのは――プリンストン大学の寮で女子学生を襲い、その後、全裸で廊下を走りまわったために家に帰されたという話だったのだが――驚いたことに、積年の恨みではなく憐れみだった。ヒラリーは、ベニーがカリフォルニアのメンドシーノにある豪華な精神科の施設に入所していて、高校時代の友人が訪ねていったときは薬のせいで意志の疎通がむずかしい状態だったということまで教えてくれた。私はベニーが可哀想でならなかった。

しかし、可哀想なのは私も同じで、そう思うと涙が込み上げてきた。

もしかすると、私はまだベニーを愛していたのかもしれない。

ただし、リーブリング家のほかのメンバーに対しては憎しみしか抱いていなかった。

8

ヴァネッサ、ヴァネッサ、ヴァネッサ。彼女は、私が砂利を敷きつめた車寄せを横切ってすぐそばまで来ていることに気づいているだろうか？　不吉な前兆を感じているだろうか？　私を見たら、どこか怪しいと——何度も練習した、いかにもヨガのインストラクター風の気取った歩き方も、歯を見せて満面に笑みを浮かべているのも不自然だと——気づくだろうか？　窓に板を打ちつけて、庭に置いていたテーブルや椅子も屋敷のなかに入れ、固く扉を閉ざして地下室へ避難したほうがいいかもしれないという不安に駆られるだろうか？

いや、そんなことはないはずだ。私には強烈な台風並みの破壊力があるのに、ヴァネッサはまだなにも知らない。

ヴァネッサ

9

ストーンへイヴン！　この古くてだだっ広い屋敷にいつか自分が住むことになろうとは、思ってもいなかった。私が幼いころから、この屋敷はリーブリング家の悩みの種だった。一族のシンボル的な存在であったがために、手放すなどということは考えられなかったからだ。まるで、いかなる改修をも拒んで永遠にタホ湖の西岸に存在し続ける石造りの遺跡のようだった。ストーンへイヴンはこれまでずっと長男が受け継いできて、いずれは、私ではなく弟が相続することになっていた。

古い家父長制の名残だと思う人もいるだろう。悪しき因習をなくすために闘えと言う人もいるだろう。けれども、正直なところ、私としてはこの屋敷と関わりを持ちたくなかった。

私は、六歳のときにはじめてクリスマスを過ごしに来たときからストーンヘイヴンが大嫌いだった。祖母のキャスリーンと祖父のウィリアム三世がクリスマスはストーンヘイヴンで過ごすよう一族に義務づけていたので、私たちはみんな、雪の降る十二月の午後に高級車の轍を残しながらゆっくりとドライブウェイを走って、屋敷に集合した。祖母のキャスリーンは（けっしてカットとかキティーと呼んではならず、しかも、キャスリーンのキャにアクセントを置いて発音しないといけなかったのだが）一族の集まりのためにデコレーターを雇って、屋敷をごてごてと飾りつけていた。玄関を入ったとたんにクリスマスムードに襲われるような飾りつけで、壁には、天井との境目からリースやスワッグが吊り下げてあって、テーブルのセンターピースの上ではポインセチアが毒のある葉を大きく広げていた。天井まで届くほどの高さのあるツリーには、金色のモールや銀色のオーナメントがぶら下がっていた。薄暗い部屋の隅には古典的なサンタクロースの等身大の人形が置いてあったが、〝ホーホーホー〟と笑っている表情が不気味で、心底怖い思いをした。

屋敷のどこへ行っても伐ったばかりの松の枝のにおいが充満していて、薬っぽいそのにおいを嗅ぐと、木の命が絶たれたことに思いを馳せずにはいられなかった。

祖母はヨーロッパの工芸品を蒐集していて、凝った細工のものや金がふんだんに使われているものを好み、一方、祖父は中国の美術品を蒐集していた。（ちなみに、それ以前の先祖は十八世紀のアメリカ派やジャコビアン時代、フレンチリバイバル、ヴィクトリア朝などの美術品を集めていた。）だから、ストーンヘイヴンには高価なクモ脚のテーブルや薄い磁器製品があふれていたが、子どもにとってはなんの価値もないものばかりだった。

祖母は、私たちがストーンヘイヴンへ着いたその日に、孫を全員、自分の前に座らせた。「ストーンヘイヴンでは家のなかを走ってはいけません」と、祖母は険しい口調で言った。私と弟のベニーは子ども用の小さなティーカップでホットチョコレートを飲みながらシルクの布地で覆われた応接間のソファに並んで腰掛けていた。祖母は銀色の髪を大きく膨らませてスプレーで固め、クリスマスツリーに吊るしたオーナメントのようにてかてかと光らせていた。着ていたのは、二十年以上前の派手なシャネルのスーツだった。母は（母は私たちにママンと呼ばせたがっていて、ベニーはいやがっていたのだが）脇に追いやられたことに苛立ちながらダイヤのイヤリングに手をやって、祖母のうしろを静かに行ったり来たりしていた。「ボール遊びやレスリングや、乱暴な遊びをするのも禁止です。わかりましたか？　約束を守れなければお尻を叩きますからね」祖母は遠近両用の眼鏡越しに子どもたちを見た。子どもたちは小さくなってうなずいた。

けれども、私はすぐに忘れてしまった。（六歳だったのだから、無理もない。）私とベニーにあてがわれた三階の寝室にはガラスの扉のついたキャビネットがあって、きれいな陶磁器製の鳥が並んでいた。私は、鮮やかな緑色の体に小さな黒い目がついた二羽のオウムにたちまち心を奪われた。サンフランシスコの家の私の寝室にあるのはおもちゃだけだったし、私がお化粧をしてあげようとしてバービー人形の顔を台無しにしても、犬にジクソーパズルのピースを食べさせても叱られたことはなかったので、当然、その鳥もおもちゃで、私のためにそこに置いてあるのだと思った。だから、最初の晩にさっそくキャビネットからオウムを一羽取り出して、朝起きたら真っ先に目に入るようにベッドの枕元に置いた。ところが、寝ているあいだに、オウムは枕と一緒にベッドから落ちてしまった。空が白みだしたころにたまたま目を覚ました私は、鳥の姿が消えて床に破片が散らばっているのに気づいた。

私がとつぜん大きな声で泣いたので、ベニーも目を覚まして泣きだした。母は、目をしょぼつかせながらすぐに部屋に来た。明け方のストーンヘイヴンは冷え込むので、母はシルクのガウンをきつく体に巻きつけていた。

「なんてこと。マイセンを割ってしまうなんて」母は、緑色の破片をつま先でつついた。

「それにしても、これは趣味が悪いわね」

私は鼻をすすった。「おばあちゃまに叱られるよね」

母は私の髪を撫でて、そっともつれを直してくれた。「おばあさまは気がつかないわ。

こんなにいっぱいあるんだから」

「でも、ペアだったのよ」私は、もう一羽のオウムが死んだ仲間をさがすかのようにガラス越しにこっちを見ているキャビネットを指さした。「きっと、片方しかないことに気がついて、お尻を叩かれるわ」

ベニーはまだ私のとなりでむずかっていたので、母は片手で抱き上げて腰にのせ、部屋を横切ってキャビネットの前へ行った。ガラスの扉を開けてなかからもう一羽のオウムを取り出すと、手のひらにのせて、一瞬、オウムを立たせたが、すぐに手をわずかに傾けて床に落とした。ベニーは、オウムがこなごなに割れたのを見て歓声をあげた。

「これで一羽ずつ割ったことになるでしょ？　おばあさまが私のお尻を叩くことはないから、あなたも叩かれずにすむわ」母は戻ってきて私と並んでベッドに座り、色白のやわらかな手で涙を拭いてくれた。「あなたは私の娘よ。誰にもお尻を叩かせたりしないわ。わかった？　ちゃんと守ってあげるから、大丈夫よ」

私はショックでなにも言えなかった。母は部屋を出ていって、数分後にほうきとちり取りを持って戻ってくると——母がそんなものを手にするのは似合わないと思ったのをいまでも覚えているが——掃き集めたオウムの破片を袋に入れてどこかへ持っていった。祖母は、クリスマス休暇が終わるまで一度も私たちの寝室に来なかったので（私たちと顔を合わせるのは、可能なかぎり避けていたようなので)、鳥が二羽いなくなっていることに気づいていないようだった。ベニーと私は、クリスマス休暇の大半をいとこやベビーシッターと一緒に外で過ごした。雪の家をつくっているうちに寒さで頬がピンク色になっても、スノーパンツがびしょ濡れになっても、家のなかより外のほうが安全だった。

だから、私はストーンヘイヴンが大嫌いだった。ストーンヘイヴンが象徴している名誉も富も、堅苦しさも、肩にのしかかる歴史の重みも、私にとっては嫌悪の対象でしかなかった。クリスマスディナーのテーブルで、祖母が子どもたちを見つめながら「ここは、いずれあなたたちのものになるのよ。あなたたちがリーブリング家の名前を守らなければいけないのよ」と言ったときは、ぞっとした。実際に私が一族の遺産を引き継ぐことになったときも偉くなったとは思わなかったし、それどころか、不気味な影に包まれたこの屋敷の大きさと比べると、自分がやけにちっぽけな気がしてならなかった。屋敷の影に押しつぶされそうで、荷が重かった。

本来、ストーンヘイヴンを相続するのは私ではなかったのだが、なぜかいま私はここにいる。まったく、人生とは皮肉なものだ。(いや、ほろ苦いとか不公正だとか、たんにつまらないと言ったほうがいいのかもしれない。)この屋敷のなかを歩いていると、ときどき先祖の足音が聞こえることがある。自分も歴代の優雅な女主人のひとりとして、時計のねじを巻きながら客を待っているような気分になることがある。
ただし、『シャイニング』で冬のあいだ〈オーバールックホテル〉の管理をまかされたジャック・トランスのような気分になることのほうが多かった。

ここへ移ってきて間もない数カ月前に、私はたまたま例のオウムの鑑定書を見つけて、ふたつで三万ドルと評価されていたのを知った。鑑定書に目を通しながら、母がそっと手のひらを傾けたときのことを思い出した。母は、一万五千ドルをゴミ箱に捨てようとしているのがわかっていたのだろうか？　もちろん、わかっていたはずだが、気にしていなかったのだろう。母には、私以上に大事なものなどなかった。母にとってはベニーと私がマイセンのオウムで、ガラスの扉の奥に大事にしまっておきたかったのかもしれない。母は、私たちがつらい思いをしないように、文字どおり命をかけて死ぬまで守ってくれた。母が死んでからは、ベニーも私も人生の試練にさらされ続けていると感じることがある。

10

たぶん、あなたはこんなふうに思っているのよね。〝この金持ちのわがまま娘を見て。大きな屋敷にひとりで住んで、みんなの同情を買おうとしてるのよ。同情する人なんていないのに〟と。あなたはいまの私を見て、にんまりしているはずよ。でも、私から目をそらすことはできないみたいね。あなたが私のSNSのアカウントをフォローしてリンクを追い、私がプロモートしているユーチューブのファッションアドバイスをチェックして旅行のブログに魅了され、セレブニュースサイトの《ページシックス》に載った記事にすべて目を通しているのはわかってるの。私を憎んでいると言いふらしながら、私の名前を見たらクリックせずにいられないのよね。あなたは私に惹きつけられているのよ。

私がひどい人間なら、あなたは私を非難して優越感を味わえるはず。あなたのエゴが私を必要としてるのよ。

それともうひとつ。けっして認めようとしないでしょうけど、あなたは私の写真を見るたびに、〝羨ましい。私も彼女のようになりたい〟と思っているんでしょうね。〝自分にあれだけの資産があれば、彼女を超えられたのに〟と。

もしかすると、そのとおりなのかも。

11

私は黄昏の迫るストーンヘイヴンの居間の窓辺に座って、もうすぐここへ着くカップルを待っている。午前中は土砂降りだった雨も霧雨に変わり、ドライブウェイを照らす明かりを浴びてきらきらと光っている。私は、リタリンを飲んだティーンエイジャーのように興奮している。人と話ができると思うと、心がはずむ。（うれしい！　飛び上がりたいほどうれしい！）たしか、この二週間は誰ともまともに話をしていない。いつになったら窓の敷居の埃を拭いてくれるのだと、家政婦に片言のスペイン語で小言を言っただけだ。

今朝、目を覚ますと、この一年間悩まされ続けてきた憂鬱な気分が消えているのがわかった。それだけでなく、以前の快活さが戻っていた。心のなかのなにかに火がついて、息を吹き返したような感じがした。いろんなことも、以前のようにきちんと考えることができた。

午前中に髪を洗い、近所の小汚い雑貨店で買ったクレイロールで根元をブロンドに染め直した。〟(贅沢は言えない。)同様の理由で、マニキュアもペディキュアも自分で塗り、ひと袋に三枚入った韓国製のフェイスマスクでパックをしてから、一時間かけてダンボール箱のなかを引っかきまわして〝カントリーハウスでくつろぐとき〟にふさわしいジーンズと黒いデザイナーTシャツ、灰色のパーカー、それにえんじ色のブレザーを選んだ。洗練されてはいるものの、気取った感じはしない。さっそく自撮りをしてインスタグラムにアップした。写真には、〝山のなかで過ごすときのおしゃれ！〟というキャプションと〝#レイクライフ #マウンテンスタイル #ミュウミュウ〟というハッシュタグをつけた。

それからすべての部屋を見てまわって、あちこちに置いてあったワイングラスや汚れたままの皿を片づけた。洗濯物も寝室に隠し、居間のテーブルの上に撒き散らしていたファッション雑誌をきちんと積み上げた。(けれども、あとで思い直して、すべて捨てた。)ほかのものも、あれこれと置き場所を変えたり、また変え直したりした。一度、キッチンで軽い食事をしたが、そのうち、ストレスで泣きそうになった。(だから、気持ちを落ち着かせるために、その日インスタグラムにアップした名言を読み返した。〝内側から輝く光は何物(なにもの)にも勝る〟という、ネットで見つけたマーヤ・アンジェロウの名言を。)

そのあとは、ワインを飲みながら居間の窓辺に座って待った。

ワインのボトルがほぼ空になったころ、ドライブウェイに車のライトが見える。立ち上がると、足元がおぼつかなくなっているのがわかる。(母が夕食の途中で酔っぱらったときは、〝まあ、私としたことが〟と言いながらも、すました顔でグラスに半分だけお代わりを注いでいた。) でも、私は演技がうまい。日常生活のすべてを四年間ネットにアップしているうちに、たとえそうでなくても素面に(あるいは、幸せそうだとか楽しそうだとか、思いやりがあるとか落ち着いているというふうに)見せる方法を学んだのだ。

だから、玄関へ走っていって酔いをさますために深呼吸をし、ぴしゃりと頬を叩いて、痛みをこらえながらふたりを迎えるためにポーチへ出る。

冬の空気は冷たく、屋敷の石の壁は湿気のせいでうっすらとカビが生えている。ずいぶん痩せたので、XSの服でもだぼだぼだ。ひとり分の食事をつくるのは面倒臭いし、スーパーも遠いからだが、痩せると寒さが骨に突き刺さるような気がする。震えながら黄昏のなかにたたずんでいると、雨に濡れたドライブウェイを車がゆっくり近づいてくる。オレゴンナンバーの古いBMWで、高速道路を走ってきたからか、泥が飛び散っている。車は、あと百メートルほどのところで速度を落とす。暗いし、雨も降っているので車に乗っているカップルの顔は見えないが、ふたりが首を伸ばしてあたりを見ているのはわかる。間違いない。松林や湖、そして屋敷を見ている。あまりに美しすぎて、窓の外を見ただけで悲しくなることがある。（悲しくなるのは、睡眠薬のアンビエンを三錠飲んでから、頭まで毛布を引き上げて寝ているときだけなのだが、それはどうでもいい話だ。）

車がすぐそばまで来て停まると、やっとフロントガラス越しにふたりの顔がはっきり見える。なにか面白いことでもあるのか、彼らは笑っていて、なかなか降りてこず、私の嫉妬心に火がともる。一日一緒に車に乗っていても、さっさとふたりだけの世界から抜け出す気はないようだ。やがて、女性が身を乗り出して男性にキスをする。長くて激しいキスで、いつまで経っても終わらない。私の姿が見えていないのだろう。ヒッチコックの映画の登場人物さながらに盗み見しているようで、急にうしろめたさを覚える。

ふたりが呼び鈴を鳴らすのを家のなかで待とうと思って、玄関のひさしの下まで戻ると、助手席のドアが開いて女性が降りてくる。

アシュレイだ。

彼女が姿をあらわしたとたん、凍てついた松林が生気を取り戻したような気がする。もはや当然のこととして受け止めていた静寂が、カーステレオから流れてくる大音量の音楽に打ち砕かれる。（オペラのアリアの山場のようで、母ならなんの曲か言い当てていたはずだ。）五、六メートルは離れているが、ヒーターで暖めた車内のむっとした空気がアシュレイの肌にまとわりついているのがわかる。まるで、独自のエコシステムをたずさえてやって来たかのようだ。彼女は私に背を向けて立ち、手のひらを上に伸ばして優雅にヨガ風のストレッチをしてから振り向いて、私がポーチから見ていることに気づく。ばつの悪い思いをしたとしても顔には出さず、見られることに慣れているのか、愛想笑いを浮かべて私と視線を合わせる。（もちろん、慣れているのだ。ヨガのインストラクターなのだから！　さすがに体はほっそりしている。そこは私との共通点だ。）

落ち着き払っていて、まったく動じる様子がないところは、猫に似ている。飛びかかる前に距離を測ろうとしているかのように、黒い目であたりを見まわしている。うしろでひとつに束ねた長い髪は艶やかで、オリーブ色の肌も、光を吸収して輝いているように見える。（ラテン系だろうか？　それともユダヤ系だろうか？）とにかく、なかなか個性的な美人だ。これまで知り合った美しい女性の大半は髪も顔も体も手入れを怠らず、磨きをかけて美しさを強調していたが、アシュレイは、色褪せた細身のジーンズをはいていることからも明らかなように、見かけはあまり気にしていない。人目も、まったく気にしていないようだ。

もちろん、私は彼女を見つめている。（〝じろじろ見るのはやめなさい〟と叱る母の声が聞こえる。〝そんなふうにぽかんと口を開けていると、ばかだと思われるから〟と。）

「ヴァネッサですね！」アシュレイは、私の手を握ろうと、両手を突き出して、二、三メートルのところまで歩いてくる。ところが、私はいきなり抱きつかれて、バニラとオレンジの花のにおいのする彼女の髪に顔を埋める。押しつけられた彼女の体のぬくもりが伝わってくると、ほっとする。私の心のなかになにかが芽生える。最後にハグを交わしたのはいつだろう？（それを言うなら、最後に誰かが肌に触れてくれたのはいつだろう？ オナニーでさえ、もう何カ月もしていない。）ハグは思っていたより半秒ほど長く続いた。自分から体を引き離したほうがよかったのだろうか？ こういうときの作法はどうなっているのだろう？ それはともかく、彼女はようやくうしろに下がるが、私は顔も体もほてって、軽いめまいを覚える。

「アシュレイ？ よかった。うれしいわ！ 無事に着いたのね！」私の声は自分でも耳障りに感じるほど甲高く、感情がこもりすぎている。「雨のなかをここまで車で来るのはたいへんだったでしょ？ 朝からずっと降ってるのよ」片手をかざして彼女に雨がかからないようにしようとするが、なんの効果もない。

「いいえ、雨は好きですから」アシュレイは笑みを浮かべてそう言うと、目を閉じて鼻の穴を膨らませながら深呼吸をする。「ここの空気は新鮮ですね。九時間も車のなかにいると、肺をきれいにする洗浄剤が必要になるんです」

「アハハ！」と、私は大きな声で笑う。（そして、見苦しいからやめなさい、と自分を叱る。）「ここでは不自由しないと思うわ。ううん、雨のことよ。洗浄剤じゃなくて。べつに両方でもいいんだけど?!」

アシュレイは返事に困っている。私も、自分がなにを言いたいのか、よくわからない。

ドライブウェイの敷石の上でキャリーケースを引きずるゴロゴロという音と、ポーチの石段の上に持ち上げるガタガタという音が聞こえる。アシュレイのうしろに目をやると、いきなり彼女のボーイフレンドと目が合う。

マイケルだ。

私を見る彼の視線にドキッとする。彼は、透明に近い澄んだ水色の目をしている。心のなかでなにかが明るい光を放っているのが見えるような気がして、私は思わず顔を赤らめる。またじろじろ見つめているのでは？　たしかに見つめている。けれども、向こうも私の心のなかを覗き込んで、知られたくないことまで見抜くような視線で見つめ返している。（彼は、私がオナニーのことを考えていたのを見抜いたのだろうか？）首が徐々に熱くなってきて、ロブスタースープのような色になっているのがわかる。タートルネックのセーターを着ておけばよかったと後悔する。

それでも、冷静さを取り戻して手を差し出す。「で、あなたがマイケル？」彼は私の手を取り、軽くおじぎをして苦笑に近い妙な笑みを浮かべる。

「ヴァネッサ」私がヴァネッサかどうか尋ねるのではなく、それはすでにわかっていると言わんばかりの口調でマイケルが私の名前を口にする。私はまたもや、内緒にしているなにかを知られているような、不思議な思いに襲われる。以前に会ったことがあるのだろうか？　いや、たぶんないはずだ。彼はポートランドで英語を教えているんじゃなかったっけ？

でも——彼は私のことを知っているのだろうか？　それはあり得る。私はけっこう有名なのだから。ただし、インターネット上の有名人は従来の有名人とまったく違う。ロックスターや映画俳優は雲の上の存在だが、ネット上の有名人は手を伸ばせば届くところにいる。ファンにとっては、特別な存在であるのと同時に身近な存在で、その気になれば自分もあんなふうになれるかもしれないという憧れの対象でもある。それが人気の秘訣だ。ニューヨークにいたときは、レストランで見知らぬ人が古くからの友人のように親しげに話しかけてくることがよくあった。何枚か気に入った写真に〝いいね！〟をつけて何度かコメントを投稿しただけで、親友になったかのように。（もちろん、いきなり声をかけられて不愉快な思いをしても、私はつねにやさしく気さくに対応した。身近な存在でないといけないからだ。）

けれども、ジーンズをはいてフランネルのシャツを着て、ヘアスタイルにもさして気を遣っていないマイケルがファッション関連のSNSをフォローしているとは思えない。そもそも、ネットで調べても彼のインスタグラムのアカウントは見つからなかった。アシュレイのメールには大学の教授だと書いてあった。まあ、それならわかる。大半の大学教授はインスタグラムになど興味がないはずだ。マイケル自身も学究肌の真面目な人のようなので、気をつけたほうがいい。軽薄だと思われるのはいやだ。

(『アンナ・カレーニナ』を読んでいると話したほうがいいだろうか?)

とは言うものの、私は人の本質を見かけで判断してはいけないということを長年の経験で学んでいた。私自身も、まるで工業用の送風機の前に立っているかのように髪をなびかせてサーカスの進行役のようにほがらかな笑みを浮かべ、カメラに向かって甲高い声で楽しそうに話しかけながらパイプクリーナーを一本飲んでしまいたいと思っていたことが何度かある。それがほんとうの姿だと信じ込ませる演技力は、私たちの世代が生きていくうえでもっとも必要な能力かもしれない。SNSでの発信は、多くの人の共感を得られる明確で前向きなものでないといけないし、たとえ心のなかではさまざまな葛藤があっても一貫性が必要だ。そうでなければ、まやかしだと感づかれてしまう。昨年、私がフレッシュXというソーシャルメディアのカンファレンスでこの話をすると、会場に来ていた二百五十人の意欲的なインフルエンサーが(全員、私と同じような人たちなのだが)せっせとノートに書きとめた。私はそれを見て、自分はもう終わりだと思った。

玄関ポーチで私の目の前に突っ立っているマイケルとアシュレイは、なかに招き入れてもらえるのを期待しているような表情を浮かべている。私は我に返って——優雅な女主人に戻って——にっこり笑う。

「なかへどうぞ。お腹がすいているはずよ。キッチンに軽食を用意しているので、それを食べてもらってからコテージに案内するわ」

私は、屋敷の扉を大きく開けてふたりをなかへ招き入れる。


彼らが驚いているのはすぐにわかる。ふたりはなかに入るとたちまち足を止め、六メートルほど上の天井を見上げる。（天井にはかつての家紋が描かれていて、祖母のキャスリーンは、客が来るといつも天井を指さして、その手描きのステンシル画を見せていた。）螺旋階段には、熱を出したときの舌の色に似た緋色の絨毯が敷いてあって、天井からはクリスタルのシャンデリアがぶら下がり、廊下の壁に飾られた油絵からは、リーブリング家の先祖が冷ややかな視線を投げかけている。マイケルは、マホガニーの寄木張りの床にドスンと音を立ててキャリーケースを置く。私は、床がくぼむのを心配して眉をひそめる。

「この家のことは……」アシュレイは驚きを表情にあらわして、玄関ホール全体を指し示すように指で円を描く。「物件の概要欄に書いてありませんでしたよね。びっくりしました」

　私は、自分もはじめて見るような気持ちでアシュレイの視線を追う。「そうなんだけど、わかるでしょ？　あえて書かなかったの。よからぬ人に興味を持たれると困るから」

「なるほど。ネット上には怪しい人やおかしな人がいっぱいいますから」アシュレイは、口角を上げて笑みを浮かべる。

「そういう人には大勢出会ったわ」私は、すぐにこれはまずいと気づく。「もちろん、あなたたちのことじゃないけど」

「いや、ぼくたちは間違いなく怪しいし、おかしいですよ」マイケルは、ジーンズに手のひらをなすりつけながらスニーカーの踵に重心をかけてのけぞる。

　アシュレイが、そっとマイケルの腕をつかむ。「やめて、マイケル。ヴァネッサを怖がらせちゃだめでしょ」

　私はべつのことに気づいて、「イギリス人なのね」と、マイケルに言う。

「いえ、アイルランド人です」と、マイケルが答える。「でも、もうアメリカに来て長いので」

「あら、私はアイルランドが大好きなのよ。去年、ダブリンへ行ったばかりなの」そうだったっけ？　いや、あれはスコットランドだったのでは？　ときどき記憶があいまいになる。「あなたのご家族の出身地は？」

マイケルは、そんなことはどうでもいいと言わんばかりに小さく手を振る。「誰も名前を聞いたことがないような小さな村です」

私は、玄関ホールを抜けてふたりを応接間へ案内する。アシュレイの視線は、途中で目にしたすべてのものの前を素通りする。屋敷がどれほど豪華であろうと自分には関係がないと思っているのかもしれないが、目は鋭い光を宿している。ストーンヘイヴンはアシュレイの目にどのように映っているのだろう？　彼女はどのような環境で育ったのだろう？　汚れたテニスシューズをはいてノーブランドのフリースを着ているところを見ると、中流以下の家庭だったのかもしれない。それとも、裕福なのに安物を身につけて貧乏なふりをしている変わり者のひとりだろうか？　ぽかんと見とれているわけではないので、一応、お金はあるのだろう。（そう思うと、ほっとする。）どんな女性なのか、よくわからないものの、目が合うとにっこり笑う。まあ、それがなにより大事なことかもしれない。

アシュレイは、象嵌をほどこしたサイドボードの上にそっと手を置く。この屋敷でいちばん高価なものだと祖母がいつも言っていた、古めかしいサイドボードの上に。「アンティークがこんなにいっぱいあるなんて」と、彼女はつぶやくように言う。

「ええ。古いものだらけでしょ？　この家を相続して、まだ間がないんだけど、博物館で暮らしているような気がすることがあるの」私は、たんに古いだけで感心するほどのものではないと言わんばかりに笑う。

アシュレイは、くるりと体の向きを変えて私を見る。「素敵だわ。こんなすばらしいものに囲まれて暮らせるなんて、幸せですよね。なんて運がいいんでしょう」彼女の声には非難めいた響きがこもっているが、相変わらず笑みは浮かべている。彼女の言葉と表情のギャップをどう理解すればいいのか、よくわからない。

私がこの屋敷で美しいと思ったものはなにもない。値打ちがあるのはわかるが、ほとんどは醜い代物だ。床から天井までの大きな窓がついていて、埃を払わなければならないようなものはなにひとつない、真っ白ながらんとした家に住みたいと思うこともある。けれども、努力してうれしそうなそぶりを見せる。「ええ、たしかに！　ここにあるのがどういうものか、よく知らないんだけど、腰掛けたりはしないようにしてるのよ」

マイケルは私たちのそばへ来ず、発掘調査をする人類学者のような目つきであちこちを見ている。やがて、彼は大おばの肖像画の前で足を止める。真っ白なドレスを着てグレイハウンドと一緒にポーズを取っている貴婦人を描いた油絵の前で。「アッシュ？　ここにいると城を思い出すよ。この肖像画の女性も曾祖母のショバーンに似てるんだ」

これには私も驚く。「お城って、どこの？」

アシュレイとマイケルが視線を交わす。「マイケルは、アイルランドの古い貴族の家に生まれたんです」と、アシュレイが答える。「かつてはお城を持ってたそうなんですが、彼はその話をするのを嫌ってて」

私はマイケルに向き直る。「ほんとうに？　どこにあるの？　もしかして、知ってるかも」

「アイルランドには三万ほど城があるので、頭のなかに百科事典が詰まっていないかぎりご存じないと思います。北部にある朽ちかけた古城なんですが、維持費がかさむので、私が子どものころに売りました」

なるほど。マイケルに会ったとたんに惹かれるものを感じ、見えない糸でつながっているような思いを抱いたのは、それでなのかもしれない。彼はわが家より由緒ある家の出身なのだ！　そう思うと、これまで着ていたフォーマルドレスを脱ぎ捨ててカシミアのスウェットに着替えたような安堵感が込み上げてくる。「じゃあ、先祖から受け継いだ古い屋敷で暮らすのがどういうことか、わかりますよね」

「ああ、もちろん。ときには自分の運命を呪い、ときにはなんて恵まれているのだろうと思ったりするんでしょう？」私の気持ちをマイケルが代わりに言葉にしてくれると、急に気が楽になる。私たちは、理解し合えたことの証しとなる笑みを浮かべてたがいを見る。

「ええ、そう。そのとおりよ」私はささやくように相槌を打つ。

するとアシュレイがやけに親しげな感じで私の腕に手を置く。ヨガのインストラクターだからだろうか？　いつも生徒の体に触れているからだろうか？　いささか馴れ馴れしい気はするものの、いやではない。ベルベットのジャケット越しにアシュレイの手のぬくもりが伝わってくる。「ここで暮らすのはそんなにたいへんなんですか？」と、アシュレイが訊く。

「ううん、それほどでもないわ」恩知らずな人間だとは思われたくない。フェイスブックの写真に、〝心のバランスなくして体のバランスは得られない〟というキャプションを添えているヨガのインストラクターには。（じつは、自分のインスタグラムでもそのキャプションを使いたかったのだが、彼女が私のことを調べて盗まれたと気づくとまずいのでやめて、代わりにヘレン・ケラーの言葉を載せた。）

「ここにひとりで住んでるんですか？　さびしくありません？」アシュレイの黒い目には同情があふれている。幸せなふりをしているつもりだったのに、いとも簡単に見破られてしまう。

「ええ、ちょっぴり。たまに、さびしくてたまらなくなることもあるの。でも、あなたたちが来てくれたから、もう大丈夫だと思うわ！」私は、そう言って陽気に笑いながらも、本音に近いことを言うのはまずいと気づく。このへんでやめておいたほうがいいのだが、壊れた蛇口から水が噴き出すように、言葉が勝手にあふれ出す。

ワインを飲んだせいかもしれない。

私はちらちらとマイケルを見て、心のなかで描こうとしている彼の人物像にあらたに気づいたことを付け足す。髪が伸びてうなじで跳ねているのは、髪を切りに行くより大事なことがあるからだ。わずかにゆがめて物憂げな笑みを浮かべている唇は、カラカラに乾燥している。rの音をヘビのように母音にからませて発音する癖もある。どうやら私と目を合わせるのを避けているようなので、私もアシュレイに視線を戻す。

アシュレイは、なにも気づいていない様子でサイドボードの天板の大理石に指を這わせる。「お掃除のことが気になってしかたないんですけど。一日中、しかも三人がかりで掃除をしないと無理ですよね。住み込みの使用人はいないんですか？　先ほど、いくつか小さな建物を見かけたんだけど、あれは使用人の住まいですか？」

「家政婦がひとり、週に一度来るだけよ。でも、すべての部屋ではなく、とりあえず使っている部屋だけ掃除してもらってるの。ここの三階と外の建物はそのままにしてあるわ。もう何年も誰も使っていないし。寝室も、半数は閉め切ってるの。だって、高祖父の仕留めた剝製の埃を払う必要なんてないでしょ？　そんなもの、誰もほしがらないのに、会ったこともない先祖が仕留めたクマの剝製と一生仲よく暮らさないといけないなんて」ちょっとしゃべりすぎだろうか？　たしかにしゃべりすぎだが、ふたりは好奇心をそそられたように私を見つめているので、さらに続ける。屋敷のなかはかなり寒いが、私は体がほてっていて、汗が脇からTシャツの内側をつたって流れ落ちていくのがわかる。「ああいうものは処分したほうがいいのよね。チャリティーに出すわ!!　お腹をすかせた子どもたちの支援に役立ててもらうことにするわ！」

私は、そのあとふたりを連れてキッチンへ行く。窓辺のテーブルには、母のお気に入りだったアフタヌーンティーセットが置いてある。けっこう絵になる光景だが（実際、すでに写真を撮って、〝三人でお茶を〟というキャプションと〝#伝統　#優雅〟というハッシュタグを添えてアップしていたのだが）、過剰演出のような気もする。花や上等なティーセットや、食べきれないほどの軽食を用意する必要はなかったのかもしれない。けれども、全員、くつろいだ様子でテーブルを囲む。アシュレイは、歓声をあげてスコーンにかぶりつき、マイケルは手のひらの上でティーカップを逆さに向けて、底に描いてあるマークを興味深げに眺めている。ふたりはしょっちゅうべたべたしていて、私にも気軽に話しかけてくる。ふたりがいろんな話をするので、会話が途切れないように気を揉まなくてすむ。

私は、ストーンヘイヴンが生気に満たされるのを感じる。私のカップもワインで満たされている。（マイケルが、あふれないようにゆっくりと縁まで注いでくれたのだ。）ワインを飲みながらふたりのジョークに笑っていると、投げやりな思いが薄らいでいく。私はひとりじゃない。ひとりじゃない、ひとりじゃない、と思うと、その言葉が早鐘を打つ心臓の鼓動とともに胸のなかで鳴り響く。

なのに、ふたりは玄関の扉を開けて冷たい風の吹く外に出ると、ゴロゴロと音を立てながらキャリーケースを引きずって屋敷守りのコテージへ向かう。私は、とつぜんまたひとりになる。あとのことはなにも考えていなかった。夕食に招待すればよかったのに！　散歩に誘うこともできたはずだ！　町へ行ってもいいし、映画を観てもいいし――なぜふたりを行かせてしまったのだろう？　私はひとりで夜を過ごさなければならないのに。彼らも、なぜ私を招いてくれなかったのだろう？（私の内側から輝く光など、この程度だ。）

ふたりが行ってしまってひとりになると、インスタグラムにアップされた子犬の写真を三時間眺めて涙を流す。

12

人生には勝者と敗者がいて、その中間はない。私は、自分が勝者の側に生まれてきたのだという自覚とともに何不自由ない子ども時代を送った。私はリーブリング家の一員だった。ゆえにさまざまな特権を手にして、それを奪い取ろうとする人たちはつねにいたものの、普通の人よりはるか高みから人生をスタートさせたために、谷底まで転がり落ちる危険があるなどとは夢にも思っていなかった。

私は最初から——生まれる前から——幸運だった。もしかすると生まれていなかったかもしれないからだ。母は私を身ごもっているときに重い妊娠中毒症にかかって母子ともに危ない状態だと診断された。主治医は、血行動態が不安定だとか倫理的処置などという専門用語を並べて諦めるように説得した。要するに、中絶をすすめたのだ。

母は聞き入れず、十カ月耐え抜いてなんとか私を産んだが、分娩中の出血がひどかったので、助からないと思われていたらしい。主治医はＩＣＵで昏睡状態から脱した母に、これほど愚かな選択をする女性ははじめてだと言ったそうだ。

「あなたのためなら、迷わず同じことをするわ」母は、香水のにおいをぷんぷんさせながら私を抱き上げて、よくそう言っていた。「あなたを守るためなら、命なんて惜しくないから」

母はそれほど私を愛していたのだ。

弟のベニーは、三年後に代理母出産で産まれた。したがって、ふたりいる子どものなかで母の子宮から生まれたのは私だけで、母はなんの違いもないと——ふたりとも自分の子に変わりはないと——言っていたが、私は弟より自分のほうが母に愛されていると思っていた。私は母のお気に入りで、沈み込んでいる母を明るくすることができた。（〝あなたの笑顔は私の太陽よ〟と、母はいつも言っていた。）でも、弟は違った。ベニーは自分の部屋にこもりっきりで、彼の心はサンフランシスコ湾に垂れ込める霧のように重くて暗かった。ベニーを見ていると、母は自分のいやな部分を見せつけられているような気がしたのだと思う。ベニーがすべて受け継いで、しかもそれが増幅されているような気がしたのだと。

母はフランス系の旧家に生まれた。しかし、ゴールドラッシュに目をつけてアメリカにやって来た母の一族は、目的を果たせないまま財産の大半をなくしてしまった。一方、リーブリング一族は、カリフォルニアを州のひとつに昇格させた西部開拓熱に便乗して巨額の富を築いた。母は一九七八年に父と――三人いた男きょうだいのいちばん上で、母より十八歳上だった父と――社交界デビューのダンスパーティーで知り合った。ふたりが〈セントフランシス・ホテル〉のボールルームで踊っている写真が一枚残っているが、長身の父は、綿菓子のように大きく膨らんだ母のスカートの下に足を入れて母を見下ろしている。（センスのいい母は、イギリスのザンドラ・ローズがデザインした淡いピンク色のドレスを着ていた。）

結婚には暗黙のかけ引きがつきものだ。父は富と力を、母は美貌と若さをかけ引きの道具に使ったのかもしれないが、ふたりは強く惹かれ合っていた。それは私も知っている。写真のなかのふたりを見れば明らかだ。母は、幼い娘に向けるような視線を投げかける父をうれしそうな表情を浮かべて見上げている。ところが、やがてなにかが変わった。ベニーと私が中学や高校に通いはじめたときには、すでに両親の関係が冷えきっていた。父はリーブリング・グループの役員を務めるきょうだいやいとこたちと一緒にサンフランシスコのフィナンシャル・ディストリクトにあるガラス張りのオフィスで多くの時間を過ごし、母は自宅の応接間で社交界の友人たちと過ごすようになった。

私が子ども時代を過ごしたサンフランシスコでは、みんながわれわれ一族のことを知っていた。リーブリングの名前はビジネス誌の《フォーチュン》に載り、マリーナ地区には一族の名前のついた通りがあって、サンフランシスコでもっとも古い住宅地のパシフィックハイツにも屋敷を持っていた。（イタリア風の屋敷で、作家のダニエル・スティールの家ほど大きくはないものの、素敵な家だった。）私の名字がリーブリングだとわかると、すべてががらりと変わった。なにかを期待しているかのようにみんなが私にすり寄ってきたり、やけにやさしくなったりした。生きていくうえで頭がいいのは大事なことだが、見た目はそれより大事だ。クローゼットにぎっしり詰まった母の高価なドレスと際限のない低糖質ダイエットが私にそのことを教えてくれた。けれども、いちばん大事なのは、もちろん富と力だ。

それは父から学んだ。

幼いころに、マーケットストリートのフェリービルディングの近くにある父のオフィスを訪ねたときのことはいまでもよく覚えている。父は、リーブリング・グループのオフィスタワーの最上階にある部屋で私を片方の膝に、弟のベニーをもう片方の膝にのせて、ガラスの壁から外が見えるように椅子をくるりと回転させた。天気がよく、風もあったので、波立つサンフランシスコ湾を帆船が滑るように進んで塩田のある半島の南側へ向かうのが見えた。けれども、父は湾の景色になど興味がなかった。「あれを見なさい」父はそう言って、ビルの下が見えるように私たちの額をガラスに押しつけた。五十二階から見下ろすと、歩道を行き交う人は小さな黒い点にしか見えず、磁石に引き寄せられる鉄粉を思い出した。

私は、めまいがして気分が悪くなった。「通りはずいぶん下にあるのね」

「ああ」父はそれを聞いてうれしそうだった。

「みんな、どこへ行こうとしてるの？」

「あの人たちはってことか？　彼らに大事な用があるわけじゃない。まわし車で遊ぶハムスターのように、なにかを成し遂げることもなくただ動きまわっているだけだ。それが人間の悲しい性（さが）だよ」私は、驚きながら不安げに父を見上げた。「心配しなくていい。おまえはそんなふうにならないから」

ベニーは父が授けようとしていた人生訓より机の上の万年筆に興味を示し、膝の上から下ろしてほしくて泣きべそをかきながら身をよじっていた。私は、蟻のように小さく見える人たちに同情した。そういう境遇に生まれついた人たちは、虫けらのように踏みつぶされるのを待つしかないのだと思うと、かすかな罪悪感を覚えた。けれども、父の言わんとすることはわかった。おまえたちは彼らと違う、自分と一緒に高いところにいるかぎりは安全だと言いたかったのだ。

やっぱりパパはすごいと、父を頼もしく思った。大柄な父が防波堤となって私たちを苦難から守ってくれるのだと信じて疑わなかった。ベニーや私が道を踏みはずしても——私があと先を考えずにばかなことをしても（大学を退学したり、自主制作の映画に出資したり、モデルになったりしても）——父は手遅れになる前に私たちを自分の目の届く安全地帯へ引き戻した。そうやって、つねに私たちを守ってくれた。なのに、もっとも父の助けを必要としているときに、とつぜん放り出された。

人の運命はDNAによって決まると言われている。特殊な才能を持った人の場合はそうなのだろう。卓越した知性や一マイルを四分で走る俊足や、バスケットボールで見事なダンクシュートを決めるずば抜けた運動神経や、もしくは、本能的な狡猾さや旺盛な活力を持って生まれた人の場合は。しかし、さしたる才能を持たずに生まれた大多数の人間にとって、運命を決めるのはDNAではない。生まれついた家の生活環境だ。銀の皿にのせて差し出される（あるいは、差し出されない）チャンスの多寡によって決まるのだ。つまり、恵まれているかいないかによって。

私はリーブリング家の一員として、非常に恵まれた環境に生まれた。

しかし、環境は変化する。たったひとつの予期せぬ出来事によって人生航路に狂いが生じて、元の航路に戻れるかどうかわからないほど大きくそれてしまうこともある。

私の場合は、十二年経ってもまだ戻れずにいる。

成長するにつれて、私は両親の期待をひしひしと感じるようになった。両親は私が私立の学校に進学し、弁論部とテニスクラブに入って、サンフランシスコのダウンタウンに名字を冠したビルを持つ家の息子と付き合い、しかも、優秀な成績を収めることを（それに――ここだけの話だが――父が学校に多額の寄付をしていることによって少しは嵩上げしてもらえることを）期待していた。その一方で、私は両親の言う〝衝動の抑制〟に苦労することがあった。母のマセラティを借りて出かけたのに、酔っぱらって派手にぶつけたり、テニスの全米ジュニア選手権で不公平な判定をした審判にラケットを投げつけたりしていたのだ。それでも、要領はいいほうだったので、なんとか両親の期待にも応えていた。それに、たいていのことは、えくぼと笑顔とお金で解決できた。

ただし、弟のベニーは救いようがなく、私が高校に入ったころにはもう、ベニーに――母の言葉を借りれば――問題があることが明らかになっていた。あれはベニーが十一歳のときだったが、母は弟がベッドの下にノートを隠しているのを見つけた。そのノートに、頬のこけた男性がドラゴンに内臓を食いつくされようとしている気味の悪い絵が描いてあるのを見た母は、弟を精神科医のところへ行かせた。弟はすべての単位を落とし、学校のロッカーに落書きをして、さらにはクラスメイトからいじめを受けた。十二歳になると注意欠陥障害の投薬治療を受け、その後、抗鬱剤も飲むようになった。そして、十五歳のときに薬を友人に渡していたのが見つかって学校を追い出された。

ひと月後に高校の卒業式を控えていた私は、すでにプリンストン大学のTシャツを着て寝ていた。（プリンストンで学ぶのは、もちろん一族の伝統だった。）ベニーが友だちにリタリンを渡していたのを理由に退学処分を告げられた日の夜は、地下の音楽室から両親の言い争う声が聞こえてきた。防音がほどこされているので音が洩れないと思っていたのか、両親はときどきわざわざ音楽室へ行って喧嘩をしていたが、暖房用のダクトを通って声が聞こえてくるのを知らなかったらしい。ふたりはしばらく前から頻繁に言い争うようになっていた。

「あなたが家にいてくれれば、彼も愚かで向こう見ずなことをしてあなたの気を惹く必要なんてなかったのに」

「きみがそんな状態でなければ、こんなことになる前にどこかおかしいと気づいていたはずだ」

「私のせいにしないで！」

「もちろん、きみのせいだ。あいつはきみに似たんだよ、ジュディス。自分はなんの努力もせずに息子にはしっかりしてほしいと思ってるのか？」

「よくそんなことが言えるわね……自分のことは棚に上げて！　こんなことになったのは、すべてあなたがつまらないことにうつつを抜かしてるからよ。女にギャンブル、それに、ほかにもなにか私に隠れてやってるはずだわ」

「頼むよ、ジュディス。妄想を膨らませるのはやめろ。きみの勝手な思い込みだと、何度言ったらわかるんだ？　疑り深いのも病気のせいだよ」

私はそっと廊下に出ると、弟の部屋のドアをノックして返事を待たずに静かになかに入った。ベニーは、床に敷いたラグの真ん中に手足を広げて寝そべっていた。痩せて、青白い顔をしてはいたものの、ダ・ヴィンチのウィトルウィウス的人体図に描かれている男性のようだった。ベニーは思春期への移行がスムーズにいかなかったのだ。内面はまだ子どもなのに体だけがどんどん成長したために、見慣れない大きな体のなかで心がガタガタと音を立てて崩れてしまったのかもしれない。そのときは、床に寝そべってぼんやり天井を見ていた。

私はベニーのそばへ行き、ラグに腰を下ろしてスカートを膝の上にたくし寄せた。

「まったく理解できないわ、ベニー。校則に違反するってことはわかってたはずよ。なぜあんなことをしたの？」

ベニーは肩をすくめた。「薬をわけてやると、友だちがやさしくしてくれるんだ」

「ばかね。友だちに好かれる方法は、ほかにいくらでもあるわ。少しは努力をしてみたら？　チェスクラブに入るとか、教室の隅に座ってノートに変な絵ばかり描いていないで、ランチタイムに誰かと話をするとか」

「もう遅いよ」

「なにを言ってるの。パパが新しい講堂を建てるとでも言えば、どんなことでも許してもらえるわ」

「そんなことにはならないよ」私は、ベニーがラグの上に寝転んだままぴくりとも動かず、しかも、声にまったく感情がこもっていないことに驚いた。「親父はぼくたちをタホ湖へ行かせたがってるんだ。ぼくは向こうの学校に通うことになるらしい。ぼくをポール・バニアンのような怪力の樵にでもしてくれるユニークな学校に」

「タホ湖へ？　それはあんまりよ」私は、文明と呼べるすべてのものから隔絶された湖の西岸に建つだだっ広くて冷たい感じのする屋敷を思い出し、父がどんな手段で母を説得したのか知りたくなった。父がその前年に屋敷を相続してからは、一度、春休みにスキーに行っただけだった。母は、向こうにいるあいだじゅうずっと、つぎからつぎへと部屋を見てまわり、古めかしい家具にそっと手を触れては顔をしかめていた。私には、母がなにを考えているのかはっきりわかっていた。

ベニーは、雪の上に寝そべって天使の形を描こうとするかのように、腕と脚をゆっくり上下左右に動かした。「そうでもないよ。ぼくはここにいるのもいやなんだ。たぶん、ここよりひどくはないよ。もしかすると、はるかにましかも。こっちの学校の生徒はうぬぼれ屋ばかりだから」

私は、ベニーがしばらく前に顎にできたニキビを掻くのを眺めていた。腫れ上がって、髪と同じぐらい赤くなっていたので、やけに目についた。弟は、自分で自分を生きづらくしていることに気づいていないようだった。リーブリング家の一員だというだけで手にすることができる特権をすべて拒否していたのだから。当時の私は、ベニーが自らの意思でそうしているのだと思っていた。だから、おかしなことをしたり、部屋に引きこもっておかしな絵を描いたりするのをやめさえすれば問題は解決すると思っていた。まだ、なにもわかっていなかったのだ。

「あなたは誰にも心を開こうとしないのね」と、私は言った。「ニキビを掻くのはやめなさい。痕が残るわ」

ベニーは中指を突き立てた。「どうせ姉貴は大学へ行くんだから、ぼくたちがどこに住もうと関係ないだろ？」

私は、弟が寝ているラグを撫でた。青い厚手のラグで、弟が床に投げ捨てた油性ペンのインクの染みを隠すためにデコレーターが選んだものだった。「あんなところへ行ったらママがおかしくなってしまうわ」

ベニーはとつぜん体を起こして、にらみつけるように私を見た。「お袋はすでにおかしいよ。気づいてなかったのか？」

「おかしくなんかないわ。気分のむらが激しいだけよ」私は即座に言い返したが、母の気分のむらは、中年期に心の不調をきたす、いわゆるミッドライフクライシスを超えているのではないかという思いが頭の隅でくすぶっていたのは確かだ。母の精神状態についてベニーと話し合ったことはないが、彼がときどき、表情から嵐の到来を予測しようとするかのように母の顔を見つめているのは知っていた。私も、母の心のなかのスイッチがオンからオフへと切り替わるのを期待して表情をうかがっていた。母は例のマセラティで学校へ私を迎えにきて、うれしそうに目をきらきらさせながら「エステの予約を入れたの」とか、「一緒に〈ニーマン〉へ買い物に行きましょう」と、窓越しに叫ぶこともあった。すこぶる機嫌のいいときは、「まともなフレンチが食べたくなったから、飛行機でニューヨークへ行くことにしたの」と言ったこともある。ところが、翌日には部屋にこもって、物音ひとつ聞こえてこなくなるのだ。勉強会やテニスの練習から帰ってくると、家のなかが不気味なほど静かで、部屋を覗くと、母がカーテンを閉めてベッドに横たわっていることもあった。「頭が痛いの」と、母はか細い声で言ったが、私は母が飲んでいるのが頭痛の薬ではないのを知っていた。

「タホ湖へ行くのはそれほど悪くないかもな」と、ベニーは期待をこめて言った。「お袋にとってはいいことなのかもしれない。だって……スパ・リゾートへ行くみたいなもんだよ。お袋はスパが大好きだから」

私は、ベニーと母が石の塀に囲まれたストーンヘイヴンの敷地内をあてもなくぶらぶらと歩きまわる光景を目に浮かべたが、とうていスパ・リゾートだとは思えなかった。なのに、「そうね。あなたの言うとおりかも」と、嘘をついた。「ママにはいいかもしれない」自分ではどうすることもできないのなら、それはまずいと思っていても同意しているふりをするしかない場合もある。あとは、たとえ本心ではなくても楽観的な思いが積み重なれば、天秤の針がいい方向に動くかもしれないと祈るしかない。

「お袋はスキーも好きだし」と、ベニーが言った。

「あなたも好きでしょ？　それに、私より上手よね」

ベニーがふさぎ込んで自分の殻に閉じこもり、とらえどころのない不思議な存在になってしまっても、家政婦がきちんと掃除をしてくれているのに部屋に入ると精液のようなにおいがしても、私は彼を可愛い弟として見ることとしかできなかった。私のベッドによじ登って絵本を読んでくれとせがみ、温かい小さな体をぴたりと押しつけてきていた、よちよち歩きをはじめたころの彼の姿も目に浮かんだ。両親は私たちを平等に愛してくれたが、私のほうがほんの少し多めに愛されていた。私のほうが手がかからなかったからだ。それにはちょっぴり罪悪感を抱いていたので、弟の足りないところは自分が補おうと思っていた。

いずれにせよ、私は弟を無条件に愛していた。それはいまでも変わらない。私のいちばんの長所はそこではないかと思うこともある。少なくとも、自分の性格でいやだと思わずにすむのはそこだけだ。

あの日、私は腕を伸ばし、幼いころのようにびっくりするほど熱くなっているのではないかと思ってベニーの首に手を当てた。けれども、ベニーがぴくっと体を震わせたので、手を離した。

「もう子どもじゃないんだから」と、ベニーは言った。

私はプリンストンへ進学し、家族がタホ湖へ引っ越したからと言って世界が滅亡するわけではないのだからと自分に言い聞かせた。

しかし、不安は的中した。富は病いを一時的にやわらげるだけで、予防にはならず、深く進行している場合はなんの役にも立たない。

私はプリンストンでの暮らしを存分に楽しんだ。講義も、クラブ活動も、パーティーも。大学生活には――少なくとも、大学の雰囲気には――すぐに溶け込めた。(成績に関しては、またべつの話なのだが。)母とは毎週かならず、それに、弟ともときどき電話で話をしていたが、ふたりの様子におかしいところはなく、ふたりとも退屈しているようだった。クリスマスには、私もストーンヘイヴンへ行った。いとこや大おじや、全米の上位五百社のなかに入っているような大企業のオーナーが大勢ストーンヘイヴンに集まることになっていたからだ。私たちは、一緒に食事をしたり、スキーをしたり、プレゼントを開けたりしてお祭り気分を楽しんだ。なにも気になることはなかった。ストーンヘイヴン自体も子どものころの記憶ほどよそよそしい感じはせず、親戚だけでも半端な人数ではないので、出来立ての豪華な料理や温かい飲み物がキッチンからつぎからつぎへと運ばれてきた。だから、安心して大学に戻った。

あれは、翌年の三月だった。寮で開かれたパーティーを終えて夜遅く部屋に戻ると、電話が鳴った。すぐには弟だとわからなかった。弟の声は、最後に話したときより一オクターブ低くて、数カ月のあいだに別人になったかのように大人びた声に変わっていた。

「ばかな子ね。こっちは夜中の一時よ」と、私は言った。「時差があるのを忘れたの？」

「起きてたんだろ？」

私はベッドに寝そべって、マニキュアがほんの少しはがれた爪を見つめた。「寝ていたらどうしてた？　寝ていても起こさなきゃいけないほど大事な用なの？」そう言いながらも、内心ではすでにわかっていた。

ベニーは間を置いて、ささやくような声で言った。「お袋がまたベッドから出ようとしなくなったんだ。この一週間は一歩も外へ出てないんだよ。なんとかしたほうがいいのかな？」

できることはなにもない。母はもともと気分にむらがあり、つねに不安定な状態だったが、完全におかしくなることはなく、いつも立ち直っていた。「パパに話したら？」

「親父はここにいないんだ。気が向いたら、週末にときどき来るだけで」

いやな予感がした。「私がなんとかするわ」

「ほんとうに？　よかった。姉貴は最高だよ」ベニーがほっとしているのは受話器越しにひしひしと伝わってきた。

けれども、ちょうど中間テストの最中だったし、どの科目も明らかに後れを取っていたので、家族のことを真剣に考える余裕はなかった。それに、永遠に繰り返す母の気分の浮き沈みにはいささかうんざりしていた。だから、〝なんとかする〟とは言ったものの、母に電話をかけて、さして親身になるわけでもなく、「大丈夫かどうか教えてほしいんだけど、お願いだから、私が望んでいる返事をして」と言っただけだった。

願いは叶った。「ええ。もちろん、大丈夫よ」母は、いつものように単語をひとつひとつはっきり区切る、気取ったしゃべり方をした。私は、自分の声を聞いているような気がした。（うちの家族に、やたらと音を長く引き伸ばすカリフォルニアのバレー訛りでしゃべる者はいない。サーファースラングも使わない！）「ひどい雪で、ちょっとうんざりしただけ。雪が厄介なものだというのを忘れてたのよね」

「毎日なにをしてるの？　退屈なの？」

「退屈？」受話器の向こうから、苛立ちもあらわに息を吸い込むかすかな音が聞こえてきた。「そんなことないわ。ここを改装しようと思ってるの。あなたのおばあさまは趣味が悪かったのよね。すべてがバロック調で、けばけばしくて。鑑定士を呼んで、家具の一部をオークションに出そうと思ってるの。ここが建てられた時代にふさわしいものは残しておくつもりなんだけど」

　それを聞いて安心できればよかったのだが、疲れているのか、母のしゃべり方はもたついていたし、それでも元気そうな明るい声を出そうと無理をしているのがわかった。母のまわりに瘴気が垂れ込めているのは明らかだった。春休みになってストーンヘイヴンへ行ったのは、そのひと月後だったが、母はすでに鬱を抜け出して躁の状態に入っていた。それは、屋敷へ一歩足を踏み入れたとたんにわかった。母が、肩で風を切りながらきびきびと歩きまわっていたのだ。最初の夜は家族四人でダイニングテーブルを囲んだが、母は早口でずっと屋敷の改装の話をしていたので、父はテレビの雑音だとでも思っているかのように、まったく耳を傾けていなかった。そして、デザートが運ばれてくるのも待たずにポケットから携帯を取り出すと、顔をしかめてメッセージに目をやるなり、席を立った。その一分後には、ドライブウェイを走り去る父のジャガーのヘッドライトが窓越しに母の顔を照らした。

向かい合って座っていたベニーと私は、〝いつものことだね〟と言わんばかりに視線を交わした。

翌朝、私たちは町へコーヒーを飲みに行くと言ってストーンヘイヴンを抜け出した。私は、カフェで列に並んでいるときに何度もこっそりベニーを見た。驚いたことに、ベニーは自信が芽生えたようで、これまでは消え入りたいと思っているかのように肩を丸めていたのに、ぴんと背筋を伸ばして立っていた。顔も洗うようになったのか、ニキビも消えていた。それで外見はずいぶんよくなったが、なにか気になることでもあるのか、どことなく心ここにあらずといった感じがした。

ベニーはカフェで女の子と話をしていたが、私がさして気にとめなかったのは、時差ボケで頭がぼうっとしていたからだと思う。私たちの前に並んでいたのは平凡なティーンエイジャーで、だぼだぼの服のせいでかえって太って見えたし、たとえ素顔は可愛かったとしても、黒々とした濃いメーキャップがそれを台無しにしていた。自分で染めたのか、ピンク色の髪も悲惨な状態で、じろじろ見つめてしまわないように、あわてて目をそらした。近くに立っていた彼女の母親の外見は娘とまったく違い、髪はブロンドで、やけにセクシーだった。可哀想に、ベニーの友だちにはイメージチェンジと自尊心が必要だけど、この母親では助けになりそうにないかも、とぼんやり考えていると、東海岸の友人からメールが届いて携帯が振動した。私は、女の子と母親が店を出ていってからベニーを見た。ベニーは浮ついた表情を浮かべていた。

コーヒーをひと口飲んで、カップをソーサーに戻すと、「なんだよ？」と言って私を見つめ返した。

「さっきの女の子だけど──名前は？　好きなのね」

ベニーの首が赤くなった。「なんでそんなことを言うんだよ？」

私は、彼のシャツの襟元を指さした。赤みは首から顔へと広がっていく。「真っ赤になってるわ」

ベニーは、覆い隠すように首に手を当てた。「そういう仲じゃないよ」

カフェの窓は結露で曇っていた。先ほどの女の子をもう一度よく見ようと思って目を凝らしたが、彼女と母親はすでに通りの角の向こうに姿を消していた。「じゃあ、どういう仲なの？」

「ぼくも、よくわからないんだ」ベニーは、うっすらと笑みを浮かべながら椅子の背もたれに体を預けて腰を滑らせ、ほかの客の邪魔になるのもおかまいなしに両脚を通路に突き出した。「彼女はしっかりしていて、クラスメイトになにを言われてもぜんぜん気にしないんだ。それに、ぼくを笑わせてくれる。ほかの連中とは違うんだよ。ぼくの家族のことも、なんとも思ってないし」

私は声をあげて笑った。「なるほど。わが家のことは、みんないろいろ思ってるわ。それを顔に出さない人もいるだけよ」

ベニーが私をにらみつけた。「姉貴はまんざらでもないんだろ？　みんなが注目するのは、自分が可愛くて、金を持ってて、家族も有名だからだとうぬぼれてるんだよな。けど、リーブリング家の一員としてじゃなく、ありのままの自分を見てほしいと思うこともあるだろ？」

〝もちろん、あるわ〟と答えるべきだというのはわかっていた。けれども、そんなふうに思ったことは一度もなかった。まわりの人がリーブリングの名前に注目するのも、いやではなかった。名前に目をとめなかったら、ほかに私のなにを見るのだ？　私は特別な才能があるわけでも、ずば抜けて頭がいいわけでもない。思わず見とれてしまうような美人でもない。パーティーに招けば楽しいかもしれないが、人に刺激を与えられるような人間ではない。成功した先祖の恩恵に乗っかっているだけだ。私もそのぐらいの自覚はあった。自分になんらかの力が、なにかを成し遂げる力が備わっているわけでもないのはわかっていた。自分がごく平凡な人間だというのは。

（私の自己肯定感の低さに驚く人もいるだろう。お金があって、そこそこ可愛くて、ネット上で有名になっても、自分を好きになれないこともあるのだ。このことは、またあとで詳しく話したい。）

しかし、私にはリーブリングという名前があった。その名前があれば、自己肯定感の低さなど、親の期待どおりの人生を歩むうえではなんの障害にもならなかった。私の成績評価ポイントは三・四しかなかったが、それでも家族の名前のおかげでプリンストンに入学できた。だから、私はリーブリング家に生まれてよかったと思っていた。（誰だって、そう思うのでは？）名前に影響されて私に対する評価を変えたりしないのは、となりに座っている人物だけだった。私と同じ名字を持つ弟のベニーだけだった。

「ばかね。気に入ってるのならデートに誘えばいいのに」私は、カプチーノのカップを置いて身を乗り出した。「冗談を言ってるんじゃないのよ。好きならアタックしないと。彼女だって、あなたのことが嫌いならしょっちゅう話をしたりしないでしょ？」

「でも、お袋が——」

「ママがどうかしたの？　親は関係ないでしょ？　いいかげんにしなさいよ。とにかく、好きなら……キスぐらいしないと。彼女はきっとその気になるはずよ」ただし、〝大富豪の息子とキスをしてるんだから、その気になるのは当然でしょ！　乗り気じゃないそぶりを見せたとしても、はじめてだというふりをしているだけなんだから〟とは言わなかった。

ベニーはもじもじと体を動かした。「そんな簡単にはいかないよ」

「簡単よ。そうね——お酒を飲めば、やりやすいかも。お酒の力を借りれば」

「違うんだ。簡単にはいかないと言ったのは、謹慎中だからだよ。二日前に、お袋と親父がもう彼女と会っちゃだめだと言ったんだ」

「ちょっと待って。なぜなの？」

ベニーが飲み終えたカップをソーサーの上でまわすと、わずかに残っていたコーヒーがカフェのテーブルに飛び散った。「隠していたマリファナが見つかって、お袋と親父は彼女のせいだと決めつけたんだ。彼女がぼくに悪い影響を与えてると」

「で？　そのとおりなの？」私は彼女の真っ黒な服と濃いメーキャップとピンク色の髪を思い浮かべて、たしかにこのあたりにいる健康そうなマウンテンガールとは違うと結論づけた。

「ふたりとも、彼女のことはなにも知らないのに」私には見えないなにかが見えているのか、ベニーはやけに明るい大きな瞳で私を見つめた。私はふと、弟の精神的なもろさを思い出した。母親と同じように、傷つきやすいことを。彼はナイフの刃の上をふらふらと歩いているようなもので、よからぬ方向へひと押しされれば転がり落ちてしまうのは確実だ。けれども、私は正しい方向を見抜いていた！　そんな自分が誇らしかった。弟にガールフレンドができたのだ！　まさに狂気の愛だ！　両親がどんなに心配しても弟の精神状態は改善しなかったが、好きな女の子ができたのなら変わるかもしれない。われながらよくやったと思った。弟がおかしな考えに取りつかれることなく現実の世界で生きていけるように、私は有益なアドバイスをした。弟のことを思う気持ちに変わりはないものの、途方に暮れているだけの両親にはできないことが自分ならできると思った。私たちのような子どもが置かれた環境はよくわかっているつもりでいた。

でも、それは間違いだった。

結局、ベニーは私のアドバイスを受け入れてガールフレンドにキスをして、ついでにセックスもしたようだった。ことはうまく運びそうだった。ところが、行為の最中に父に見つかって、父も母も激怒した。ふたりはベニーをイタリアのサマーキャンプに行かせて、弟はイタリアから私に陰気な絵葉書を何枚も送ってきた。絵葉書には、〝イタリアが刑務所のようなところだとは誰も知らないはずだ〟、〝お袋や親父とは二度と口をきかないつもりだ〟と書いてあった。その後、さらに日が経つと、〝暗い部屋で眠りにつこうとしているときに人の話し声が聞こえたことがあるか？　頭がおかしくなったのか、それとも、孤独のどん底におちいるのを防ぐ防御反応なのか、よくわからない〟という、かなり気になる手紙が届くようになった。夏が終わるころには、ぺらぺらの青い便箋にイタリア語で書いた手紙も届いた。私はイタリア語がわからないし、小さな字で便箋が埋めつくされていたので、ベニーが書いたものかどうか定かでなかった。ただし、最後のサインはベニーが書いたものだとわかった。

彼も、イタリア語は話せないはずだった。

当時、私は大学生として迎えたはじめての夏休みをサンフランシスコで過ごしていた。母も一緒に夏を過ごしてくれるはずだと思っていたのだが、私がサンフランシスコに戻ってしばらくすると、母はマリブのスパへ行った。そこでは一日五時間ハイキングをし、食事は野菜ジュースだけで、エステではなく腸内洗浄をするらしかった。当初は二週間の予定だったようだが、結局、母はそこに六週間いた。私がプリンストンに戻る二日前にサンフランシスコに帰ってきた母はガリガリに痩せていて、陽に焼けた顔から目が飛び出していた。「最高に調子がいいの。体のなかの老廃物がすべて流れ出て、清められたみたいで」母は大げさに自慢したが、買ったばかりの最新式のジューサーに人参を入れる手は震えていた。

父は書斎で損益計算書に目を通していた。「ママは薬を飲んだほうがいいと思うんだけど」

父は長いあいだ私を見つめた。「抗不安薬(ザナックス)を飲んでるよ」

「ええ。でも、効いてないみたいなの。スパでの静養もよくなかったみたいで。ちゃんとした専門家に診てもらったほうがいいわ」

父は机の上の書類に視線を落とした。「大丈夫だよ。ときどきあんなふうになるものの、また元に戻るから。それはもうおまえもわかっているはずだ。セラピストに診てもらえなんて言ったら、よけいにおかしくなるだけだ」

「ママを見た？　すごく痩せてるのよ。異様なほどガリガリに」

父はいちばん上の書類を指先で脇へ押しやって、その下のファイルに目をやった。ネットには、リーブリング・グループでの父の立場が危うくなっていると書いてあった。おじが――父の弟が――役員会でクーデターを起こしたらしい。父はそうとうストレスを感じているようで、目の下には隈ができ、額には深いしわが刻まれていた。けれども、解決策を思いついたかのように椅子の背にもたれかかった。「わかった。来週、ベニーがサマーキャンプから帰ってきたらストーンヘイヴンへ戻ることにする。ローデスは料理が得意だから、ジュディスの好きなものをつくってくれるはずだ。ジュディスには、ストーンヘイヴンで暮らすのがいちばんなんだ。あそこは静かで落ち着くから」

私は、ベニーの気になる手紙のことを話すべきかどうか考えた。話せば、ベニーを薬漬けにするか、最悪の場合は更生施設に入れるのでは？　ベニーにはたしかに助けが必要だが、彼がつらい思いをしてきたのはわかっていた。ストーンヘイヴンで孤独な日々を過ごし、無理やりイタリアに行かされて、友だちのことにまで口出しされて。彼に必要なのは、そっとしておくことと、愛されていると実感できるようにしてやることかもしれない。私は、考えがまとまらないまま父の前に立った。が、父は私が口を開くより先に椅子から立ち上がると、私のそばへ歩いてきて、めずらしく胸に抱き寄せた。父の胸は洗濯糊とレモンの、息はウイスキーのにおいがした。

「おまえはいい娘だ。いつも家族のことを考えてくれていて。ほんとうに自慢の娘だ。おまえのことはなにも心配する必要がないから助かるよ」父はそう言ったあとで、笑いながら付け足した。「弟にはずいぶん手を焼かされてるからな」

そのとき手紙の話をすればよかったのに、しなかった。自分だけいい子ぶるのはベニーに対する最大の裏切りのような気がしたからだ。自分はいい娘だが弟は問題児だと決めつけるなんて、ベニーが可哀想で二度とできなかった。

私はそのままプリンストンに戻ったが、母を見たのはそれが最後になった。母が死んだのは、その八週間後だった。

母は十月の最後の火曜日に死んだ。私は、それまでなにもせずにいた自分をいまだに許すことができずにいる。母は私の様子を尋ねる電話をかけてこなくなったのに、それに気づかなかったことは悔やんでも悔やみきれない。当時の私は、新しいボーイフレンドに夢中になっていた。けれども、すぐに別れて、つぎのボーイフレンドに乗り換えた。それが原因で成績は（またもや）下がり、週末を利用して気分転換に友だちとバハマへ行った。陽に焼けて、ちょっぴり疲れて戻ってきてようやく、母からしばらく電話がかかってきていないことに気づいた。それでも、自分から電話をかけるまで数日かかった。母がどんな状態でいるのか知るのが怖かったからかもしれない。

何度も呼び出し音が鳴ったあとでようやく電話に出た母の声はどんよりとしていて、元気がなく、感情もこもっていなくて、陰気だった。「パパが浮気をしてたの」母は、オペラハウスの理事会の決定を伝えるような、淡々とした口調で言った。

寮の下の階ではパーティーが開かれていて、エミネムが歌うヒップホップを大音量で流していたので、振動で床が揺れていた。私は聞き間違えたのかと思った。「パパが？　ほんとうに？　どうしてわかったの？」

「手紙を見つけて……」そこから先は声が小さくなったので、ほとんど聞き取れなかった。階下では、女子学生がげらげら笑っている。私は受話器を手のひらで押さえて、ドアの外に向かって叫んだ。「うるさい。うるさい。うるさい！」。すると、一瞬、静かになったが、すぐにみんなの笑い声が聞こえてきた。「ヴァネッサ・リーブリングがキレてるわ。べつにどうでもいいけど」

浮気。なるほど、そういうことだったのか。だから、父は家族のいるストーンヘイヴンではなくサンフランシスコで平日を過ごしていたのだ。そもそも、それが理由で家族をストーンヘイヴンへ行かせたのかもしれない──家族を愛人から遠ざけるために。可哀想に。母が長いあいだ心を病んでいたのもうなずける。

しかし、ショックは受けなかった。当然だ。客観的に見て、父はかなりの醜男だ。けれども、そんなことは気にしない女性もいる。力があれば、それ自体が魅力になるのだ。それに、他人のものを奪うという誘惑に抗うのはむずかしい。母の友人の多くはすでに離婚して、夫は若い女性と（遺産狙い、トロフィーワイフ、娼婦などと揶揄される女性と）再婚している。一方、高額の慰謝料をぶん取って別れた妻は、〈フォーシーズンズホテル〉のペントハウススイートで暮らしている。

父が浮気をしたのは避けられないことだったのだ。

「パパはいまそこにいるの？」と、私が訊いた。

母は声をあげて笑ったが、空箱のなかで石がぶつかり合っているような、ぞっとする声だった。「彼はほとんどここへは来ないの。私とあなたの弟をこのおぞましい屋敷に住まわせたのは、私たちにわずらわされたくないからだと思うわ。そういう小説があったでしょ？　『ジェイン・エア』だったわよね。私たちは、『ジェイン・エア』で屋根裏部屋に閉じ込められた妻と同じなのよ。あなたの父親は私の家系の遺伝子に問題があると思っているようなんだけど、それより彼の……」

私は母の話を遮った。「パパはサンフランシスコにいるの？」

「たぶんフロリダだと思うわ」母は興味のなさそうな声で言った。「ううん、もしかすると日本かも」

階下のステレオからは、スヌープ・ドッグの鼻にかかった眠そうな歌声が聞こえてくる。

「ベニーと話をさせてくれない？」

「それはやめておいたほうがいいと思うわ」

「どうして？」

「ちょっとおかしいのよ」

「どんなふうに？」

「じつは」母は、そう言ってしばらく間を置いた。「まず、ベニーはヴィーガンになったらしいの。動物性のものはいっさい食べないって言うのよ。なんだか、お皿の上の肉と話をしているみたいなんだけど」

私はベニーが送ってきた手紙を思い出した。みんなおかしくなっているようだ。「帰るわ」

「そんなことしなくていいわ」と、母は沈んだ声で言った。「あなたはそっちで勉強に専念しなさい」

電話の向こうに手を伸ばして、母の声が明るくなるまで両手で抱きしめてあげたかった。

「ママン――」

「ヴァネッサ。ここには帰ってこないで」と、母は冷ややかな声で言った。

「でも――」

「愛してるわ、ダーリン。じゃあね」母はそう言って電話を切った。

私は寮の部屋にぽつりと座って、パーティーの騒音を聞きながら泣いた。私は母に拒絶されたのだ。母はつねに私を必要としていたのに。母にとっていちばん大事なのは私だったのに。なぜぴしゃりと撥ねつけたのだろう？　どうして帰ってくるなと言ったのだろう？

いまなら、すべてがわかる。母は、私を遠ざけるために、わざと傷つけるようなことを言ったのだ。おそらく、すでにこまかいことまで決めていたのだろう。翌朝、ベニーが学校へ行ったらすぐにドックに係留してあるジュディーバード号という名前のヨットの舫いを解いて、湖の中心地点まで行くことも。そこに錨を下ろしてシルクのバスローブをはおることも。バスローブの大きなポケットに、読書室の棚から抜き出してきた初版の法律書を六冊入れておくことも。そして、さざ波の立つ氷のように冷たい水のなかに飛び込んで溺死することも。

だから、私を遠ざけたのだ。最後まで私を守ってくれたのだ。

気づくべきだった。手遅れになる前に、母がなにをしようとしているのか、気づくべきだった。私はサンフランシスコにある父のオフィスに電話をかけて（アシスタントの話では、東京へ出張しているとのことだったのだが）、ベニーには伝言を残した。（ベニーも電話に出なかったからだ。）そんなことをするより、すぐに飛行機の座席を予約して家に帰ればよかったのだ。なのにぐずぐずしていて、やはり帰らないといけないと思ってリノ行きの飛行機に飛び乗ったときにはずいぶん時間が経っていた。だから、私がストーンヘイヴンの前で車を降りたときには、母が行方不明になってからほぼ一日過ぎていた。

ジュディーバード号は、私が帰った数時間後に湖の真ん中あたりで漂流しているところを発見された。スクリューには母のバスローブがからまりついていた。母は湖底に沈んでいたわけではなく、ボートから湖に飛び込んで、湖面からわずか五、六十センチのところで溺死していた。

　これだけ話せば同情してもらえるだろうか？　同情してほしいわけではないが（いや、そういう気持ちがまったくないわけではないものの、打ち明け話はすべて、わかってほしいという叫びだと思うし）、たとえ私の心を動かすものなどなにひとつなくても、死んだ母だけは人間らしい感情を呼び覚ましてくれる。なんと言っても、私たちはみんな母親から生まれたわけで、どんなにやさしい母親でもひどい母親でも、母親の愛を失うのは、地震で自分の土台に亀裂が入るようなものだ。その亀裂は修復不能で、いつまでも残る。

　おまけに、自殺という事実が亀裂をさらに大きくする。もちろん、母が自ら命を絶ったのは病気のせいだが、そうだとわかっていても、なんとかできなかったのだろうかという声が心のなかにこだまして、いつまで経っても消えることはない。その問いに対する納得のいく答えは永遠に見つかりそうにない。

　私は生きていていいの？　なぜママをもっと愛せなかったのだろう？　なぜ、生まれ変わったつもりで生きていこうと思えるような言葉をかけてあげることができなかったのだろう？　なぜ、もっと早く駆けつけて思いとどまらせることができなかったのだろう？　ママがあんなことをしたのは、私にも責任があるのかも。

あれから十二年経ったが、寝ているあいだもさまざまな問いが頭のなかを駆けめぐり、パニックにおちいって目を覚ますことがある。十二年経っても、母が死んだのは私のせいかもしれないと怯え続けている。

父に浮気のことを問いつめるべきだったのかもしれないが、母が死んでしばらくのあいだは父もかなり落ち込んでいたので、訊けなかった。それに、もっと差し迫った問題があった。ベニーの状態が悪化したのもそのひとつで、ほとんど部屋から出ようとせず、高校にもまったく行かなくなった。（ときどき、彼の部屋の前に立ってこっそりなかの様子をうかがっていると、そこにいない誰かと小声で話をしているのが聞こえた。）悲しい記憶を呼び覚ますジュディーバード号とて、いつまでもボートハウスのドックに係留しておくわけにはいかなかった。誰も住みたがらないストーンヘイヴンを引き払って、サンフランシスコのパシフィックハイツに引っ越す必要もあった。引っ越すのなら、精神的に不安定なベニーを受け入れてくれる学校もさがさなければならなかった。

私にそんなことをする気力はなかった。猛スピードで車を運転している最中にとつぜん衝突して、完全に動かなくなってしまったような状態だった。朝起きるとすぐに窓の外に目をやって湖を眺めたこともあった。ジュディーバード号の船縁から飛び込んだ母のことを思うと、自分も湖に引き込まれてしまいそうな気がした。

こまごまとした雑用を手伝うために、父の弟夫婦が幼い子どもやベビーシッターを連れてやって来て、対外的な対応は母の個人秘書が引き受けてくれた。それでも私は大学に戻る気になれなかった。だから、その学期の後半は休学し、午後はいつも、ブラインドを下ろした読書室でベニーと一緒に無言で『ザ・ホワイトハウス』シリーズの再放送を観た。しばらくすると、母の友人が、ホースセラピーを専門とするカリフォルニアの南部にある全寮制の学校を紹介してくれた。荒馬に乗ったところでベニーが母親を亡くした悲しみと狂気の芽を振り落とせるとは思わなかったが、悪くはない気がした。

私たちは一月の初旬にストーンヘイヴンをあとにした。最後の晩は、ローデスがラザニアをつくってくれた。父とベニーと私は、ダイニングルームでクリスタルのグラスと銀のナイフやフォークを使って食事をした。母が死んで以来、三人でまともに食事をするのは、それがはじめてだった。ローデスは泣きながら給仕をしてくれた。

父は、ラザニアを小さな正方形に切りわけて、食事も苦行のひとつだと思っているかのように、それをひとつずつ口に運んだ。父の目の下は、空気の抜けた風船のようにたるんでいた。しょっちゅう鼻をかんでいたので、小鼻の脇は肌が荒れて赤くなっていた。

ベニーは食事に手をつけず、テーブル越しに父をにらみつけて、「親父がお袋を殺したんだ」と、出し抜けに言った。

父は、口に運ぼうとしていたフォークを途中で止めた。フォークの先からはチーズの糸が垂れていた。「本気で言ってるんじゃないよな」

「本気だよ。だって、そのとおりなんだから。親父は人の人生をぶち壊すんだ。ぼくの人生を壊し、お袋の人生も壊した。会社でだって、ヒルのように人を食い物にしてるだけじゃないか」

「おまえは、自分がなにを言っているかわかってないんだ」父は、ラザニアを見つめながら落ち着き払った声で言った。

「親父は浮気をしてたんだよな」ベニーが皿を脇へ押しやろうとすると、水の入ったグラスが倒れた。水は、じわじわと父の皿のほうへ迫っていった。「お袋は、親父に裏切られたから自殺したんだ」

父はナプキンを手に取って、こぼれた水の上にそっと置いた。「違う。おまえたちの母親は病気を苦にして自ら命を絶ったんだ」

「お袋が病気になったのは親父のせいだ。この家のせいだ」ベニーはそう言って立ち上がると、ひょろ長い腕を突き出してストーンヘイヴンをまっぷたつに叩き切るように勢いよく水平に振った。「もしぼくをまたここへ連れ戻したら、このおぞましい家を燃やしてやる」

「座りなさい、ベンジャミン」父がそう言ったときにはもうベニーの姿はなく、屋敷の奥へ向かって木の廊下を走っていく大きな足音が聞こえてきた。父はふたたびフォークを手に取って、ラザニアをそっと口に押し込むと、痛みを覚えでもしたかのように顔をしかめて飲み込んだ。そして、テーブル越しに私を見た。父は満足げな表情を浮かべていた。誰かに殴られるのを何週間も（いや、何年も！）待っていて、やっと願いが叶ったような薄気味悪い表情だったが、これでようやく先に進めると思っていたのかもしれない。

「あいつはここで暮らさないほうがいいんだ。ここにいると母親のことを思い出すだろうから」

私は込み上げてきた涙をこらえ、一分ほど間を置いてから何カ月も訊けずにいた質問をぶつけた。「相手の女の人だけど——まだ付き合ってるの？」

「まさか！　彼女とはなんでもないんだ」父は、重さを量るかのように銀のフォークを手のひらにのせた。「たしかに、ジュディスにとってはいい夫じゃなかったかもしれない。どこの夫婦もそうだが、いろいろ問題もあった。だけど、彼女を守るために精いっぱいのことをしたつもりだ。それだけは信じてくれ。つまり、その……調子がよくないのはわかっていたので、彼女にとって最適だと思えることをしたんだよ」父はフォークを私のほうっている」

父は、私の顔を見つめてどれほど怒っているか探ろうとしているようだった。たとえ怒っていたにせよ（もちろん、私は怒っていた！　ぜったいに許せないと思っていたのだが）、すでに片親を失っていたので、ふたりとも失ってしまうのは耐えられなかった。だから、激しい怒りは顔も知らない愛人に向けるほうが簡単だった。私の家族を壊そうとした（そして、まんまと成功した）、サンフランシスコのアパートメントに住んでいる玉の輿狙いの女に向けるほうが。

「わかってるわ、ダディ」私は父の愛人の内臓に見立ててラザニアにフォークを突き刺して、白い皿にソースが飛び散るのを眺めた。

父は、私がラザニアに勢いよくフォークを突き刺しているのをしばらく不安げに見つめたあとで、自分のフォークを皿の上に置いてナイフの脇へ寄せた。「みっともない真似はできないんだよ。おまえたちも私もリーブリングの一員なんだから。家のなかの揉め事は誰にも見えないように、見せないようにしなきゃいけない。そこらじゅうにオオカミがいて、こっちがちらっとでも隙を見せたら引きずり下ろそうと待ち構えてるんだ。弱っているところも、ぜったいに人に見せちゃいけない。だから、おまえはこれまでの暮らしと笑顔を取り戻して、おまえらしく前へ進みなさい」父は皿から顔を上げて私を見て、母が自殺してからはじめて目に涙を浮かべた。「ただし、なにがあろうと私がおまえを愛していることはわかってほしい。なによりも大事に思っていることは」

私たちは家具に埃除けの布を掛け、雪や雨風に備えて雨戸を閉めて、翌朝、ストーンヘイヴンをあとにした。美しいアンティークや高価な美術品が詰まった美術館のような屋敷は、固く扉を閉ざしたままその後十年間忘れ去られることになった。父がなぜストーンヘイヴンを売却しなかったのかはわからない。先祖に対する敬意や、代々引き継がれてきた屋敷を守る責任を感じていたからかもしれないが、とにかく手放さなかった。なのに、今年の春に私が引っ越し業者のトラックを従えてやって来るまでは、誰もここを訪れなかった。

母の死は私たちの拠り所を破壊して、その後の数年間はつぎからつぎへと問題が起きた。私は大学に戻ったものの、たちまち六科目の単位を落としてしまい、進級が認められずに二年生をもう一度やり直さなければならなくなった。ちょうどそのころ、サンフランシスコではリーブリング・グループが相場の下落と懸命に戦っていた。しかし、所有している不動産の価格が暴落し、父は弟に社長の座を譲り渡さなければならなくなった。

けれども、もっとも苦労したのはベニーだった。可哀想に。ベニーは全寮制の学校で優秀な成績を収めてプリンストンに入学したが（もしかするとホースセラピーのおかげかもしれないが）、そのころにはすでに病気が彼の心を蝕みはじめていた。私はときどき、全身黒ずくめの格好をしたベニーが、迷子になったカラスのようにほかの学生のあいだを縫ってひょこひょこと歩いているのをこっそり眺めていた。ベニーの身長は二メートルに達していたが、人目につきたくないと思っていたのか、体をふたつ折りにするような感じで足早に歩いていた。彼がいろんな麻薬に手を出しているという噂も耳にした。覚せい剤やコカインなど、ハードな麻薬に。

新学期がはじまってわずか数カ月後には、ベニーのルームメイトがとつぜんほかの部屋に移った。たまたま部屋を訪ねた私は、すぐにその理由がわかった。ベニーは自分の机とベッドの脇の壁に、黒いペンで描いたおどろおどろしい絵をコラージュのように貼っていたのだ。不気味なトンネルの陰から外の様子をうかがう怪物の目を描いた絵が、床から天井まで覆いつくしていた。

それを見ていると、胸にじわじわと恐怖が湧いてきた。「今度絵を描いたら、自分のノートに貼ったほうがいいわ」と、私はベニーにアドバイスした。「新しいルームメイトを怖がらせないように」

ベニーは、解けずにいるパズルを見るような目で壁を眺めわたした。「彼には聞こえなかったんだ」

「なにが？」

ベニーは、目の下のそばかすを赤く染めながら壁の隅に視線を落とした。顔にはがっかりしたような表情が浮かんでいた。「姉貴にも聞こえないのか？」

「ベニー。スクールセラピストと話をしたほうがいいわ」

が、ベニーはすでにあらたなペンと紙を手にして机の前に座っていた。力を入れすぎてペンが紙を突き破ってしまうのか、机の表面には黒々とした深い傷がついていた。私は、部屋を出てもしばらく廊下に突っ立っていた。あまりに衝撃が強すぎて、泣きそうだった。その間、何人もの学生が目の前を通りすぎていった。ごく普通の学生で、フットボールの試合を観に行くかコンサートにでも行ったのだろう。彼らは、ドアに近づいただけで感染すると思っているかのように、ベニーの部屋の前まで来ると、わざわざ反対側の壁際に寄った。さすがに、これは堪えた。

私は大学のメディカルセンターに電話をかけて、医者と話がしたいと言った。が、応対してくれたのは忙しそうな看護師だった。「弟さんが自傷行為に及んだとか、ほかの学生に危害を加えるおそれがあるというのでなければ、私たちはなにもできないんです」と、その看護師は言った。「彼が自分の意志でここへ来ないかぎりは」

二週間後、通報を受けた学内警察が夜中にベニーの寮にやって来た。その夜、ベニーは廊下の先にある女子学生の部屋へ行き、真っ暗な部屋のなかを突っ切って彼女が寝ていたベッドに潜り込んだ。そして、テディベアを抱くように彼女を両手で抱きしめて、自分を連れにくる魔物から守ってほしいと、泣きながら懇願した。彼女が目を覚まして悲鳴をあげると、ベニーは外へ飛び出した。結局、図書館の脇の茂みで発見されたのだが、そのときは全裸で、わけのわからないことを喚いていた。

メディカルセンターの精神科医はベニーに統合失調症の診断を下した。父はプライベートジェットで駆けつけて、ベニーをサンフランシスコへ連れて帰った。ふたりが私をニュージャージー州に残して帰っていったときは涙に暮れたが、父はプライベートジェットに乗り込む前に私を抱き寄せてハグをしてくれた。そして、ベニーに聞こえないように耳元でささやいた。「気にしないで、しっかり勉強するんだぞ」

でも、そういうわけにはいかなかった。

プリンストンを退学したことは話しただろうか？　あのときはどん底だった。とはいえ、私の人生はその前から下り坂へ向かっていたし、インターネット関連のベンチャーを立ち上げるための資金を募っている工学部の学生にもすでに出会っていた。信託資金にまったく手をつけていなかった私は、〝投資家になろう！、起業家になろう！〟と思いついた。大学なんて、なんの役にも立たないし、ビジネスの才覚があることを証明すれば、中退したところで父も許してくれるはずだと思った。百万ドル稼げば、ほめてもらえると思った。

残念ながら、そういうことにはならなかったが、その話はべつの機会に譲りたい。

長年に及ぶベニーの病状の回復と再発の繰り返しは、その年からはじまった。彼は薬で興奮状態になってサンフランシスコの街をさまよい歩いたあげくに破廉恥な騒ぎを起こし、正常な状態が数カ月続いても、自殺未遂によってまた元の状態に戻った。医者は何度も薬を変えたが、効果はなく、ベニー自身も、倦怠感や頭がぼうっとするなどの副作用があるためにしばしば薬を飲むのをやめていた。それで、父はとうとう彼をオーソン・インスティテュートに入所させた。カリフォルニア州北部のメンドシーノ郡にある、精神疾患に悩む患者用の豪華な療養施設に。

私は投資も起業も諦めて、そのころはもうニューヨークで暮らしていたが、カリフォルニアに帰ったときはかならずベニーに会いに行った。ベニーのいるオーソン・インスティテュートはユカイアという名の町のはずれにあった。そのあたりの海岸山脈地帯には、瞑想施設や年老いたヒッピーがミネラル成分豊富な温泉に入ってのんびり過ごすヌーディスト・リゾートもある。オーソン・インスティテュートは明るい雰囲気の施設で、建物はモダンで大きく、広い芝生の庭があって、眺めもよかった。入所者は数十人で、それぞれアートセラピーを受けたり、畑で野菜作りに精を出したりして、評判のシェフがつくる豪華な料理を食べていた。そこは、私たちのような家族が厄介な身内を――拒食症の妻や認知症を患う祖父や、放火癖のある子どもを――隠すのに都合のいい施設で、ベニーにはおあつらえ向きだった。

ベニーは薬のせいでずいぶんおとなしくなって、いつもぼんやりしていた。かなり太って、スウェットパンツのゴムベルトの上にお腹が突き出していた。ベニーの日課は敷地内での昆虫採集で、つかまえた昆虫をベビーフードのプラスッチック瓶のなかで飼っていた。部屋には、細長い脚を広げたクモやテカテカ光るムカデの絵が貼ってあったが、以前に描いていた魔物と違って、昆虫は彼に話しかけてこないようだった。すっかり生気をなくした弟を見るのはつらかったが、少なくとも、そこにいるかぎりは安全だった。

ベニーの脳はどのような異常をきたしていて、母からの遺伝の影響はどの程度なのか知りたいと思うこともあった。ベニーは母の病いをそのまま受け継いだのだろうか？　一緒にオーソン・インスティテュートの庭に出て、ベニーがどこへ行くでもなにをするでもなく、ただぶらぶら歩きまわっているのを見ていると、なぜ私ではなく彼がという罪悪感が込み上げてきた。

（それと同時に、鈍い痛みをともなう不安がいつも脳裏をよぎった。もしかすると、たんに発症していないだけで、私も同じ病気にかかっているのかもしれないという不安が。）

けれども、車でサンフランシスコへ戻る途中でいつも込み上げてきたのは単純な怒りだった。遺伝も統合失調症の要因のひとつかもしれないというのは当時から知っていたが、発症しなければ、ベニーも違った人生を歩めたはずだ。気分の浮き沈みぐらいはあったとしても（私もあるのだし！）、普通の青年として社会生活を送れたはずだ。とにかく、発症さえしなければベニーの人生がこんな軌跡をたどることはなかったし、母が自ら命を絶つこともなかった。

私はオーソン・インスティテュートの医者に電話をかけて疑問をぶつけた。なぜ弟で、私ではなかったのですかと。

「統合失調症の発症には遺伝的な要因が関係していると考えられていますが、外的な要因もあるんです」と医者は言った。

「たとえば？」

電話の向こうから書類をめくる音が聞こえてきた。「たとえば、弟さんは麻薬をやっていましたよね。麻薬が統合失調症そのものを引き起こすわけではないが、リスクの高い人の場合は発症の引き金になり得ます」それを聞くなり、さまざまな出来事が頭のなかで時系列に並んだ。ベニーがはじめておかしなことをしたのは、タホ湖に引っ越して麻薬をやりはじめたころだった。付き合い出したばかりの、あのガールフレンドの影響で。名前はなんだったっけ？　そう、ニーナだ。やはり、母の判断は正しかったのだ。なのに、私は愚かなアドバイスをした。けしかけるのではなく、別れろと言うべきだったのに。（狂気の愛だなんて、いったいなにを考えていたのだろう？）

ベニーがあそこまでひどくなったのは私のせいかもしれない。ベニーの様子がおかしいことに気づいていても、すぐには両親に知らせなかったし、父にも、イタリアから届いた手紙のことや、プリンストンの精神科医に診てもらうようすすめたことは話さなかった。ベニーを傷つけたくないという思いが、かえって彼を追い込んでしまったのだ。

オーソン・インスティテュートからニューヨークへ戻る飛行機のなかで、こんなことにならなければ私たちはそれぞれどんな生活を送っていたのだろうと考えることがあった。両親があのままずっとサンフランシスコで暮らし、ベニーが手遅れにならないうちに精神的なケアが受けられる学校へ転校して、父も浮気などせず、母とベニーが、あの人里離れたストーンヘイヴンに行かなかったら、ふたりがあと戻りできないような崖の縁へ追いやられることがなかったら、どうなっていただろうと。おそらく、なにもかも——統合失調症の発症も自殺も——防げたはずだ。（少なくとも、ここまで悲惨なことにはなっていなかったはずだ！）きっと母はまだ生きていて、ベニーの症状も落ち着き、父の仕事も順調で、私もなんとかやっていたはずだ。いや、みんな幸せに暮らしていたはずだ！

もちろん、夢物語にすぎないのだが、歳月が経つにつれて、私の楽観的な妄想は膨らむ一方だった。状況が違っていれば、あるいは、運命の歯車が狂わなければ、そして、得体の知れない力に突き飛ばされなければ、そういう人生を送っていたはずなのだから。

13

いまの社会では、規範からの逸脱が万人に共通する規範だとでも言わんばかりにリスクを冒すことが崇められている。（多くのフォロワーに支持されているインスタグラム、『オプラが言いました』でも、〝人生における最大のリスクのひとつはリスクを冒さないことだ〟という、トークショー司会者オプラ・ウィンフリーの言葉が紹介されている。）ベストセラーになった伝記をどれか一冊読めば、無謀で大胆なことをすればかならず称賛されるという結論に達するはずだ。けれども、リスクを冒せるのは幸運に恵まれた人だけだということはどこにも書いていない。

かつての私はありったけの幸運を手にしていた。資産家の家に生まれた者にとっての究極の幸運は、思いついたらすぐに行動に移せることだ。失敗しても、信託資金があるので路頭に迷うことはない。だから、プリンストンを退学してから数年間は、私も多くのリスクを冒した。しかし、残念ながら、まったく称賛されなかった。映画への投資も失敗し

（二本に投資して一千万ドル失い）、自分でデザインしたハンドバッグを売るネットショップは一年で倒産して、テキーラ製造会社への支援融資も、共同経営者がその資金を横領してしまった。だから、破産するしかなかった。

トライベッカで開かれたパーティーでサスキア・ルバンスキーに会ったのは――わが家が定期的に多額の寄付をしていた小児白血病研究財団のチャリティーパーティーだったのだが――パーティーでいつも言っていたように、私がつぎの計画を練っているときだった。ソーホーのオフィスはそのまま維持して、一応、〝インターネット・イノベーションのエキスパート〟と名乗っていたものの、実際は、ヒントを求めて毎日ネットサーフィンをしているというだけのことだった。父はときどきサンフランシスコから私の様子を見に来て、うちの娘は最新のトレンドにも最先端の技術にも精通していると街中に触れまわったが、耳を傾けてくれる人になら誰にでも私の自慢話をするのは、逆に私が不甲斐ないことを広めているようなものだというのはわかっていた。父が私と目を合わせようとしないのは私に絶望しているからだというのも、うすうす気づいていた。

それでも、父を責めることはできなかった。オーソン・インスティテュートに追いやられたベニーは、自分がなにをしたいのか、なにをすべきなのか考えることもなく、ただぼんやりと毎日を過ごしていたのだと思うが、私だって人生に目標を見いだせず、そのことに対する言いわけも見つけられずにいた。

　まるで、錨をなくした船のようだった。八百万人が住むニューヨークの街で親しい友人は数人しかいなかったが、いろんな催しで知り合ったボーイフレンドは数えきれないほどいた。パーティーには頻繁に顔を出した。カクテルパーティーや軽食パーティー、美術館のオープニングパーティー、ミッドタウンに建つペントハウスでのルーフデッキパーティーと、マンハッタンはパーティー天国だった。パーティーで知り合ったトラストファンドの若手社員やヘッジファンドのマネジャーとデートもした。

　パーティーやデートのためにはショッピングに出かける必要があった。おしゃれは、たちまち私の鎧になった。ときどきあふれ出して溺れそうになる憂鬱な気分から私を守る鎧に。買ったばかりの服を着ると、セロトニンが分泌されて幸せな気分になった。そのために、ファッションショーでお披露目されたばかりのドレスや、ドレープの流れが美しいスカーフや、すれ違う人が思わず見つめるような靴を買った。ファッション・フォトグラファーのビル・カニンガムに写真を撮ってもらえるかもしれないような格好をするのは楽しかった。だから、毎月、信託資金の利用限度額を目いっぱい使ってグッチやプラダやセリーヌを買い漁った。

　すべてはサスキア・ルバンスキーに対抗するためだった。

小児白血病研究財団のチャリティーパーティーは、ローワーマンハッタンを見渡すロフトで開かれた。カナッペをのせたトレイを手にしたウェイターは、寄木張りの床にたなびくドレスの裾を踏まないように気をつけながら部屋を歩きまわっていた。燭台の上ではろうそくの炎が揺らめき、頭上にはうっすらと煙草の煙が漂っていた。デザイナーから提供されたドレスに身を包んだブロードウェイのスターたちは白いバラを生けた大きな花瓶の前に立ち、腰に手を当ててカメラに向かってポーズを取っていた。

高価なドレスをまとって髪をきれいにセットした大勢の女性のなかでも、サスキアはひときわ目立っていた。ただし、誰よりも美人だというわけではなく（それどころか、エアブラシ・ファンデーションの下の素顔は目や口が小さくて貧相だったし）、誰よりもスタイルがよくてドレスが映えるというわけでもなかった。（そこでは、彼女が着ていた、赤い羽根飾りのついたドルチェ＆ガッバーナのドレスがいちばん素敵だったのだが。）ひときわ目立っていたのは、彼女の一挙一動を律儀に写真に収める献身的なカメラマンを従えていたからだ。彼女は太めのハイライトを入れた髪を肩の上に払いながら顎を突き出して笑い、カメラマンがシャッターを押す瞬間に目だけをレンズのほうに向けていた。誰なのかはわからないが、有名人なのだろうと思った。南米のポップシンガーか？　リアリティー番組のスターか？

気がつくと、私は化粧室でサスキアのとなりに立っていた。化粧室では、パーティーに出席していた女性の半数が口紅を塗り直したり脇の下の汗をタオルで拭いたりしていた。サスキアはカメラマンを廊下で待たせておいて、ふたたび自分を人目にさらす前にたまったプレッシャーを吐き出しておこうとでも思ったように、鏡を見ながら小さくため息をついた。やがて鏡のなかで目が合うと、彼女は前を向いたまま笑みを浮かべた。

私は、体の向きを変えて彼女の横顔を見つめた。「ごめんなさい。名前を教えていただける？」

彼女は鏡に顔を近づけて、ティッシュペーパーで唇を押さえた。「サスキア・ルバンスキーよ」

記憶のなかにある社交界の名簿でその名前をさがしたが、見つからなかった。「ごめんなさい。どなたか、わからないんだけど」

サスキアはティッシュペーパーをゴミ箱に放り投げ、入らなかったのに、誰かが拾えばいいと思っているかのようにそのままにしておいた。掃除係がこっちを見ているのに気づいた私は、サスキアの代わりに謝罪の気持ちをこめて笑みを浮かべた。

「気にしないで」と、サスキアは言った。「インスタグラムの世界では有名なんだけど。

インスタグラムはご存じ？」

もちろん知っていたし、自分のアカウントも持っていた。と言ってもフォロワーは十人ほどで（そのうちのひとりはベニーだったのだが）、アカウントを持つ意義もまだよくわかっていなかった。飼いはじめたばかりの子犬の写真や自分の昼食の写真を投稿しても、誰が見るのだ？〝いいね！〟がひとつもついていないことから判断すると、誰も見ていないはずだった。「どんな理由で有名に？」

サスキアは、ばかな質問だと思っているような笑みを浮かべた。「理由はこれ」そう言いながら、両手を使ってドレスと髪と顔を囲い込むような線を描いた。「私でいることよ」

サスキアの揺るぎのない自信は私を打ちのめした。「フォロワーは何人ぐらい？」「百六十万人よ」彼女はゆっくりと向き直り、私のドレス（ヴィトン）と靴（ヴァレンティノ）と、化粧台の上に置いたビーズをちりばめたクラッチバッグ（フェンディ）にすばやく視線を走らせた。「あなたはヴァネッサ・リーブリングでしょ？」

サスキアの本名がエイミーだというのは、あとで知った。彼女はネブラスカ州のオマハでポーランド系の中流家庭に生まれ、大学でファッションデザインの勉強をするためにニューヨークに出てきた。ファッションデザイナーの発掘を目的としたリアリティー番組の

『プロジェクト・ランウェイ』のオーディションを四回受けたが、受からなかったらしい。そこで〝ストリートファッション〟のブログを開設し、徐々にインスタグラムへ移行した。一年後にカメラのレンズの向きを変えて、ファッショナブルな他人ではなく目いっぱいおしゃれをした自分の写真を撮るようになると、フォロワーが急増した。ファッション・インフルエンサーという言葉も彼女が生み出したようなものだった。

彼女はたいてい一日に六回服を着替えていたが、もう何年も前からお金を払って服を買ったことはなかった。〝ブランド・アンバサダー〟と名乗って自らを売り込むと、企業はデザイナー・ドレスを着た彼女が商品をはなばなしく宣伝してくれるように、編み込みのサンダルでもスパークリング・ウォーターでも、保湿ローションでもフロリダのリゾートホテルの宿泊券でも、こぞって提供した。しかも、スポンサーがチャーターしたプライベートジェットで世界中を飛びまわっていた。それほどお金を持っているわけではなかったが、インスタグラムを見ているだけではわからないものだ。

サスキアについて語るうえでもうひとつ大事なのは、偶然いまの地位を手にしたわけではないということだ。その夜のチャリティーパーティーでの彼女の格好も、長年の熱心な研究の賜物だった。もちろん、ファッションやマーケティングを研究したのだが、《ページ・シックス》や《ヴァニティ・フェア》、《ニューヨーク・ソーシャルダイアリー》などの雑誌やニュースサイトに載った名前も記憶していた。有名になるには、そして、自分が目ざしているさらにその先に到達するには、学んだ知識が役に立つことを知っていたのだ。名声を手に入れた彼女がつぎに求めたのは尊敬だった。そして、それは私のような人間から得られるはずだと考えていた。きっと、私がパーティーの会場に入っていったときから目をつけていたのだろう。

まったく、たいした女性だ。

「あなたもやったほうがいいわよ。面白いし、いろんなものがタダで手に入るし。服も旅行も、テレビやパソコンも。なんと、先週はソファが届いたの」サスキアも、そこだけはうんざりしたような口調で言った。「じつは、インスタグラムであなたの写真を見たんだけど」私は黙ってうなずいた。「もうやってるのよね。しかも、あなたはすでにブランドを手にしてるんだわ。つまり……アメリカン・ロイヤルティーだとか言って誰もが憧れる由緒のある名前と、洗練されたライフスタイルを」サスキアは口紅をクラッチバッグにしまうと、すでに話はついたと言わんばかりにカチッと音を鳴らして蓋を閉めた。「私の投稿にあなたをタグ付けするわ。何度か一緒に出かけたら、あなたも一カ月と立たないうちに五万人のフォロワーを獲得できるはずよ。楽しみにしていてね」

なぜ彼女の誘いに飛びついたのだろう？　なぜ、彼女のスマートフォンに私の番号を打ち込んだのだろう？　彼女はつぎの日に電話をかけてきて、フレンチレストランの〈ル・クク〉で一緒にサラダを食べようと誘った。あの晩も、なぜ一緒に化粧室を出てバラの花の前に立ち、誰かがジョークを言ったわけでもないのにシャンパングラスを掲げて笑い、彼女のお抱えカメラマンに写真を撮らせたのだろう？

それはもう言わなくてもわかるはずだ。私は愛されたかったのだ。誰だってそうなのでは？　なかには、あからさまに愛を求める人もいる。母の愛を失ってしまった私には、代わりに心を満たしてくれるものが必要だった。（一時間二百五十ドルのセラピストは、かつて私にそう言った。）

けれども、理由はほかにもあった。サスキアの自信に圧倒されてしまったのだ。私はリーブリング家の一員だ。だから、もっと自信を持ってもいいのに、母がジュディーバード号の船縁から湖に身を投げて以来、なんと言えばいいのか……錨をなくして漂流しているような思いを抱いていた。急に息苦しくなって夜中に目を覚ましたことも何度かあった。すべてを台無しにしてしまったのは私自身で、二度と元に戻れないかもしれないという、いつもの恐怖に襲われたからだ。私からリーブリングの名前を取れば、ただのみじめな落伍者で、跡形もなくこの世から消えてしまうかもしれないという不安にも襲われた。自分の存在を確かなものにするなにかを見いだすことに二十代の大半を費やしてきた私は、サスキアにできるのなら自分にもできると思った。私だってやればできることを証明したかった。

いや、もしかすると、サスキアの取りすました態度を見て、お株を奪ってやろうと思ったのかもしれない。

それとも、たんに面白そうだと思っただけなのかも。

いずれにせよ、翌朝起きると、サスキアが何枚かの写真に私をタグ付けしているのがわかった。（〝あらたな親友!、女子会、病気の子どもを救う、最高!〟というキャプションや、〝#ドルチェ&ガッバーナ、#白血病、#生涯の友〟というハッシュタグをつけた写真に。）わずか八時間で、私はあらたなフォロワーを二百三十二人獲得した。

そして、ついになにかを見つけた。


インスタグラムのフォロワーが当初の数十人から五十万人に増えた理由はよくわからない。昨日までは犬にサングラスをかけさせた写真ばかり投稿していたのに、とつぜん他のインフルエンサー四人とプライベートジェットでカリフォルニアのコーチェラバレーへ行くというようなこともあるのだ。しかも、有名なファッション・ウェブサイトから提供された服を詰めた二十個のキャリーケースと、アイスクリームを食べているふりをしながらバルマンのドレスの裾をひるがえした瞬間を写真に撮るカメラマンと一緒に。

その写真には、見も知らない四万二千三十一人が〝いいね！〟をつけてくれた。寄せられたコメントを見れば（美人！　わぁ、かっこいい。大好きよ、ヴァネッサ。なんて素敵なの、などと書いてあると）、誰だってこれまで経験したことのない充足感を味わうはずだ。まるで、プライベートジェットで旅行をして、友だちが大勢いて、迷いなんてこれっぽっちもない、あの魅力的な女性がほんとうの自分であるかのような思いを。人に尊敬される――いや、崇拝される――なんて、夢にも思っていなかったのに。まさしく勝ち組（V・Life）の仲間入りをしたわけで、誰もが自分もあやかりたいと思うはずだが、たとえ幸運に恵まれていたとしても、こんなふうになれるのはひと握りの人間だけだ。

長いあいだひとつの役を演じていると、いつのまにかその人物になりきることができるのではないだろうか？　成功を収めた幸せな人物を演じていると、その人物が乗り移るのではないだろうか？　慕ってくれる何十万人ものファンのために（いや、たとえ、たったひとりのためでも）演技を続けていれば、いずれそれが演技ではなくなってほんとうの自分になるのではないだろうか？

私はまだその答えを見いだせずにいる。

そんなふうにして何年か過ごしているうちに、ファッションショーを観に行ったり、夜遅くキャビア・レストランで食事をしたり、名前を覚えておく必要もない金持ちの男たちとコモ湖でヨットに乗ったりしたことは忘れてしまった。フォロワーが三十万人を超えると、インスタグラムのことを父に話したが、父は少しも喜ばなかった。「ばかなことをするのはやめろ」私がインスタグラム・インフルエンサーの意味を説明しようとすると、父が喚いた。呆れ返っていたのか、父は染みができたこめかみを引きつらせ、加齢とともに血管が浮き出て赤くなった鼻の穴を膨らませた。まるで、興奮した雄牛のように。「信託資金に頼らなきゃ生きていけないような娘に育てた覚えはない。ヴァネッサ……少しは分別を持て」

「ばかなことじゃないわ」と、私は言い返した。「立派な仕事よ」それは間違いない！　かなりの努力が必要なことだけを考えてもそうだ。増える一方のフォロワーは貪欲で、日に八回、九回、十回のあらたな投稿を求めていた。私は、SNSに詳しいアシスタントをふたり雇った。ふたりの主な仕事はインスタ映えする服や場所を見つけることだった。影響力を手に入れたい人たちが先に見つけて、それを中流階級の共通認識に仕立てあげる前に。ただし、影響力が経済的な利益につながるかどうかはまた別問題で、私の場合は現金収入より現物支給のほうが多くて、アシスタントの人件費もどんどん膨らんだ。

ソーシャルメディア・スターの友人は四人に増えた。サスキアのほかに、ドイツ貴族の末裔で水着のモデルをしているトリーニーと、セレブのスタイリストをしていて、けっしてサングラスをはずさないのがトレードマークのエヴァンジェリン、メーキャップのライブレッスンが評判を呼んでフォロワー数はほかのメンバーの合計より多いと自慢しているアルゼンチン出身のマーヤがあらたに加わった。全員が一緒に呼ばれる機会も増えた。ファッションハウスの依頼でタイやカンヌにも行ったし、ネバダ州の砂漠で開かれたキャンプイベントのバーニングマンにも参加して、ワインを飲んだり食事をしたり、スポンサーから提供されたファッションを身にまとって絵になる景色のなかを歩きまわったりした。写真を撮るために過ごす時間はいつもと時間のペースが違うのだが、それはみんな理解していた。偶然の一瞬を完璧にとらえるまで、何度も同じことを繰り返さなければならないのもわかっていた。エスプレッソを飲むふりはしても、口紅が落ちるといけないので実際に飲んだことはなかった。丈が十五メートルもある草のなかを十分間歩き続けたこともあった。

サスキアの長所を研究して、ありきたりのことをしている場合でも、エキゾチックな鳥が悠々と泳いだり優雅にくちばしで身繕いをしているように見せる方法を学んだ。つまりは、陰気に見えないように、髪をもてあそびながらカメラマンに話しかけたり、顎のたるみをごまかすために頭をほんの少し横に倒したりする方法を。キャプションに〝！〟をつけるのも大切だと知った。それに、実生活でなにかいいことがあったら素直に喜ぶことも。そのおかげで、オンライン上の私は、〝明るくて前向きで、＃幸せ〟になった。ファッション関連のライブビデオ投稿もはじめて、気取った声で話をしながらカメラをゆっくりと全身に這わせた。「この靴はルブタンで、ドレスはモンセ、バッグはマックイーンよ！」私の台詞は、リムジンのスモークガラスの向こうに見える現実から——直視したくない現実から——守ってくれるマントラだった。

私は、朝から晩まで予定がぎっしり詰まっていて息つく暇もないこのあらたな暮らしのすべてが気に入っていた。ファッションショーも外国でのバケーションも、ミュージックフェスもショッピングも、雑誌のインタビューも新作映画のオープニングイベントも、ポップアッププレストランで食事をするのも。SNSはローラーコースターのようなスリルがあって、毎日乗っていたかった。あらたな投稿をするたびに（そして、それに対するコメントを読むたびに）小さな感動に火がついて感謝の炎が燃え上がり、生きていることを実感できた。もちろん、年配の女性から寄せられる厳しい批判にも目を通した。彼女たちにしてみれば、私など、また餌がもらえるのを期待して必死にレバーを押しているラットとさして変わらない存在だというのはわかっていた。私はそれを気にしていたのだろうか？

もちろん、ノーだ。

私にはコアなフォロワーもいて、ハンドルネームと、その人たちの好きな絵文字はわかっていた。いわば、私のパーソナル・コミュニティーだ！　落ち込んだときも、私はインスタグラムに寄せられたコメントに目を通してスマイルマークとキスマークを返し、称賛の言葉に身を浸した。〝大ファンです。いつも楽しみにしています。つぎの投稿が待ち遠しい。素敵。最高。なくてはならない存在。大好きです〟などといった言葉に。SNSの世界にそこそこという概念は存在せず、どんなことでも絶賛してもらえた。みんなが私の親友だった。

けれども、数年経つと――当たり前のことかもしれないが――日常的な高揚感はしだいに薄れた。それと同時に、またもや気持ちの揺れが激しくなった。サンパウロでパーティー三昧の一週間を送ったあとは、一週間ベッドから出られなくなった。ダンスクラブから家に帰って、〝#最高の夜〟というハッシュタグのついた二十八件の投稿を見ながら泣いたこともあった。〝この女性は誰なの、どうして私は彼女のように楽しめないの？〟と思いながら泣いた。ヴェネツィアでゴンドラに乗っているときやハノイの通りを歩いているときに素朴な人生を送っている人たちを見て、彼らには私の想像を超えた苦労があるとわかっていても、羨ましくて泣きたくなったこともある。彼らのように、人目を気にせずに生きられたらどんなに自由だろうと思った。人に好かれていようがいまいが気にすることなく暮らせたらどんなに楽だろうと。

外国のホテルの真っ暗なスイートルームでひとりベッドに横たわっているときに、あるいは、プライベートジェットの換気装置の音が気になってなかなか眠れずにいるときに、この程度のものなのだろうか、もう楽しめなくなったのだろうか、と思うこともあった。誰も私に注目などしていないし、気にもかけていないのではないかと思うことさえあった。不穏な雲が出てきて、楽しいはずのピクニックを台無しにしようとしていたのだ。私は、明日でインターネットの接続を断とうと自分に言い聞かせながら眠りに落ちた。そして、すべてを手放そうと。そうすれば、もっといい人間になれると思った。

けれども、朝になれば、グッチがスパンコールをちりばめたボンバージャケットの内覧会へ来ないかと誘ってきたり（よりによってこんなときに！）、いつもの仲間と一緒にバルバドスの別荘へ招待されたり、五万人の見知らぬ人から〝あなたはすばらしい〟というようなコメントが届くのだ。すると、落ち込んでいた気分はスコールのようにたちまち晴れた。

それからまた数年が過ぎて、ヴィクターと出会った。

私はすでに三十歳になっていて、賞味期限が迫っているという思いは日に日に強まっていた。インスタグラムのフォロワーも五十万人を超えたあたりで横ばいになり、十歳近く若い十人ほどの女の子が私を追い抜いて注目を浴びていた。近所を歩いているときに、すれ違う赤ん坊を食い入るように見つめていることに気づく回数も増えた。赤ん坊の母親はベビーカー越しに私を見て意味ありげな笑みを浮かべたが、母親たちは私が気づかないうちに呪文でも唱えたのか、歩道を歩いていた人たちはみな、道を譲って彼女たちを通した。彼女たちは、永遠に失うことはないと確信できる愛を手にしていた。わが子の愛を。

私は、奇妙な思いを抱いていることに気がついた。やわらかでしなやかな肌のぬくもりが無性に恋しいことに。おそらく体内時計のしわざなのだろうが、それだけではなく、失ってしまった家族の代わりにあらたな家族がほしいと思う気持ちも強かった。私は家族が恋しかったのだ。あらたな家族ができれば、長いあいだ悩まされてきた憂鬱な思いも消えるはずだと思った。無性に子どもがほしかった。それも、いますぐに、ひとりではなく、ふたりでも三人でも。

毎週違う街にいるような暮らしをしているとデートをするのもままならないが、懸命に努力をして、ついにパーティーでひとりの男性と出会った。ヴィクター・コールマンと。ヴィクターの母親はメリーランド州選出の上院議員で、ヴィクター自身は投資の仕事をしていた。条件的には、結婚相手としても将来の子どもの父親としても申し分のない男性だった。外見も非の打ちどころがなかった。顔は彫りが深くてハンサムで、ウェーブのかかった髪は正真正銘の金髪だった。最初は、彼を独り占めにしたかった。男に飢えたコミュニティーのメンバーがコメント欄で彼をべたぼめするのを許すつもりはなかった。

ただ、ベッドのなかではからきしだめだった。私たちは暗い部屋でたがいをまさぐり合ったが、体の相性がいいと思ったことは一度もなかった。けれども、それ以外はなんの問題もなく、趣味も習慣も一致していた。ヴィクターとは、私が飼っていたミスター・バグルズと一緒に散歩に行ったり、《ニューヨーク・タイムズ》の日曜版を読みながらブランチを食べたり、ベッドに寝そべってテレビを観たりして平凡な日常を楽しんだ。おそらく、愛とはこういうものなのだと思った。

セントラルパークを散歩していたある春の日に、ヴィクターはとつぜん待ちに待った言葉を口にした。芝生の上に片膝をついて、「ヴァネッサ、きみは明るくて、溌剌としていて、きみのように素敵な女性はほかに」——けれども、私は激しい耳鳴りがして、そこから先は聞き取れなかった。

おそらくアドレナリンのせいだったのだろう。

「あら、よかったわね」婚約したと告げると、サスキアも喜んでくれた。私たちはパームスプリングのスパの待合室で幹細胞エステの順番を待っていた。プールで泳ぐつもりはなかったが、かぎ針編みのビキニを着て朝からずっとプールサイドで写真を撮ったあとだった。カメラマンはそばに置いたノートパソコンを覗き込み、私たちが二十五パーセント増しできれいに見えるように写真を修整してニキビや吹出物を消していた。サスキアは、興奮した子どものように手を叩いた。「そうよ！　これで、あなたにも新しい話題ができるわ。ウェディングドレスを買いにいったり、ブーケを用意したり、会場を選んだりする話題が。もちろん、婚約パーティーを開きましょう！　ソーシャルメディアの有名人を全員招待すれば、注目されるわ。あなたのファンは大喜びするでしょうね。それに、スポンサーも」

それを聞いて、私はサスキアのことを嫌っている自分に気がついた。「ちょっと違う気がするんだけど。言い直してよ」

サスキアはぽかんとした顔で私を見つめた。彼女はミンクのまつ毛エクステをしたばかりだったが、長すぎて、目を大きく見開かなければものが見えにくいらしく、びっくりしたアルパカのような顔をしていた。

「おめでとうと言えばいいわけ？」

「そのほうがいいかも」

「気むずかしいのね。私が喜んでるのはわかってるはずだから、わざわざ言葉にする必要はないと思って」

「結婚するのは彼を愛しているからで、インスタの話題作りのためじゃないの」

サスキアは急に視線をそらして、こっちに向かって歩いてくるエステシャンにほほ笑みかけたが、ぐるっと目をまわしているのは間違いなかった。「もちろんよ」そう言いながら私の手を握って立ち上がった。「花嫁の付添人のドレスは私に選ばせてくれない？　エリー・サーブに頼むのがいいんじゃないかと思うんだけど」

サスキアの言ったとおり、婚約にまつわる投稿はこれまででもっとも評判がよかった。フォロワー数も、またじわじわと増えた。最初はヴィクターも協力的で、〈チプリアーニ〉や〈プラザホテル〉のレセプションルームの下見に行く際に撮影係のアシスタントがついてきてもなにも言わなかった。ところが、ケーキの味見をするときに、写真のキャプションとハッシュタグは〝結婚式の予行演習！　#ウェディングケーキ　#ぶつけないでね〟にしようと考えながらレッドベルベット・ケーキを私に食べさせるふりをしてほしいと頼むと、ヴィクターは急に怒って、雇って間のないアシスタントのエミリーをちらっと横目で見た。ニューヨーク大学を卒業したばかりのエミリーは、カメラを構えたままうながすようにヴィクターにほほ笑みかけた。

「芸を披露させられているアザラシのような気分だ」ヴィクターは顔をしかめてそう言った。

「いやならいいわ」

「どうしてこんなことをしなきゃいけないんだ?」ヴィクターはチョコレートとラズベリーをまぜた生地の上のクリームに親指を突っ込んで、すくい取るようにして舐めた。

私は、びっくりして言葉を失った。ヴィクターが私のしていることを批判するのは、それがはじめてだった。「言わなくてもわかってるはずよ」

「ぼくは、ただ……」ヴィクターは途中で言うのをやめて、親指をゆっくり口から出すと、ナプキンで拭いて、エミリーに聞こえないように声を落とした。「きみなら、もっとほかのことができると思うんだ。きみは頭がいいし、金もある。なんだって好きなことができるはずだ。世の中をよくすることだってできる。なにか得意なことを見つけたほうがいい」

「これが私の得意なことなの」そう言って、それを証明するためにケーキを自分のほうに寄せると、落とさないように注意しながら口元まで持ち上げて茶目っ気たっぷりの表情を浮かべた。〝私は浮かれてなんかいないし、自分がなにをしているか、ちゃんとわかってるの。ケーキのカロリーもまったく気にしてないわ〟という表情を写真に収めるために。

ケーキはとっても甘く、糖分が奥歯にしみて痛かった。


父が、もう長くはないと言って電話をかけてきたのは、結婚式を五ヵ月後に控えたある日のことだった。「末期の膵臓癌なんだ」と、父が明かした。「医者は手の施しようがないと言っている。数ヵ月じゃなく、数週間しか保たないらしい。こっちへ帰ってこられないか？」

「そんな。もちろん帰るわ、ダディ。でも、信じられなくて」

電話の向こうにいる父は驚くほど落ち着いていた。「ヴァネッサ……どうしても、いま言っておきたいことがあるんだ……すまなかった……なにもかも」

涙は出なかったが、息ができなくなった。なにかがとつぜん私の腰をつかんで引きずり倒そうとしているようだった。「やめて。謝る必要なんてないわ」

「つらい思いをするかもしれないが、おまえは強い。リーブリング家の一員なんだから」

苦しそうな息の音がかすかに聞こえた。「それを忘れるな。強く生きるんだぞ。ベニーのためにも、おまえ自身のためにも」

私はサンフランシスコに飛んでオーソン・インスティテュートへベニーを迎えにいくと、

パシフィックハイツにある家に戻って父に付き添った。短い期間ではあったが、つらいことに変わりはなかった。父の容態は急速に悪化して、モルヒネの影響なのか、一日中うとうとしていた。体のむくみもひどくて、強く抱きしめたら破裂するのではないかと思うほど膨らんでいた。ベニーと私は、父が眠っているあいだに自分たちが育った家のなかをあてもなく歩きまわって、迫りくる父の死にとまどいながら思い出の品々にそっと手を触れた。私たちの部屋は、母が死んでからなにも変わっていなかった。私の部屋にはプリンストン大学のペナントやテニスのトロフィーが、ベニーの部屋にはスキーのメダルやチェスのセットが置いたままになっていて、両親の思い描いていた未来の私たちを祀る——かつての私たち家族を祀る——聖堂のようだった。

私とベニーは、死にゆく父を一緒に見守った。ある晩、私たちは眠ったまま低いうなり声やうめき声をあげている——全力で死と闘って生きながらえようとしている——父のそばのカウチに並んで座って、子どものころ大好きだったテレビ番組の再放送を観た。『ザット70'sショー』や『フレンズ』や『シンプソンズ』を。そのうち、ベニーは疲れと薬のせいで眠くなったのか、うとうとしだし、徐々に体を傾けて、ついには私の肩に頭をのせた。幼い弟の頭を撫でるように、ぼさぼさになったベニーの赤い髪を撫でると、そんな状況でもずいぶん気持ちが落ち着いた。

ベニーはどんな夢を見ているのだろうか、それとも、薬を飲んでいるときは夢を見ないのだろうかと、とりとめもなく考えた。父を亡くしたら、ベニーはまた悪化してしまうのだろうかとも考えた。もしそうなら、今回は誰を責めればいいのだろう?

「心配しなくてもいいわ」と、私はささやくように言った。「あなたの面倒は私が見るから」

ベニーが目を開けた。「どうして、ぼくが面倒を見てもらう側だと決めつけるんだ?」

ベニーが笑ったので冗談だとわかったが、私はなぜか動揺した。ベニーがそんなことを言うのは、自分の心のなかにあるなにかが、そして、母の心のなかにもあったなにかが私の心のなかにもあるのを見抜いているからだと思ったのだ。私もふたりと同じように崖の縁へ向かおうとしていることを。


父は胸をかすかに上下させ、手足をぴくっと動かしただけで、とつぜん消え入るように旅立った。息を引き取る前には別れを告げる時間があると――映画の臨終のシーンのように、おまえは自慢の娘だったと父が言ってくれると――思っていたのに、すでに意識が朦朧としていたので無理だった。その代わり、私は力のない父の手を握って、たがいの手を涙で濡らした。そして、父の手が冷たくなるまで離さなかった。ベッドの反対側にいたべニーは、両腕を胸に巻きつけて体を揺すっていた。

ホスピスの看護師は部屋を出たり入ったりして、私たちをあとに控えている人たちにゆだねる機会をうかがっていた。医者と葬儀屋と、死亡記事を書く記者と弁護士にゆだねる機会を。

悲しみに打ちひしがれながらも、私はいつものようにポケットからスマートフォンを取り出して、握りしめたままの父と自分の手を撮った。なにもかもが消えてなくなってしまう前に、父との最後の絆を写真にして残しておきたかったのだ。私はその写真に〝#可哀想なダディ〟というハッシュタグをつけて、深く考えないままインスタグラムにアップした。（〝私を見て。こんなに悲しんでいる私を見て。ぽっかり空いた心の穴を愛で満たして〟と思いながら。）すると、すぐにお悔やみのメッセージがいくつも寄せられた。〝私たちも悲しいわ、胸を打たれる写真ね、ヴァーチャルハグをしたいから、DMを送ってね〟といったメッセージが。見知らぬ多くの人がやさしい言葉をかけてくれたが、映画の看板に書いてある字と同じ程度の温かみしか感じなかった。メッセージを送ってくれた人たちは、もうすでに自分のフィードに寄せられたつぎの投稿に興味を覚えて、私のことなど忘れてしまったはずだ。

私はインスタグラムのアプリを閉じて、二週間開かなかった。

とうとう、ベニーと私のふたりだけになってしまった。もはや、ふたりで支え合って生きていくしかなかった。

葬儀にはヴィクターも参列して、泣いている私を抱きしめてくれた。けれども、母親の政治資金パーティーに出席するために、葬儀が終わるとすぐニューヨークに戻った。彼の母親は、つぎの大統領選挙の副大統領候補として早くから名前が挙がっていた。

葬儀が終わったあともサンフランシスコに残って家の片づけをしていると、ヴィクターが電話をかけてきた。彼はしばらく世間話をしたあとで、信じられないことを口にした。

「このあいだからずっと考えてたんだけど、結婚式はキャンセルしたほうがいいと思うんだ」

「ううん、大丈夫。父も延期は望んでなかったと思うの。私は私の人生を生きればいいと思っていたみたいだから」気詰まりな沈黙が伝わってきて、ようやく自分が誤解していることに気づいた。「ちょっと待って。冗談よね。婚約を解消するってこと？　父が死んだばかりなのに別れ話を切り出すの？」

「たしかに……タイミングが悪いのはわかってる。でも、先延ばしにしたら、もっとまずいことになるはずだ」ヴィクターは、喉に詰まったような声で言った。「ごめんよ、ヴァネッサ」

ちょうど、両親の寝室の床に座って古い写真の整理をしていたときだったので、立ち上がったとたんに、膝の上にのせていた写真がどさっと落ちた。「どういうこと？　理由はなに？」

「いろいろ考えたんだけど」ヴィクターは、言いかけて途中でやめた。「ぼくは……欲張りなのかな？　わかるだろ？」

「ううん」私の声は氷のように冷たくて鋼のように鋭く、火のように激しかった。「わからないわ。なにを言ってるのか、さっぱりわからないわ」

ふたたび長い沈黙が流れた。ヴィクターはオフィスにいるようで、窓の外に広がるマンハッタンの喧噪が——混雑した通りを縫うように走るタクシーのけたたましいクラクションの音が——聞こえてきた。「きみのお父さんが亡くなったときの手の写真があっただろ？」ヴィクターがついに沈黙を破った。「きみのフィードであの写真を見て、ぞっとしたんだ。ぼくたちの生活もこんなふうになるんだろうか、すべて世間にさらされるんだろうかと思って。注目を集めて金を稼ぐために、もっともプライベートな部分まで赤の他人にさらすなんて、ぼくには耐えられない」

私は床に散らばった写真に目をやった。産院から家に帰ってきたばかりのベニーの写真もあった。三歳だった私がベニーを小さな膝の上にのせて抱いているのを、母は身を乗り出していとおしそうに眺めている。母も私も、うっかり手を放せば、いとも簡単に生と死の境を越えてしまうのを知っているような、真剣な表情を浮かべている。「お母さまが反対なさってるんでしょ？　理由はわからないけど、私では都合が悪いってことなのよね。なにかと注目を浴びてるから？」

「まあな」と、ヴィクターが認めた。電話の向こうから救急車のサイレンが聞こえてくると、ラッシュアワーの渋滞に巻き込まれた救急車のなかで死に直面している人のことを思わずにはいられなかった。「母は間違っていないはずだ。きみのライフスタイルは……なんと言うか……共感を得られにくいんだよ。信託資金を頼りに高価な服を着て世界中を飛びまわっている有名人となると、反感を抱く人もいる。最近は格差間の対立も激しくなっていて……財務長官の妻の言動が批判を浴びたのは知ってるだろ？」

「私は自分の力でこうなったのよ！　誰の力も借りずに！」（そう叫びながらも、マンハッタンのアパートメントの机の上に信託資金の月間配当の小切手が置いてあるのを思い出して、かすかな罪悪感を覚えた。）「つまり、お母さまは息子が資産家の相続人と一緒にプライベートジェットで飛びまわっているのを有権者に見られるのはよくないと思ってらっしゃるってことよね。でも、選挙のためなら、私の父のお金をなんの迷いもなく受け取っていたんじゃない？　偽善者よ。わからないの？　世間の人たちは私たちに腹を立てているけど、できることなら入れ替わりたいと思ってるのよ。私たちのような暮らしがしたい、自分もプライベートジェットに乗ってみたいと。なぜ私に五十万人ものフォロワーがいると思う？」

「そんなことはどうでもいいんだ」ヴィクターがため息をついた。「お袋のことだけじゃない。もしぼくが政治の世界に入ることにしたらどうなる？　ずっと気になってたんだよ。きみの仕事は、いや、きみの生き方は、その……浮ついてるんだ。空虚なんだ」

「でも、コミュニティーをつくりあげたのよ」私はむきになって言い返した。「生きていくうえで、人との交流はすごく大事なことだと思うけど」

「現実を見据えることも大事なはずだ。きみは、フォロワーたちのことをなにも知らないだろ？　フォロワーは、〝すばらしい〟というメッセージを送ってくるだけだ。そんなものにはなんの価値もないし、そもそも、来る日も来る日も陳腐な投稿を繰り返しているだけじゃないか――パーティーとか、服の話とか、〝まあ、四つ星ホテルのポーチに座っている彼女はなんて素敵なんでしょう〟といった投稿を、飽きもせずに」

これは堪えたが、「だからなんなの？」と訊き返した。「投資業界で働いているあなたに浮ついてるなんて言われたくないわ。私と別れたら地に足のついた人間になるってこと？　仕事をやめて、モザンビークへトイレをつくりにでも行くの？」

「驚かないでほしいんだけど」ヴィクターが咳払いをした。「じつは、瞑想セミナーに申し込んだんだ」

「好きにすればいいわ！」私は部屋の反対側へ電話を投げた。婚約指輪もはずして投げ捨てた。指輪は部屋の隅へ転がっていって、数日後にさがしたときは消えていた。たぶん、掃除をしに来た業者が拾って持ち帰ったのだろう。

それならそれでいいと思った。くれてやればいいと。

翌週に父の遺言が開示された。もちろん、父はペニーをストーンヘイヴンの相続人に指定していなかった。燃やすと言った息子に屋敷を相続させるはずがない。それで、屋敷は私に託された。長年使われてきた調度品もリーブリング家の歴史も、私が守っていかなければならないことになった。

けれども、私はほどなくそれがすばらしい贈り物でもあったことに気づいた。ようやくニューヨークに戻っても、これまでのような暮らしを続ける気にはなれなかった。おしゃれをしたり、あちこちへ旅行に行って写真を撮ったりするのはやめて家に引きこもり、塩キャラメルジェラートを食べながらネットフリックスを観ているほうが楽しかった。インスタグラムの投稿の回数は減り、間隔も広がった。フォロワーを飽きさせないというのがインフルエンサーの鉄則なのに、私は笑みを浮かべることすらできなくなっていた。サスキアとトリーニーとマーヤは、〝最近、あまり投稿してないけど、大丈夫？〟とか、〝どうしたの？　心配してるのよ××〟というやさしいメッセージを寄せてくれたが、私がいなくても三人の生活になにも変わりがないのは、もちろんそれぞれの投稿を見て知っていた。あらたな女性が――二十一歳のスイス人ポップスター、マルセルが――私の代わりに彼女たちとカンヌへ行ったこともわかった。

可愛がっていたミスター・バグルズは、ブライアントパークへ散歩に行く途中でタクシーに轢かれた。

投稿が減ったことにがっかりしてフォローをやめる人も出てきた。そのうえ、好意的なメッセージに代わって意地悪なメッセージが寄せられるようになった。〝自分をひけらかすのはやめたほうがいいわ〟、〝指輪はどうしたの？〟、〝捨てたの？〟、〝ハハハ〟、〝お金をいっぱい持ってるあなたは自分をクールだと思っているかもしれないけど、その醜いドレスを売って難民の子どもたちに寄付したら？〟といったメッセージが。SNSの世界はオール・オア・ナッシングで、絶賛か罵倒か、ヨイショか荒らししかない。キャプションや短いコメントでコミュニケーションを取ろうとしても、大多数を占める中庸な意見は埋もれてしまう。だから、私のことをなにも知らずに非難してくる無意味な雑音を気にする必要などないとわかっていたものの、気になってしかたなかった。あの人たちは、どうして赤の他人の私のことをあんなに憎んでいたのだろう？　アパートメントの高層階は空気が薄くて痛みを感じないとでも思っていたのだろうか？

屈辱的なメッセージが届くたびに、〝浮ついてるんだよ〟というヴィクターの声がよみがえった。私がインスタグラムのことを話したときの父の表情も思い出した。〝そんなものは仕事じゃない。見かけはよくてもすぐに飽きてしまうおもちゃと同じだ〟と父は言った。

もしかすると、ふたりの言うとおりだったのかもしれない。

頭のなかでさまざまな思いが渦巻いた。フォロワーはみんな私を憎んでいたのだろうか？　特権をひけらかすつもりはなかった。投稿を続けていたのは、インスタグラムが私に自信を与えてくれたからだ。でも、もうそうではなくなった。クローゼットに詰め込んだ服や、五桁の値札がぶら下がったままで一度も袖を通していないドレスを見ると、どうしてこんなことになってしまったのだろうという疑問が頭をもたげて、気分が滅入った。自分がいやでたまらなかった。

華やかな暮らしに未練はなかった。ニューヨークを離れて、なにか新しいことをはじめたかった。でも、なにを？

ひらめいたのは、眠れない夜を過ごしていたときだった。ストーンヘイヴンへ行こうと決めたのは。ストーンヘイヴンに引っ越せば心おだやかに暮らせて、精神的な均衡と自信を手にすることができると思った。（なにもネタがないときは、〝みなさん、日々の名言です！〟というキャプションに〝#マザーテレサ　#心の平穏　#やさしさ〟などというハッシュタグを添えて心に響く感動的な名言を投稿していたので、それを体現しようと思ったのだ。）ストーンヘイヴンに生気を吹き込んで、人が快適に過ごせる場所に戻し、私の子どもも（いつか子どもができたら）訪ねていきたがるような場所にしたかった。屋敷を改築し（せめて改装し）、悲劇の影を消し去ってリーブリング家のさらなる歴史を紡ぎたかった。そうすれば、ＳＮＳにあらたな物語が拡散するかもしれない。〝ヴァネッサ・リーブリングは、自分さがしのために代々受け継がれてきたタホ湖の屋敷に引っ越した〟という物語が。

さっそくベニーに電話をかけて計画を打ち明けた。ベニーはしばらく黙り込んだ。「姉貴に会いに行くつもりはないから。あそこには行きたくないんだ」

「私があなたに会いに行くわ。それに、ずっとあそこで暮らすつもりはないの。今後の見通しが立つまでのあいだだよ」

「ずいぶん急な話だね」と、ベニーは言った。「考え直したほうがいいよ。名案とは言えない気がするから」

自分が藁にもすがる思いでいるのはわかっていた。でも、すがるものはほかになにもなかった。私は数週間ですべてを整理して、着る機会のなかったウェディングドレスも箱に詰めた。スタッフも解雇して、トライベッカのロフトの賃貸契約も解消した。

サスキアとエヴァンジェリンは、チャイナタウンの屋上にDJを呼んでお別れパーティーを開いてくれた。マンハッタンの住人の半分は来てくれたのではないかと思うほど盛大なパーティーだった。私はクリスチャン・シリアーノが特別にデザインしてくれたシルバーのミニドレスを着てみんなにキスをしながら、ぜひわが家の屋敷へ、と誘った。高級避暑地のハンプトンズのような、いや、それよりいいところだと思わせて誘った。「夏になったらみんなで行くわ！」と、マーヤがさえずるように言った。「スポンサーを見つけて、スパ・リゾートへ行ったつもりで一週間のんびり過ごすのもいいんじゃない？」ストーンヘイヴンの近くには、スパもエアロビクスジムの〈ソウルサイクル〉も、アボカドトーストを出すレストランもないと教えるつもりはなかった。けれども、サスキアは察しがついていたようで、パーティーが終わると、まるで永遠の別れを告げるかのように私を抱きしめた。

私はしばらくサスキアと抱き合っていた。

翌日、引っ越し業者のトラックがやって来て、私のすべてをニューヨークから運び出した。私は、石畳の道をがたがたと車体を揺らしながら走っていくトラックの写真を撮って、インスタグラムに最後の投稿をした。〝あらたな旅に出かけることにしました。『すべての偉大な夢は夢見る人からはじまる――ハリエット・タブマン』　#同感〟というキャプションとハッシュタグをつけて。

のちに、この投稿をヴィクターが気に入ってくれたことを知ったが、彼が気に入ったのは私の前向きな姿勢なのかニューヨークを離れたことなのかはわからなかった。

到着したときのストーンヘイヴンは、まるでタイムカプセルのようだった。十二年前に私たちが去ってから、なにも変わっていなかった。家具は白い布で覆われたままで、玄関ホールの大きな箱時計は十一時二十五分で止まり、食品貯蔵室に置いてあった缶入りのフォアグラの賞味期限は二〇一〇年で切れていた。埃は積もっておらず、庭も荒れていなかったのは、父が死んで給料の支払いが滞るまで、屋敷守りが妻と一緒に敷地の隅のコテージに住んで手入れをしてくれていたからだ。それでも、静まり返った暗い部屋に入っていくと、遺体安置所に足を踏み入れたような錯覚におちいった。手を触れると、なにもかもがひんやりと冷たかった。動くものはなにひとつなかった。

屋敷のなかを歩いていると——家具から埃除けの布をはずしたり本棚を眺めたりしていると——ときどき母の亡霊の存在を感じることがあった。読書室のカウチの、母がいつも座っていたあたりがくぼんでいて、私がそこに座ると、誰かが息を吹きかけたかのように髪がうなじをかすめた。目を閉じて、母に抱きしめられたときの感触を思い出そうとしたが、骸骨が墓から手を出してつかみかかってきたかのように、お腹のあたりに冷たいものが触れるのを感じた。

客用の寝室では、マイセンの鳥がいまだにキャビネットのなかから出してもらうのを待っていた。そのうち一羽を——黄色いカナリアを——持ち上げて手のひらに乗せると、母がわざと手のひらを傾けてオウムの人形を割ってしまったときのことを思い出した。もしかすると、母はガラスの扉の奥に閉じ込められた鳥と自分を重ね合わせていたのかもしれないと、ふと思った。母が自ら命を絶ったのは、破綻した結婚や問題をかかえた子どもから逃れるためではなく、閉じ込められているような息苦しさを感じていたからかもしれないと。

こんな屋敷に殺されてなるものかと思いながら、私はぶるっと体を震わせて陰鬱な考えを振り払った。

けれども、孤独を振り払うことはできなかった。地図上ではタホシティーからそれほど離れていないのに、ストーンヘイヴンはまるで地の果てで、湖の西岸のこんなに静かなところにいてどうやって友だちをつくればいいのか、途方に暮れた。湖には多くの人がやって来たが、みんなすぐに帰っていった。湖畔の別荘に明かりがともっても、一週間後には消えた。近所の小さな雑貨店には地元の住人がコーヒーや《リノ・ガゼットジャーナル》を買いに来ていたが、私には目をくれようとしなかった。都会っぽい服装や店の前に停めたメルセデスのSUVを見て、観光客だと思ったのだろう。

私は、来る日も来る日もひとりで過ごした。屋敷のなかをあてもなく歩きまわっているうちに、自分もかごに閉じ込められた鳥なのかもしれないという思いが強まった。外に出て表の道路と湖岸を往復したり、ふくらはぎが痛くなるまで敷地内を歩きまわったりしても、人の姿を見かけることはなかった。暖かい日に桟橋の端まで歩いていくと、静かな湖面を波立たせてウォータースキーを楽しんでいる人たちや、ビキニ姿でほほ笑む写真をインスタグラムにアップしている人たちを見かけた。おそらく、キャプションは〝楽しい#レイクライフ!〟だろう。天気の悪い日はブラインドを閉めて部屋を暗くして、ベッドから出ずに自分のインスタグラムのアーカイブを見た。私と同姓同名の見知らぬ女性が写った、おびただしい数の写真を。私は、SNSが人の心のなかに潜む自己愛を増大させることに前々から気づいていた。増大した自己愛は怪物のように凶暴になって当人を追い出し、追い出された者は、自分が生み出した怪物は何者で、なぜこの怪物が自分の理想としていた生活を楽しんでいるのかと訝りながらも、フォロワーとともに見守るしかない。

私だって、自分を冷静に見ていることもあるのだ。


ある朝、敷地内を散歩していたときに石造りの古びたボートハウスの木の扉を開けると、いきなりジュディーバード号の姿が目に飛び込んできた。結局、父は売らなかったようで、ヨットは、カバーをかけて油圧リフトで湖面の数センチ上まで持ち上げられていた。屋敷守りが燃料タンクを満タンにしてバッテリーも交換していたが、ジュディーバード号は浜に打ち上げられたまま放置されたクジラと同様に、忘れ去られたわびしさに包まれていた。カバーも、クモの巣や軒に巣をつくったツバメの糞にまみれていた。

私は、冷たい湖水でスニーカーが濡れるのも気にせずに木製の床の上に立ち、母の亡霊の存在を確かめるかのようにグラスファイバー製の船縁に手を当てた。

腐りかけていたのか、ドックの床が小さな音を立ててたわんだ。そのとき、ほんの一瞬ではあったものの、ジュディーバード号で湖の真ん中まで行って、ポケットに石を詰め込んで飛び込んだらどんな思いがするだろうと考えた。安堵感だろうか？　私は、夢遊状態におちいりでもしたかのようにボートを湖面に下ろすスイッチに手を伸ばした。
が、あわてて手を引っ込めた。私は母と同じじゃない。母のようにはなりたくない。そう思いながらくるりと向きを変えて外に出ると、扉を閉めて二度とここへは来ないと心に誓った。

夏が来ると湖はボートで埋まり、道路は観光客の車であふれた。ただし、ストーンヘイヴンはなんの変化もなかった。ところが、ある日、桟橋から屋敷に戻ろうとしていたときに、もう誰も住んでいない屋敷守りのコテージがふと目についたので、近づいて窓から覗いた。なかに入ったことは一度もなかったが、驚いたことにきれいに片づいていて、家具もそのままになっていた。それを見たとたん、心のなかで火がともったかのように、ある考えが浮かんだ。これで悩みが解消されると思った。このコテージを人に貸せばいいのだ！　名案だ。そうすれば、ここも活気づく。このまま家政婦以外に話し相手を見つけることができなければ、どうかなってしまうのは確実だ。コテージに人が住めば、私の生活自体はなにも変わらなくても、それなりの刺激になる。

二週間後に、〈ジェットセット・コム〉で募集した最初の客がやってきた。若いフランス人のカップルで、一日じゅう湖畔でワインを飲んでいたが、妻はギターを持って来ていて、湖の向こうに陽が沈むと、眠気を誘うささやくような声で古いポップソングを歌っていた。彼らと一緒に湖畔に座って、おたがいにパリでもっとも気に入っている場所の話をしていると、つい半年前までの暮らしに妙な郷愁を感じた。世界中を飛びまわり、流行のファッションに身を包んでブランドのアンバサダーを務め、インスタグラムの人気インフルエンサーだったヴァネッサ・リーブリングが恋しかったのだろうか？　たぶん、少しは。けれども、若いカップルと話をしていると気持ちが前向きになり、一緒に『ホエン・アイム・シックスティーフォー』を歌っていると、いつか自分も歌に出てくるような達観した人間になれるような、いや、すでになりつつあるような気がした。

そのあとは、フェニックスから来た退職者の夫婦、シエラネバダ山脈をバイクで越える途中のドイツ人の男たち、サンフランシスコから女だけの週末を過ごしに来た母親三人、キャリーケースいっぱいにロマンス小説を詰め込んだ寡黙なカナダ人女性と続いた。みんな、普通の人生を送っている普通の人たちだった。なかには干渉されるのを嫌う人もいたが、たいていの客は案内人を求めていたので、エメラルドベイや湖畔の野外コンサートや、エッグベネディクトとホットココアが評判の〈ファイアーサイン・カフェ〉へ連れていった。それでけっこう忙しかったし、孤独も癒された。写真の題材にも不自由せず、毎日が飛ぶように過ぎていった。

ところが、夏も終わりに近づくとコテージの予約が途絶えた。そして、ふたたび空虚な日々が訪れると、また頭のなかから暗いささやきが聞こえてくるようになった。〝さて、どうするの？　あなたはここでなにをしているわけ？　いつまでこんな生活を続けるつもり？　あなたはいったい何者で、どんな人生を歩みたいと思っているの？〟

十一月初旬のある日、目が覚めるとメールの受信箱に〝マイケル・アンド・アシュレイ〟という差出人から問い合わせのメールが届いていた。〝こんにちは！〟メールは元気のいい挨拶ではじまっていた。〝私たちはポートランドに住むクリエイティブな若いカップルで、数週間（もしかするとそれ以上）滞在できる静かな場所をさがしています。マイケルは大学教授ですが、いまは仕事を休んで本を執筆していて、私はヨガのインストラクターをしています。しばらく静かなところでのんびり過ごしたいと考えていたのですが、あなたのコテージなら私たちの希望にぴったりだと思って！　〈ジェットセット〉を利用するのははじめてなので、私たちに対するレビューはありませんが、お望みなら、私たちのことをもっと詳しくお話しします！〟

私はふたりの写真をじっくり眺めた。写真ではマイケルがアシュレイの背後に立ち、片手でアシュレイを抱き寄せるようにして彼女の頭の上に顎をのせ、どちらかがジョークを言ったのか、一緒に笑っている。ふたりとも知的で魅力的で、パタゴニアの広告に出ているモデルのように堅実な感じがした。私は、その屈託のない笑顔や幸せそうな様子を見て、ふたりのことがすっかり気に入った。それに、マイケルはなかなかハンサムだった。アシュレイに関しては、検索サイトにアシュレイ・スミスというフルネームを打ち込んで、ヒットした千人近いアシュレイ・スミスのなかから、ようやく本人のウェブサイトを突き止めることができた。〝アシュレイ・スミス　ヨガ　オレゴン〟と記されたそのウェブサイトには、ビーチで蓮華座に座って静かに目を伏せて、両手を空に向かって広げている彼女の写真が載っていた。〝『われわれは欲するものを手にしようとするのではなく、手にしたものを欲するよう学ばなければならない』というのがダライ・ラマの教えです。ヨガを教える私の役目はインストラクターとして――そして、人間として！――人々がそれに気づき、心のなかにやすらぎを見いだす手助けをすることだと思っています。私たちは人生の多くの時間を費やしてやすらぎを見いだそうとしますが、やすらぎはそれぞれの心のなかにこそあるのです〟

まるで、私のために書かれたような文章だった。写真を拡大してよく見ると、愛嬌のある顔に洗練された表情を浮かべているのがわかった。彼女は、私が理想としている人物のように――私がSNSで演じていた人物のように――見えた。彼女からなら、なにかを学べるかもしれないと思った。

心のなかの靄が晴れた。心臓がふたたび元気よく動きだした。だから、迷わず〝受け入れる〟をクリックした。

〝いまは観光客が少ない時期なので、好きなだけ滞在してください〟と書いて送った。

〝会って話ができるのを楽しみにしています！〟と。

14

おや、彼女だ。

アシュレイは、背中にやわらかな朝陽を浴びながら芝生の上でヨガをしている。肌からは湯気が立ちのぼり、湖のほうに向けて敷いたマットは湖面を舐める舌のように見える。ヨガをしようと思ったことはないが——ブートキャンプやエアロビクスでひたすら筋肉を痛めつけるほうが好きなのだが——アシュレイが太陽礼拝のポーズを取っているのを眺めているうちに、そこも変えなければいけない点のひとつだと気づく。ヨガは集中力を高めるのによさそうだ。キッチンから見ていると、アシュレイは空中を泳いでいるようで、もうひと蹴りすれば飛べそうな気がする。

しかも……そうよ！　写真を撮るには光の具合が完璧だし、もう半日以上写真を撮っていない。（なぜ写真を撮るのを忘れていたのだろう？）すかさずスマートフォンを向けて、アシュレイの写真を撮る。湖に浮かんでいるように見える彼女のおだやかな顔と、脚を開いて、空を突き破るように両手を頭上に伸ばした三角形のシルエットを。そして、それをインスタグラムにアップする。〝わが家の裏庭の戦士。#ヨガ #太陽礼拝 #おはよう〟というキャプションとハッシュタグを添えて。許可を得るべきだったが、写真を見ても彼女だとはわからないはずだ。それに、わかったところで気にしないのでは？ ヨガのインストラクターをしているのだから、いい宣伝になる。最初の〝いいね！〟がつくまで何度もフィードを更新し、ドーパミンが分泌されて私を俗界へ——SNSの世界へ——押し戻すのを待つ。

三十分近くぼうっと窓辺にたたずんでいると、アシュレイはひととおりのポーズを終えて、最後に屍（しかばね）のポーズを取る。朝露に濡れた芝生の上にいつまでも横たわっているので、眠ってしまったのではないかと心配になる。けれども、ようやく立ち上がり、いきなりこっちを向いて、また私が見ていることに気づく。ストーカーのようだと思ったに違いない。（たしかに、ストーカーだと言えないこともない。）

手を振ると、アシュレイも手を振り返す。手招きすると、マットをかかえて裏口へ歩いてくる。私は、コーヒーの入ったマグカップを持ったまま裏口を開ける。

アシュレイは、コテージにあったものだとおぼしきバスタオルで額の汗を拭き、チャーミングな左の八重歯を見せて私にほほ笑みかける。「ごめんなさい。庭でヨガをしてもいいかどうか尋ねるべきでしたよね。でも、朝陽がとてもきれいだったので、じっとしていられなくなって。朝が私を呼んでたんです」

「いいのよ。明日は私も仲間に加えてもらおうかなと思っていたところで……」いまさらそんなことを言っても遅い。一方的だし、出まかせのように聞こえる。

けれども、アシュレイはにっこり笑う。「私も一杯いただけませんか？　コテージにはないんです」

「ぜひ！」そう言って、私が持っているマグカップを指さす。「もちろん！」うれしくてたまらない。「気がつかなくてごめんなさい」

アシュレイがなかに入ってくると、またもや彼女の放つ光に――彼女の生命力の輝きに――息を呑む。一緒にいると、感電したように私も熱くなる。

「マイケルはヨガをしないの？」私はキッチンの奥へ行って、まだ使い方をマスターしていないイタリア製のコーヒーメーカーと格闘する。

アシュレイが低い声で笑う。「こんなに早く起こしたら殺されるかも」そう言いながらマグカップを受け取ると、ひと口飲んでカップの縁越しにほほ笑みかける。「私はヨガが大好きだけど、彼はまったく興味がないってことにしておきましょう」

「なるほど」私は自分のカップにコーヒーを注ぎ足して、きまり悪そうに突っ立ったまま話題をさがす。誰かと友人になろうとするのは久しぶりだ。それに、人と話をするのも。

ニューヨークにいる友人を――仲間であり、かつ同志でもあったが、うわべだけの付き合いだったサスキアとエヴァンジェリンとマーヤとトリーニーを――思い出す。いつも一緒にいたのに、彼女たちと本音で話をすることはほとんどなかった。おたがいに口にしていたのはブランドの名前や流行りのダイエット法やおすすめのレストランのことばかりで、当時はそれが楽しかったのだが――ものごとの裏にはかならず陰があることを知らずにうわべだけしか見ていなかったからなのだが――いまなら、自分がどんなに浅はかだったかわかる。父が死んだときに彼女たちはメールをくれたが、電話はかかってこなかった。彼女たちとの友情は、湖面に張った薄い氷のようにその下にあるものを見えなくしていたのだと、そのとき気がついた。

アシュレイに惹かれるのは、いまのところ、ほかに友だちになれそうな人物がいないからだが、彼女にはなにか目標があるようで、そう思うと元気が湧いてくる。アシュレイは、強度を確かめるかのようにいろんなものを触っているが、私が彼女に興味を惹かれていることには気づいていないようだ。私が、救命ブイにしがみつくような思いで彼女を見ていることには気づいているだろうか？

お願いだから、私を嫌いにならないで。いやなところがいっぱいあるのはわかってるの。うぬぼれ屋だし、浮ついてるし、お金も持ってるし、世の中のためになるようなことはなにもしていないし、世の中には恵まれない人が大勢いるのに、自分の家族のことしか考えていないし。それに、私はいい人になろうと努力するのではなく、いい人に見えるように努力してきただけなの。でも、最初はそれでいいんじゃない？〝外から内へ〟で。ほかになにかやったほうがいいことがあるのなら、教えて。

アシュレイがうれしそうな顔をする。「ありがとうございます！」

「読書室へ行かない？」と、唐突に誘う。「向こうのほうが暖かいから」

私は、おそらく屋敷のなかでいちばん陰鬱な影が薄い読書室へアシュレイを連れていく。暖炉には火を入れておいたし、カウチはやわらかいし、本棚に並んでいる本はおごそかな雰囲気をかもしだしている。私は、アシュレイと並んで座れるようにカウチの端に腰を下ろす。なのに、アシュレイは入口で足を止め、なにかをさがしているかのように本棚に視線を走らせて、ようやくおずおずとカウチに座る。ヨガ用のパンツに浸みた汗でベルベットの張り地が汚れるのを心配しているのだろうか？　気にしなくていいと言ってあげたくなる。

カウチに座ってからも、おかしな表情を浮かべて一点を見つめているので、気になって視線を追うと、額に入れて暖炉のマントルピースの上に置いてある写真を見ているのがわかる。「あれは私の家族なの」と教える。「父と母と弟よ」

アシュレイはばつの悪そうな顔をして、引きつった声で小さく笑う。「みんな……仲がよさそうですね」

「ええ、仲はよかったわ」

「よかった？」アシュレイはまだ写真を見つめている。やがて、また不可解な表情を浮かべると、そばに来てとなりに座る。

「母は私が十九歳のときに死んだの。溺死だったんだけど。で、父は今年のはじめに」この話をするのは数カ月ぶりだということに気づいたとたん、急に悲しみが込み上げてきて声をあげて泣く。私が派手に泣きじゃくっていると、アシュレイが私のほうに体を向けて目を見開く。まずい。ノイローゼだと思われてしまう。「ごめんなさい。また泣いてしまうなんて、自分でも驚いてるんだけど……家族を失ったことが、いまだに信じられなくて」

アシュレイがまばたきをする。「弟さんは？」

「弟はおかしくなってしまって、なんの役にも立たないの。あら、ごめんなさい。あなたにこんなことまで話して」

「気にしないでください」アシュレイの顔に、言葉とは裏腹な表情がよぎる。うんざりしたのだろうか？　私がいけなかったのだろうか？　けれども、それはすぐに消え、人をほっとさせるようなやわらかい表情に変わる。そして、腕を伸ばして私の手に自分の手を重ねる。「お父さまはどうして亡くなったんですか？」

「癌だったの。急に悪くなって」

アシュレイが息を呑む。「まあ。お気の毒に」

「ええ。もっとも苦しい最期の迎え方かもしれないわね──父のように、じわじわと病魔に侵されていくのは。癌は魂を奪って父の体を離れ、その後、何週間もかけて父を死に向かわせたような気がするの。私はそれをそばで見ていることしかできず、早く死なせてあげたいと思ってたの。そうすれば、父は痛みから解放されるし、すべて片がつくと。でも、その一方で、少しでも長く生きてほしいと祈ってたのよ。私のために生きてほしいと」

先を続けようとするが、アシュレイが衝撃を受けているのを察してやめる。彼女は私の手を握り、「つらかったでしょうね」と、いまにも泣きだしそうな顔をしてかすれた声で言う。私も、彼女が父の最期の話にそこまで動揺していることに驚くのと同時に、胸を打たれる。共感力が高いのだろう。（それも、私が身につけたいことのひとつだ。）

鼻の脇に涙がたまっているので拭かないといけないのだが、アシュレイと手を握り合っていたいので、そのままにしておく。涙はカウチの上に落ちて、悲しい小さな水たまりをつくる。

「もうひとりぼっちなんだと思うと……さびしくて」私は小さな声で言う。

「きっと、私には想像もつかない気がします」アシュレイはしばらく黙り込んだあとで、「いや、想像ぐらいはできるかも」と言い直す。彼女の口調は急に変わり、自分の言葉を信用していないような、あいまいな物言いになる。「私も父を亡くしてるんです。それに、母は……体調を崩していて」目を合わせて、たがいに苦悩に満ちた視線を交わす。若くして親を亡くした者だけにわかる、言葉にできない思いを交わす。親を亡くして生きていくことのつらい思いを。

「あなたのお父さまはどんなふうに亡くなったの？」と、私が訊く。

アシュレイはいったん目をそらし、頭の奥から古い記憶を掘り起こそうとしているような、切なさのにじんだうつろな目でふたたび私を見る。手はそっと引っ込める。「心臓発作だったんです。とつぜんのことだったので、ショックでした。父はとっても……温厚で、愛情深い人でした。歯科医だったんですが、私は父と仲がよくて、私が大学生になって家を離れても、父は毎日電話をかけてきてました。友だちのお父さんはそんなことをしてなかったのに」アシュレイは、思い出を振り払うかのように肩を大きく上下に動かす。「しかたないわ。〝過去は吐き出して未来を吸い込め〟ってことなんですよね」

その言葉が気に入って深呼吸をしても、泣きたい気持ちは収まらない。「お母さんは？」

「母ですか？」アシュレイは、そんなことを訊かれるとは思っていなかったかのように、せわしなくまばたきをする。両手はカウチの上に下ろして、強くこすりつけている。「母はやさしい人です」

「お仕事は？」

「仕事？」アシュレイがとまどいを見せる。「看護師です。人を助けるのが好きで。いえ、好きでした。具合が悪くなるまでは」

「じゃあ、お母さんに似たのね」

アシュレイが手をこすりつけるのでカウチの座面に傷ができているが、やめろとは言えない。「なにが？」

「人を助けるのが好きなところよ。人の心を癒すのがヨガでしょ？」

「ええ。そのとおりです」

私はアシュレイに身を寄せる。「ヨガのインストラクターとして、さぞかし充実した毎日を送ってるんでしょうね。たぶん、夜はぐっすり眠れるはずよ」

アシュレイはカウチに押しつけた両手を見て、小さな声で笑う。「ええ、よく眠れます」

「ヨガは耐えられない痛みを癒し、癒すことのできない痛みに耐える方法を教えてくれる」思い出そうとしなくても、すらすらと出てくる。「あなたのフェイスブックに書いてあったわ」

「ええ、そうです。たしか……アイアンガーの言葉だったかしら」アシュレイが訝るような目つきをする。「私のことをネットで調べたんですか？」

「ごめんね。知らないふりをしていたほうがよかった？　でも、最近はみんなそうしてるから。あなたも私のインスタグラムを見つけたんじゃない？」

アシュレイの目はどんよりと曇っていて、なにを考えているのか見通せない。「インスタグラムには興味がないんです。自分のしたことを逐一アップしていたら、生活のすべてが自分のためではなくて人に見せるためのパフォーマンスになってしまうので。それに、自分が生きているのはいまのこの瞬間ではなく、その反響のなかのような錯覚におちいってしまいそうだし」そこでしばらく間をあける。「どうしてですか？　どうしてあなたのインスタグラムを見なきゃいけないんですか？」

「そうね」失言だったと気づくが、話を先に進めるしかない。なぜインスタグラムの話をしたのだろう？　私のインスタグラムを見て感動してくれそうなタイプではない。逆だ。それに、彼女の言うことにも一理ある。「じつを言うと、私はライフスタイル系のインスタグラム・インフルエンサーのひとりなの。インスタグラムをはじめたのは、グローバルな文化からインスピレーションを得るのはすばらしいことだと伝えたかったからよ。ファッションを通して夢を与えたり、創造性を掻き立てることができればいいなと思って。ただ、最近になって、自然や精神的な充足に関する発信に方向転換したの」私の話は、空虚な言葉をサラダボウルに入れてドレッシングで和えたようなものだ。アシュレイはそれを見抜いて、なんの意味もないことに気づくはずだ。

ところが、彼女はまたにっこり笑う。八重歯を見せて、明るく笑う。(歯科医だった父親はなぜ矯正しようとしなかったのか、不思議でならない。)「すばらしいですね。また今度、ゆっくり話を聞かせてください」長年カメラの前で作り笑いをしてきた私は、彼女の笑顔はたんなる見せかけではないかと疑ってしまう。涙を流したりインスタグラムの自慢をしたせいでうんざりしているのは間違いないが、彼女はそれを上手に隠している。が、とつぜん彼女の笑顔が曇り、かすかに鼻孔が膨らむ。「いけない。あなたはやさしいからなにもおっしゃらなかったけど、私、汗臭いですよね。すぐにシャワーを浴びないと」

アシュレイがとつぜん立ち上がる。私は、彼女の手をつかんでカウチに引き戻したくなる。ここにいて。私をひとりにしないで。けれども、私も黙って立ち上がり、彼女を追ってドアへ向かう。

暖炉の前まで来ると、アシュレイは家族写真の前で足を止めて、額のガラスに指先を当てる。そして、誇らしげな笑みを浮かべている父の顔に爪を突き立てる。

「お父さんはどんな人だったんですか?」と、アシュレイが試験官のような口調で訊く。

私は返事をするのをためらう。父の浮気やギャンブル癖や、不甲斐なさが頭をよぎる。それと同時に、母がいなくなったあとは懸命にその埋め合わせをしようとしてくれたことや、けっしていい娘や息子ではなかったのに私とベニーを精いっぱい愛してくれたことも思い出す。自慢話に耳を傾けてくれる人になら、誰彼かまわずうちの娘は天才だと言っていたときの父の笑顔はいまでも目に焼きついている。

「いい人だったわ。いつも私たちを守ろうとしてくれたの。とくに、自分の過ちで私たちがつらい思いをしたときは。間違った判断を下したときもあったけど、私たちのことを思ってのことだったのよね」

アシュレイはべつの角度から写真を見ようとするかのように、頭をほんの少し右に倒す。

「親はみんなそうですよね。親が子どものためを思ってしたことなら、子どもだって許すはずです。許さなきゃいけないんですよ。私たちが同じことをしたときに自分を許せるように」アシュレイはそう言って私を見るが、私はそれ以上考えるのがいやで、目をそらす。

私は、アシュレイと一緒にひんやりとした廊下を引き返して裏口へ向かう。が、キッチンの手前まで来ると、アシュレイが足を止める。

「読書室にヨガのマットを忘れてきたわ！」そう言うなり、くるりと向きを変えて走りだし、廊下の先へ姿を消す。私はかなり長いあいだそこに立って、アシュレイが戻ってくるのを待つ。アシュレイはマットを脇にかかえてようやく戻ってくるが、なにかあったのか、顔が紅潮していて、私と目を合わせようとしない。泣いていたのだろうか？　私があれこれ訊いて、まだ癒えていない心の傷を深めてしまったのかもしれない。彼女は私の前を通りすぎて足早に裏口へ向かう。永遠に私の前から姿を消そうとしているような気がする。

私は、アシュレイの手をつかんで立ち止まらせる。「ゆっくり話ができてよかったわ。正直に打ち明けると、女性の友だちはこれまであまりいなかったの。このせいよ」そう言いながら、ストーンヘイヴンだけでなく、これまでの自分の人生を抱き寄せようとするかのように片手を大きく広げる。「それに、インスタグラムのインフルエンサーとして活動しているうちに、個人的に話をするより多くの人に向けて発信することに慣れてしまって。そのほうが楽でしょ？　よけいなことを考えずにすむし。でも、私に必要なのは、こんなふうに心を割って話をすることなの。わかってもらえる？　もしうんざりさせてしまったのなら謝るわ」

私たちはまだ、薄暗い廊下に置かれた大理石のコンソールテーブルの脇に立っている。

テーブルの上には、澄んだ音色のチャイムで時を告げる飾り時計が置いてある。アシュレイは目をしばたたかせて私を見るが、暗いので表情は読み取れない。「うんざりなんてしてませんから。ほんとうに。たいへんだったんですね……いろいろと」

私は衝動的にアシュレイを抱きしめて汗のにおいを嗅ぎ、ほてった肌の湿り気を手のひらに感じ取る。アシュレイはびっくりしたように体をこわばらせるが、彼女のなかでなにかが崩れていくのがわかる。彼女は私の背中に両手をまわし、岩壁を登ろうとでもするかのように肩甲骨をつかむ。

「話を聞いてくれてありがとう」と、アシュレイの耳元でささやく。「いいお友だちになれそうで、うれしいわ」

ニーナ

15

　彼女は私のことをお友だちだと思っている。

　両腕で万力のように強く私を抱きしめ、ひとことひとことに人恋しい思いをしたたらせて、私の耳に生臭い息を吹きかける。建物自体が石造りのせいか、裏口へ続く狭い廊下はひんやりとしていて、カチカチと音を刻む古い時計が母から受け継いだ閉所恐怖症を呼び覚ます。私は窒息しそうになる。彼女を窒息させそうになる。

　彼女は、私が抱き返すのを期待してぎゅっと抱きしめてくる。ぞっとするが、いまはニーナではなくアシュレイなのよ、と自分に言い聞かせる。もちろん、アシュレイなら抱き返すはずだ。アシュレイは愛情豊かで思いやりがあって、寛大だ。アシュレイなら、つい最近親を亡くして悲しみのどん底に突き落とされ、不安に苛まれて泣いているこの哀れな女性に同情するはずだ。アシュレイは私と違っていい人なのだから。

だから、アシュレイはヴァネッサのほっそりとした体に――骨をカシミアで包んだような体に――腕をまわして抱きしめる。

「もちろん、私たちは友だちです」とささやくと、喉の奥でカチッという音がする。

私は、読書室へ置いてきたもののことを考えながらにっこり笑う。

16

一日前

ヴァネッサは私の想像とずいぶん違う。

半分近く陰に隠れてはいたものの、ストーンヘイヴンのポーチに立つヴァネッサの姿が見えてくるなり、そう思う。やけに小さいのだ。私の想像のなかのヴァネッサは、もっと大きかった。長い時間をかけて調べているうちに、彼女の姿がどんどん膨らんで私の頭のなかを占領するようになっていたからだ。けれども、実際は小柄で、代々受け継がれてきた古い屋敷の太い木の柱の脇に立っていると、よけいに小さく見える。ポーチが彼女を取り囲んで呑み込んでしまいそうな――彼女が歴史の生贄にされてしまいそうな――気さえする。

私が車を降りて、笑みを浮かべながらポーチのほうを向くと、ヴァネッサがこっちに歩いてくる。なのに、急に足を止めて私を見つめる。気づかれたのかもしれないというばかげた恐怖に、一瞬、身がすくむ。しかし、その可能性は低い。十二年前にろくに目もくれようとしなかったベニーの友だちをヴァネッサが覚えているだろうか？　それに、たとえ覚えていたとしても、あのときのニーナと——童顔で、太っていて、髪をピンクに染めてだぼっとした黒い服を着た高校生と——髪も元の色に戻してスリムな大人の女性になったニーナは少しも似ていない。それに、スポーツウェアをおしゃれに着こなしたアシュレイとは、もっと似ていない。

ヴァネッサはジーンズをはいてパーカーの上にブレザーをはおっているが、高価なものだというのは、生地の張り具合を見ればわかる。スニーカーは、漂白剤と歯ブラシを使って誰かが洗ったばかりなのではないかと思うほど真っ白だ。しかし、一見、完璧なようでも——髪を優雅に肩に垂らし、化粧も念入りにほどこしているようでも——気になるところはある。ブロンドのハイライトはいささか色が明るすぎるし、目の下には隈ができている。腰骨が張っているので、ジーンズが引っかかって、太腿のあたりがたるんでいる。

「家政婦じゃないのか？」と、ラクランがうしろで耳打ちする。

「あれがヴァネッサよ」

「期待はずれだな」ラクランがつぶやくように言う。「Ｖ－Ｌｉｆｅはどうなったんだ?」

「ここはタホ湖よ。ハンプトンズじゃないんだから。いったい、なにを期待してたの？ダイヤモンドとオートクチュールのドレス?」

「妙な病気を持ってなきゃ、それでいいよ。高望みしすぎじゃないよな?」

「あなたって、最低ね」私は車のそばを離れ、ポーチに立っている彼女にたったいま気づいて驚いているような表情を浮かべながら屋敷のほうへ歩いていく。「まあ！　ヴァネッサ?」

「アシュレイ?　よかった。うれしいわ！　無事に着いたのね！」

ヴァネッサはさもうれしそうに甲高い声で叫ぶが、演技なのは明らかで、うんざりする。やれやれ。彼女はすべてがまやかしなのだ。私がポーチの階段を上っていくと、ヴァネッサが近づいてきて、いきなり見つめ合うことになる。一瞬、気詰まりな沈黙が流れる。彼女は、どんなふうに私を迎えるべきか——握手をするのか、ハグをしたほうがいいのか——迷っているようだ。〝つねに主導権を取れ、相手に従うのではなく従わせろ〟というのが、この仕事をはじめたときのラクランのアドバイスだった。だから私はさっさとヴァネッサの前へ行き、彼女の二の腕をつかみながら抱き合って頬をすり寄せる。スパンデックスのウェアを汗で濡らした受講生にポーズの指導をしているヨガ・インストラクターのアシュレイなら、人と体を密着させても平気なはずだ。

「ここに住まわせてもらえることになって、感謝しています」と、私はヴァネッサの耳元で言う。ヴァネッサは、捕らえられたムクドリのように体を震わせている。麝香に似た強い香りも漂ってくる。

私たちが挨拶を交わしているあいだに、ラクランが両手にキャリーケースを持ってそばに来る。ラクランに気づくと、ヴァネッサの様子が変わる。まだ抱き合っていたので、天敵が近づいてくるのを察したシカのようにヴァネッサが体をこわばらせるのがわかる。ヴァネッサはようやく私から離れ、ゆっくりと近づいてくるラクランをブレザーの袖口をいじりながら見つめる。ラクランは、言葉など必要としない満面の笑みを浮かべている。

なるほど、そういう手もあるのだ、と気づく。

ただの演技なのだから、と自分に言い聞かせる。ここでは、私も含めてほんとうのことなどなにひとつない。すべてが嘘で、まやかしだ。

私がストーンヘイヴンの母屋で過ごした時間は、合計しても一時間に満たないのだが——ここへ来ても、ほとんどコテージで過ごしていたからだが——それでも、この屋敷はつねに私の想像のなかでその存在感を保ち続けていた。

私はここで〝上流社会〟と〝遺産〟という言葉の意味を学んだ。つまり、それは車より高価な家具を所有することや壁に先祖の肖像画を飾ることなのだと。十五歳のときにはじめてここを訪れた私は、遺産とは永遠に受け継がれていく贈り物なのだと知った。日々の生活を維持するためにあくせく働く必要がない代わりに、遺産を受け継いだ者は過去と未来へ続く途絶えることのない鎖の輪のひとつとして生きなければならないのだ。家もない（もちろん、由緒正しい名前もない）母子家庭で育った私は、そういう確かな拠り所のある生き方に憧れた。ベニーはよく一族の悪口を――利己的で高慢な連中だと――言っていたが、私は静かにうなずきながらも、羨ましいと思っていた。

ストーンヘイヴンは私を変えた。私に憧れと嫌悪の対象を与え、私の暮らしと世の中を牛耳っている人たちの暮らしとのギャップの大きさを教えてくれた。そして私に美への関心を芽生えさせ、それはいまでも失わずにいる。大学での専攻を決める際に、経済や工学など、実用的な分野ではなく美術史を選んだのも、それが理由だ。しかし、ストーンヘイヴンはいまだに忘れることのできない怒りを植えつけもした。

屋敷のなかは、以前に見たときとまったく変わっていなかった。誰も部屋の模様替えをしようとは思わなかったようで、まるで、ここだけ時が止まってしまったようだ。美しい光沢を放つサイドボードも当時のまま玄関ホールに置かれていて、その上にはデルフトの花瓶がふたつ飾ってある。歳月を経てわずかに黄ばんではいるものの、手描きのバラの模様がついた応接間の壁紙も同じだし、階段の手前では、丸い文字盤のついた箱時計が、当時と同じように時を刻んでいる。壁には、相変わらずいかめしい顔をしたリーブリング家の先祖の肖像画が飾ってある。

私の記憶のなかのストーンヘイヴンは、おとぎ話に出てくる城のように大きい。ところが、十二年ぶりに玄関ホールに足を踏み入れると、思っていたほど大きくないのがわかる。もちろん、立派なことに変わりはないのだが、ここ何年かロサンゼルスの大邸宅をいくつも目にしていたので、感覚が麻痺してしまったのだ。最近の金持ちは大きな窓と遮るもののない視界を好み、壁を最小限にしてすっきりとした広い空間で暮らすのが最高の贅沢だと思っている。ストーンヘイヴンは前世紀の遺物だ。使用人がばたばたと歩きまわったり銀器を磨いたりしていてもまったく気にならず、葉巻のにおいも漂ってこないように、ここはウサギの巣穴に似た複雑な造りになっている。それに、暗くて息苦しい。しかも、各部屋には、リーブリング家の代々の当主がそれぞれの好みに合わせて百年以上かけて蒐めた家具や美術品が所狭しと置かれている。屋敷の骨組み以外はすべて不揃いで、統一感に欠ける。

とは言うものの、ストーンヘイヴンは近代的な大邸宅にはない威厳を漂わせている。まるで生き物のようで、さまざまな秘密とともに心臓が石の壁のなかに埋め込まれているような気さえする。

十二年ぶりにストーンヘイヴンの玄関ホールに立つと、十五歳の自分に戻ったような——家もお金もない貧しい少女に戻ったような——錯覚におちいる。屋敷の歴史を語り続けるヴァネッサの話に私が黙って耳を傾けているあいだ、ラクランは玄関ホールの奥にある居間や応接間の前まで行ってドアの隙間からなかを覗いている。なにをしているのかはわかっている。隠し金庫をさがしているのだ。絵のうしろとか、クローゼットの奥とか、あるいは、絨毯を敷いた床の下とか。

一方、私は以前にも見た記憶のある数々の美術品に目をやりながら、頭のなかで値踏みをする。泥棒男爵だったと先祖を非難するベニーの話を聞きながら眺めていたデルフトの中国風の花瓶は、ふたつで二万五千ドルは下らないはずだ。当時はわからなかったが、いまはわかる。あの箱時計はどうだろう？　近くに行ってよく見る必要があるが、おそらく十八世紀にフランスでつくられたもので、少なくとも十万ドルで売れる。

ラクランは、不機嫌そうな犬と一緒に描かれたいかめしい感じのする年配の女性の肖像画の前に立っている。「アッシュ？　ここにいると城を思い出すよ」彼は、山を登ってきたときに車のなかで練習したとおりに言う。私はここでマイケルがアイルランドの貴族の出身だということをさりげなくにおわすことになっていたのだが、私がその台詞を口にする前にヴァネッサがラクランの言葉に反応する。

「お城って、どこの？」ヴァネッサは急に興味を示して、針にかかったマスのように体をピクンと動かす。

ラクランはうまくごまかす。（私たちはあれこれ調べて、オブライアンという名前の人物が所有している城はアイルランドに十以上あることを突き止めていた。）ヴァネッサは体から力を抜き、ほっとしたような顔でラクランのほうへ身を寄せる。「じゃあ、先祖から受け継いだ古い屋敷で暮らすのがどういうことか、わかりますよね」

「ああ、もちろん。ときには自分の運命を呪い、ときにはなんて恵まれてるんだろうと思ったりするんでしょう？」ラクランは、うまくいきそうだと言いたげな表情を浮かべてちらっと私を見る。

「ええ、そのとおりよ」ヴァネッサはため息まじりに相槌を打つ。私は彼女を殴りたくなる。運命を呪う？　なんの努力もせずこの屋敷を受け継いで、おまけに、誰も見たことのないような値打ちのある美術品に囲まれて暮らすことを呪うのか？　彼女は恵まれている。それだけだ。運命を呪うなんて、よく言えたものだ。

「ここで暮らすのはそんなにたいへんなんですか？」と、私が訊く。もっと愚痴を言わせて、ヴァネッサに対する憎しみを掻き立てたい。そのほうが気が楽になるからだ。けれども、私の表情を見てヴァネッサが返事をためらい、警戒心をにじませてまばたきをする。

「ううん、それほどでもないわ」と、彼女はささやくように言う。

ラクランが、ヴァネッサの肩越しに私をにらみつけている。私は、アシュレイではなく、思いやりがなくて人の批判ばかりする女性を演じてしまっていることに気づく。だから、声の調子をやわらげ、同情を示しているように見せるために目を潤ませて強くまばたきをする。「ここにひとりで住んでるんですか？　さびしくありません？」

「ええ、ちょっぴり。ときどき、さびしくてたまらなくなることもあるんだけど、あなたたちが来てくれたから、もう大丈夫！」ヴァネッサはそう言って、コンソールテーブルの上の花瓶が揺れるほど大げさに笑う。そのあとで、変に思われていないかどうか探るためにちらっと私を見るが、まるでスイッチを切り替えたかのように不安げな表情を浮かべている。彼女はここにひとりでいるのがいやなのだ、と私はとつぜん気づく。さびしいのもあるが、それだけではない。もしかして、彼女はこの屋敷を心底嫌っているのだろうか？ラクランと私は、過去の亡霊を追い払うためにここへ呼ばれたのだろうか？

いったいなにが彼女を苦しめているのだろうと、考えなくてもいいことを考える。

屋敷の奥の左側にある広いキッチンは、コックやメイドが何人もいて女主人はけっしてそこに足を踏み入れなかった時代につくられたらしい。その後、近代的に改装されたようで、使わなくなった調理用の暖炉には白樺の丸太を見てくれよく積み上げて、壁際にガスコンロが置いてある。部屋の真ん中に鎮座している調理台はボートほどの大きさで、木製の天板には古さを物語る傷や染みがついている。調理台の上にはぴかぴかに磨き上げられた銅鍋が吊り下げてあるが、不動産屋に連れられて家の下見に来る人のために片づけたかのように、台の上にはなにものっていない。誰かがこんなに広いキッチンで、しかも、八口もあるコンロでひとり分の料理をつくっている姿は想像できない。

朝食用の細長いテーブルは、湖を見下ろすはめ殺しの窓の下に押しやられているが、その上には、焼き菓子やクッキーをのせた皿と積み重ねた陶製のティーカップ、浮き彫りをほどこした銀製のティーポット、ワインが入ったクリスタル製の水差し、それに、花を生けた花瓶が置いてある。いくらなんでも大げさだ。ここまでしなくてもいいのにと思うが、私たちに気後れを感じさせる、彼女なりの戦略なのかもしれない。

ラクランは、私と目を合わせて片方の眉を吊り上げる。うんざりしているのだろう。

「いろんなものを並べすぎたかしら。でも、こうしたかったの。せっかくあるのに、埃をかぶったままにしておくのはもったいないし」ヴァネッサは、そう言って私たちをテーブルにうながすと、引きつった声で笑いながらティーカップをひとつ手に取って、手のひらの上でまわす。向こうが透けて見えるほど薄いそのティーカップの縁には鳥のモチーフが描いてある。おそらく、ムシクイかスズメかムクドリだ。いや、違うかもしれない。私は鳥のことなんてなにも知らないのだから。「これは母のお気に入りだったティーカップで、特別なお客さまのためにとっておいたりせずに毎日使いたいと言ってたの」ヴァネッサは、急に眉を上げる。「ごめんなさい。あなたたちは特別なお客さまじゃないと言ってるわけじゃないのよ！　それはともかく、割ってしまったから、いまは半分しか残ってないの。一応、ワインも用意してあるのよ。あなたたちがお酒を飲むのかどうかわからなかったんだけど。どっちがいいか言って」

ヴァネッサが早口でべらべらしゃべるので、やめてくれと言いたくなる。いささか……精神的に不安定なのではないかと、心配になる。

「じゃあ、ワインをいただきます」と、私が言う。

ヴァネッサは、ほっとしたような表情を見せる。「よかった。私もワインにするわ」

ラクランはテーブルの手前に立ち、窓の外に視線を向けて、ようやく全貌が見えるようになった湖を眺めている。雨雲は徐々に去り、沈みかけた太陽が、雲の隙間から弱々しい光を投げかけて湖面を照らしている。湖面は冷たい灰色で、波立っている。タホシティーで売っている絵葉書にあるようなダークブルーのおだやかな湖ではなく、暗くて、なにやら不吉な感じがする。私はこの湖が冷ややかな美しさをたたえているのを知っているが、ラクランは湖に目を奪われている。もっと小さな湖だと思っていたのか、ボートが浮かんで釣り舟用の桟橋があって、ライフガードがレゲエの曲を歌っているような、さして魅力のないありふれた湖だと思っていたのかはわからない。

「タホは今回がはじめて？」ヴァネッサは、まだティーカップを手のひらにのせたまま、小さなペットをあやすようにそっと揺らしている。

私はヴァネッサの視線から逃れるために椅子に座って、スコーンに手を伸ばす。「ええ」

「あら、そうなの？　たしかに、シアトルからここまで来るのはたいへんよね。あなたたちはシアトルから来たんでしょ？」

「いいえ、ポートランドです」

ヴァネッサは、ポートランドでもシアトルでもかまわないと言わんばかりにかぶりを振る。「じゃあ、タホ湖のことを少し……」と、先を続ける。「ほとんどの人は夏にここへ来るの。あるいは、冬にスキーをしに。いまの時期はとても静かよ。あちこち歩きまわったりマウンテンバイクで走りまわったりするのに興味がなければ、ここにはなにもすることがないと教えておいたほうがいいかもしれないわ」ヴァネッサはリラックスしてきているようで、音を長く引き伸ばす気取ったしゃべり方をして、ジョークも口にする。「もう少しにぎやかなところだと思ってここへ来たんじゃなければいいんだけど。それと、レストランは……ハンバーガーとズッキーニのフライなら、どこでも食べられるわ」ヴァネッサが顔をしかめるのを見ると、これまで食べていた金箔を散らしたキャビアやボーンブロス・スープなしにどうやって暮らしているのだろうという疑問が頭をもたげる。痩せているのは、そのせいかもしれない。

「ぼくたちは、静けさを求めてここへ来たんです」ラクランが私のとなりに座る。「大学からサバティカルをもらったので、本を執筆しようと思って。眺めのいい小さな部屋で誰にも邪魔されずに執筆できたら、ぼくにとっては天国なんです」そう言って、笑う。「もちろん、アシュレイは例外です。彼女はぼくの邪魔をしないし、彼女も眺めのひとつだし」

私は、ラクランの甘ったるい声を聞いてもヴァネッサが平気な顔をしていることに驚く。

「いまはそんなことを言っているけど、明日の朝、コーヒーを飲み終える前にもう一度訊いてみないと」

ラクランは私の手を取って、私の指で自分の腕を掻く。たがいに支え合う、幸せそうな、じつに似合いのカップルだ。以前の仕事でも同じような役割を演じたことがあるので、まったく気にならず、便宜上の愛人にすぎないラクランも理想的なボーイフレンドのように振る舞っている。自ら型破りな人生を選んだものの、ほんの少しでもありきたりな部分があるとほっとする。私は、ラクランがうれしそうにしているのを見て自分も同じ思いでいることに気づき、演技をしているのにもかかわらず、ほんの一瞬、連帯感が高まるのを感じる。そして、自分たちの理想的なチームワークに酔いしれる。不思議な関係かもしれないが、それはふたりともわかっている。ただ、ほほ笑み合う私たちを見てヴァネッサがどう思っているのかはわからない。

「あなたは作家なのね、マイケル！」ヴァネッサが、私たちと向き合って座る。「私は読書が趣味なの。つい最近『アンナ・カレーニナ』を読み終えたばかりなのよ。あなたはどんな作品を書いてるの？」

そのことについては、時間をかけてラクランと何度も話し合った。私は書きかけの原稿を用意しておいたほうがいいと思ったのだが、ヴァネッサが読みたいと言いださないように、取っつきにくくて難解な話にする必要があった。ところが、ラクランは私の心配を笑い飛ばした。「あの女は服のラベル以外読んだりしないよ。おれの原稿を読みたがると、本気で思ってるのか？」

ラクランは、眉根を寄せてナプキンを揉みしだく。「ぼくは、ときどき詩を書いてるんです。で、いまは小説を。ボラーニョのようなインフラ・リアリズムの作品を、試験的に」私が二日前に教えるまではロベルト・ボラーニョの名前すら知らなかったのに、ラクランはもっともらしい口調で話す。

ヴァネッサの笑みがこわばる。「まあ。すごいわね。むずかしくて、私にはよくわからないけど」そう言いながら、またブレザーの袖口をつまんで引っぱっている。ラクランを作家にしたのは間違いだったかもしれない。金持ちは、自分たちが知的に、または道徳的にほかの人よりすぐれているから富を手にできたのだと思っていることを、私はこの数年間で学んだ。もしその幻想を打ち砕いて、彼らが知的なわけでも特別なわけでもないことを指摘すれば、トラブルになるのは目に見えている。だから、それなりに敬意を示して、ピラミッドの頂点の地位を保証したほうがいいのだ。

私は、ヴァネッサのほうへ身を乗り出す。「いいことを教えましょうか？　じつは、四六時中その本の話を聞かされてるんですが、私もさっぱりわからないんです」頭の悪いふりをするのは、ちょっぴり傷つく。

ヴァネッサは、安心したような顔をして笑う。「で、あなたはヨガのインストラクターなんでしょ？　見ればわかるわ。とっても……健康的だから」

実際はそれほど健康的ではないのだが、暗示には驚くべき力がある。「ええ、まあ。でも、ヨガは体のバランスより心のバランスを整えるためのものなんです」

それが、自己啓発のウェブサイトで見つけた決まり文句の受け売りにすぎないとヴァネッサが気づいていたとしても、顔には出さずに、「素敵ね」と、興奮気味に言う。「あなたがここにいるあいだに、プライベートレッスンをお願いしようかしら。もちろん、レッスン代はお支払いするわ。おいくら?」

まったく、金持ちはみんな、お金を払いさえすればなんでも手に入ると思っているのだ。私は手を振って申し出を辞退する。「レッスン料なんて、いりませんよ。私でよければ、喜んで。一緒にヨガができれば、それだけでうれしいので」そう言って、内緒話でもするかのように身を寄せる。「じつは、マイケルともヨガを通じて知り合ったんですよ。彼が私のレッスンを受けにきたんです」

「結局、ヨガにはあまり興味が持てなかったんですが、代わりにインストラクターに興味を持ってしまって」これも、道中に車のなかで一緒に練習した台詞だ。

ラクランがワインのボトルを持ち上げて、ヴァネッサのほうを見ながら振る。ヴァネッサはテーブルを見渡して、ひとりごとのように言う。「いけない、ワイングラスを忘れてたわ」

「お母さんは、ティーカップで飲めとおっしゃってたんじゃないんですか？」

ヴァネッサは一瞬とまどいを見せながらも、手にしていたティーカップを差し出す。ラクランはそこに赤ワインをひと注ぎし、もうひと注ぎ、さらにもうひと注ぎと注ぎ足していく。そのまま注ぎ続けると、カップの縁からワインがあふれてヴァネッサのジーンズの上にこぼれるはずだが、ヴァネッサはソーサーを持つ手を震わせ、しだいにカップの縁へと迫ってくるワインを見つめながら、ラクランが手を止めるのをじっと待っている。ラクランは巧みに主導権を奪おうとしている。結局、彼はカップの縁の一ミリ下で注ぐのをやめて、ヴァネッサにほほ笑みかける。

「砂糖を入れますか？」

ヴァネッサは一瞬ラクランを見つめ、びっくりするほど大きな声でけらけらと笑いだす。まるで、カメラを向けられたかのように、髪をうしろに払って。「そういうタイプに見える？」彼女は、ポーズを取るようにわずかに胸を突き出し、目をわざとらしく大きく見開く。これがV・Lifeのヴァネッサだ。本来の自分の姿など気にせずに、カメラの前に立ったときだけ精いっぱい演技をしてきたヴァネッサだ。

ラクランは、ちらっと私を見てからヴァネッサに視線を戻す。私もラクランも、ヴァネッサがなにを求めているのかわかっている。彼女は〝いいね！〟がほしいのだ。ハートマークの便利な絵文字がなくても、彼女の望みを叶える方法はある。「見えます」ラクランは目を細め、唇の両脇に小さなえくぼを浮かべて言う。「とろけるほど甘いのが好きなタイプに」

ヴァネッサが顔を赤らめる。首から顔へと徐々に赤くなっていくのを以前に見たことがある私は、凍りつく。ヴァネッサが少女のように顔を赤らめたからか、ラクランが卑猥な表情を浮かべたからなのかはわからないが、急に気持ちが乱れる。ラクランは落ち着いているのに、なぜ私だけいきり立っているのだろう？　いや、この女はラクランの敵ではなく私の敵だ。鋼のような信念を固め直さなければならないのは私だ。なのに、彼女が顔を赤らめているのを見るとベニーを思い出す。初恋に胸を高鳴らせながら私を見つめていたベニーを。

けれども、いま目の前にいるのはベニーではない。この女が愛しているのは私ではなく、自分自身だ。彼女は資産家の道楽娘だ。私を悪者に仕立てあげて、ついにここまで行きつく道を敷いたリーブリング家の一員だ。彼女が私をここへ呼び寄せたのだ。

だから、私は無邪気な笑みを浮かべ、ワインを注いだカップに口をつけて一気に飲みほす。

17

屋敷守りのコテージは、以前と変わらず敷地の端の松林に囲まれて湖を見下ろすようにひっそりとたたずんでいた。私たちは、ほろ酔い気味のヴァネッサと一緒に暗い小道を歩いてコテージへ行き（もちろん、私は目をつぶってでも歩くことができたのだが）、彼女が明かりをつけてヒーターの使い方を教えてくれるのを黙って見守る。そのあとも、彼女はお茶でも飲んでいってくれと誘われるのを待っているかのように、しばらく居間に残る。

「じゃあ、ゆっくり過ごしてね」そう言って、ようやくヴァネッサがコテージをあとにする。

ふたりだけになると、ラクランが部屋を見まわす。「屋敷守りのコテージにしては悪くないな」

コテージは狭苦しくて、なんとなくカビ臭いが、誰かが（たぶん、ヴァネッサが雇っている家政婦が）石造りの暖炉に火を入れてくれていたので、カビのにおいはさほど気にならない。ダイニングルームの壁の凹みに置いてあるテーブルの上には、ワインが一本とぴかぴかに磨いたリンゴを入れたボウルが、マントルピースの上には花を生けた花瓶がのっている。長年のうちに、ここが母屋で使わなくなった家具の置き場所になってしまったのは明らかだが、そういうちょっとした心遣いが見る者の目に錯覚をもたらす。実際、コテージは、長年にわたって蒐集した高価なアンティークの倉庫と化している。居間には、シルク地に刺繍を施した一九八〇年代のカウチとグスタフ・スティックリーの椅子が真ん中に、アーミッシュのサイドボードとアールデコ調の書き物机が壁際に置いてある。ダイニングルームの壁の凹みに置いてあるのは、鉤爪形の脚のついた、ここにはいささか大きすぎるマホガニーのテーブルで、椅子が壁に押しつけられている。壁には埃のかぶった絵が掛けてあって、本棚には積み重ねたクリスタルのボウルが、暖炉の両脇には陶製の壺が（これまた中国風の壺が）置いてある。コレクションとしては統一が取れていないが、私は思わず笑みを浮かべる。どれも、見捨てられて、なんの目的もなく、ただここに置いてあるものばかりだ。

ゆっくりとコテージのなかを歩きまわって、よみがえってくる思い出を嚙みしめながら家具を眺める。ベニーと反対向きに寝そべって、素足の裏を押しつけ合いながら絵を描いたり本を読んだりしたカウチもある。家紋のついた銀のフォークにマシュマロを突き刺して焼いた、ウェッジウッドの古いコンロもある。私たちが灰皿代わりに使っていたざくろ色のクリスタルボウルには、マリファナの吸い殻の跡がまだ黒く残っている。

ベニーと私にとって、このコテージはまさに小さな宇宙だった。私たちが唯一くつろげる場所だった。ベニーの家族に見つかって、そうではないと思い知らされるまで、私はここが自分の居場所だと思っていた。

最後にダイニングルームのテーブルに座って、木の天板の傷を指でなぞる。あちこちについている、ぼやけた輪染みをなぞる。これは、ベニーと私がたがいに自分の家族の悪口を言いながらマリファナを吸ってビールを飲んだときの染みだろうか？　若いときは誰しも、傷や染みがいつまでも残るとは思わないものだ。

ラクランは、となりの椅子にどさっと座ってワインの栓を開け、ボトルのラベルに目を凝らして値札をはがす。値札には$7・99と書いてある。「なるほど。ワインセラーから選りすぐりの一本を持ってきてくれたわけじゃないみたいだな」

「私たちは庶民だから、違いがわからないと思ったのよ」

「あんたは庶民だけど、おれは貴族なんだぞ。忘れたのか？　一緒にいられて幸せだと思ってくれないと」

私はボトルを持ち上げて口をつけ、傾けて喉に流し込む。甘口で、おまけに生温(なまぬる)いが、ワインはワインだ。「一応、歓迎の気持ちは示そうとしてくれているみたいね」

「一応どころじゃないよ。ばっちり化粧してたのを見たか？　あんたのために化粧をしたんじゃないけどな」ラクランは首をかしげて考え込む。「いや、化粧を取れば、けっこう美人かもしれない。グレース・ケリーばりの品のいいブロンドの髪もよく似合ってるし」

ラクランがおいしそうなボンボンにいまにもかぶりつきそうな顔をしているのが癪に障って、またワインをラッパ飲みする。「とりあえず計画に専念しない？」


計画とはなんなのか、知りたい人もいるだろう。

私たちのキャリーケースには、詩集や使い古したヨガマットの下に小さな隠しカメラが十個ほど入っている。大きさはねじの頭ほどだが、母屋から数百メートル離れたコテージのノートパソコンに高解像度の動画を送信する機能を備えている。かつてはハイテク製品として注目を浴びたが、いまではオンラインショップで売っている。たった四十九ドル九十九セントで。

隠しカメラは、ヴァネッサの動きを追って金庫の在処を突き止めるために、目立たない場所に設置するつもりでいる。おそらく、金庫はヴァネッサの寝室か、そうでなければ、読書室か書斎にあるはずだ。なんとかして、そういった部屋に入る口実を見つける必要があるが、ヴァネッサと親しくなれば、それほどむずかしいことではない。

とはいえ、金目のものはほかにもある。玄関ホールの箱時計だけでも、母の抗癌剤が六クール分まかなえるはずだ。ただし、エフラムの行方がわからなければアンティークを売ることはできない。となると、金庫のなかの現金を狙うほうがいい。盗むのも楽だし、そのまま使える。

金庫の在処がわかれば、中身を盗んで隠しカメラを回収し、コテージを引き払って姿をくらますことになっている。それほど遠くないところでしばらくおとなしく過ごしていれば、コテージの住人も何度か入れ替わるだろうし、ヴァネッサの記憶からも私たちのことが消える。インターネット上の痕跡も消す。それからひと月半ほど経って、クリスマスにヴァネッサが弟に会いに行ったら、屋敷に忍び込んですべてを奪うというのが私たちの計画だ。

目を閉じると、何度も思い浮かべた光景がよみがえる。帯封を巻いた緑色の札束の山が暗い金庫のなかで希望の光を放っている光景が。もちろん、金庫のコンビネーションがいまだに同じかどうかも、金庫のなかに大金が入っているかどうかも、運しだいだ。けれども、私はリーブリング家の人間が心配性なわりに怠惰なのを知っている。ベニーは、いざというときのために数百万ドルの現金が家に置いてあるのは当然だと言わんばかりに金庫のなかのお金の話をしていた。ウィリアム・リーブリングの心配性は間違いなく子どもたちに受け継がれているはずだ。私たちはみな、遺伝子とともに親の習性を——いい習性も悪い習性も——受け継いでいるのだから。

金庫を開けると、ほかにはなにが入っているのだろうと、勝手に想像を膨らませる。金貨か？　宝石か？　サンフランシスコ・オペラのオープニングイベントに出席したときの写真では、ジュディス・リーブリングの首にダイヤのネックレスがぶら下がっていた。ヴァネッサは、母親のほかの宝石とともにそのネックレスも相続したはずだ。おそらく、ベルベットの箱に入れて現金と一緒に金庫にしまってあるのだろう。

欲張ってはいけない。でも、今回だけは自分に課したルールを破ってもいいのでは？

ラクランと私は、ダイニングルームに座って計画を練りながらワインを飲む。一本飲みほすと、酔いがまわって、疲れも出てくる。私は無性にシャワーを浴びたくなって、キャリーケースを寝室へ運ぶ。が、寝室のドアを開けると、足がすくんで部屋の入口で立ちつくす。

ベッドのせいだ。四本の支柱に囲まれた大きなベッドで、長いあいだ磨いていないのか、支柱は以前の輝きをなくしているが、王子のベッドのように立派だ。もしかすると、かつてはそうだったのかもしれない。それに、壁の絵に目を奪われていた私のジーンズをベニーが不器用な手つきでふくらはぎまで下げたベッドでもある。私はこのベッドに寝そべり、恐怖と期待と、なんと呼べばいいのかわからない不思議な昂りを覚えながらベニーが服を脱ぐのを待っていた。

ベニーも可哀想に。それに、私も。

ベニーがもしいまの私を見ればどう思うだろう？　たぶん、なんとも思わないはずだ。初恋の興奮が冷めて家族から私の悪口を聞かされたときも、おそらくなんとも思わなかったのだろう。

寝室を見つめている私のうしろにラクランが来て、うなじに息を吹きかける。「昔のことを思い出してたのか？」

「ええ」詳しい話はしないことにする。いまこの男と――ドライで狡猾で信用できない男と――付き合っているのは、私がこのコテージでほんの短いあいだ経験した甘くて淡い初恋の反動のような気がする。私は、痩せた十代の男の子の腕のなかで震えていた当時のニーナとはまったく違う人間になってしまった。いまのニーナは、一度もこのコテージへ来たことがない。

ラクランはうしろから腕を伸ばし、私の胸の上で交差させて抱き寄せる。「おれの初体験の相手は下の姉貴だったんだ」と、耳元でささやく。「エマ・ドノガル。おれは十三で、姉貴は十八だった」

「それって、性犯罪じゃないの」

「固いことを言えばそうかもしれないけど、これまで生きてきたなかで最高の出来事だと思ったよ。おれは、その何年も前から姉貴の胸を思い浮かべるたびに夢精してたんだ。エマは魅力的だった。彼女のせいで、長いあいだ歳上の女にばかり目がいくようになって」

その未練がましい口調に驚いた私は、うしろを向いてラクランを見上げる。が、ラクランは郷愁に浸っているわけではなく、面白がっているようで、私の表情を見るなり笑いだし、額にキスをして頭の上に顎をのせる。「もちろん、若い女も魅力的だから、心配するな」私は、もしかするとラクランは母とも関係を持っていたのかもしれないと疑う。それは前々から気になっていた。彼は、ちょうど母と私の中間ぐらいの歳だ。母もさんざん若い男を誘惑していたのかもしれない。でも、訊くのは怖い。

三年前に母を助けてくれたのはラクランだった。ポーカーの誘いに来たときに、洗面台に頭をぶつけて血を流しながら寝室に倒れている母を発見して、傷を縫合するために病院へ連れていってくれたのだ。MRI検査の結果、ほかの検査も必要だということで、母はひと晩入院することになった。ふたりは、すでに一緒に詐欺を働く計画を立てていた。ただし、ふたりとも詳しいことは教えてくれなかった。あらためて話す必要はないと思うが、結局、ふたりの計画は実現しなかった。母が癌になったからだ。

母から番号を聞いてラクランがニューヨークへ電話をかけてこなければ、私は母が癌だということを知らずにいたかもしれない。ラクランの声はなぜか心に響かず、わずかに巻き舌なのがわかっただけだった。「お袋さんが、あんたに帰ってきてほしがってるみたいだ。癌なんだよ」と、彼は言った。「けど、頑固だから自分で頼む気はないらしい。あんたの人生の邪魔はしたくないと思ってるんだよ」

私の人生。母がラクランに娘がニューヨークでなにをしていると話したのかはわからない。娘が輝かしい未来をつかみ取ったと思っていたのかどうかもわからないが、母の望みどおりの人生を歩んでいたわけでないことだけは確かだった。美術史の学士号は取得したものの、六桁の学生ローンをかかえて三流大学を卒業した私は、オークションハウスかチェルシーのギャラリーかアート関連の非営利団体で職を得ようと思ってニューヨークへ行った。けれども、そういう仕事は限られていて、求人もたまにあるだけだし、親が美術館の理事をしているとか、家族が有名な画家と知り合いだとか、アイビーリーグで著名な教授に指導を受けたなどという強力なコネがなければ採用してもらえないというのも、すぐにわかった。だから、私はハンプトンズの豪華な別荘の改装を専門に手がけているインテリアデザイナーのアシスタントのアシスタントになることしかできなかった。

　当時はまだ、少女時代の自分とはまるっきり違う自分になりたいと思っていた。憧れの女性とそっくりになるようにダイエットをして外見に磨きをかけて、ファストファッションをそこそこ魅力的に着こなしていた。けれども、ラクランが電話をかけてきたときはまったくお金がなく、女性三人とクイーンズのフラッシングでルームシェアをしてファラフェルとラーメンばかり食べていた。大学を出てコマネズミのように働いても人並みの収入が得られない若い女性は大勢いたが、私もそのひとりで、毎日、オーダーカーテンの生地の見本を持ってニューヨーク市内やハンプトンズを走りまわったり、クレーンを使ってペントハウスの窓からイタリア製の長椅子を搬入する手筈を整えたり、ボスのためにしょっちゅうヴェンティサイズのマキアートを買いに行ったりしていた。オフホワイトとアイボリーとクリーム色の違いもわかるようになった。〈サザビーズ〉のオークションカタログに掲載されているすべての美術品を頭に叩き込み、六千万ドルもする絵画や金の象嵌をほどこした十四世紀のライティングデスクを購入したロシアのオリガルヒたちの名前も覚えた。職人が手描きの壁紙を貼り終えた直後に、その家のオーナーから――上流階級の婦人やヘッジファンダーの妻やオリガルヒから――しっくりこないのではがしてくれと言われることもよくあった。

自分の仕事に先がないのはわかっていた。けれども、誰もいない大きな家に行って美しい美術品を眺めていると、すべてが自分のもののように思うことができた。バスルームの壁に掛けてあるエゴン・シーレの絵に顔を近づけて眺めたり、真珠の象嵌をほどこした十七世紀のカードテーブルに手を触れたり、建築設計学の授業で知ったフランク・ロイド・ライトがデザインした椅子に座ったりすることもできた。それらはみな、興味をなくしたオーナーが手放すたびに、つぎのオーナーに、またつぎのオーナーにと受け継がれてきたものだ。多くの謎を秘めたそれらの作品の永遠の美は、デジタル社会の刹那的な風潮に抗って生き抜いてきた。おそらく、私が死んでも生き残るはずで、そのような作品に接することができるのはなんて幸せなのだろうと思った。

〝そろそろ、おまえの将来のことを真剣に考えたほうがいいと思うんだけど〟と母が言ってから、すでに十年以上経っていた。もちろん、私はその間に重要なことを学んだ——世の中の一パーセントの人たちが住んでいる世界を目ざしたものの、自分には縁のない世界だということを知ったのだ。ブロードウェイのミュージカルを最前列で観て自分も舞台の上で一緒に歌ったり踊ったりしたいと思っても、舞台に上がる階段がないことに気づいたようなものだ。

だから、母がロサンゼルスへ帰ってきてほしがっていると見知らぬ男性が電話で知らせてくると、私はすぐに仕事をやめた。そして、その日のうちに安っぽい黒いドレスをすべてキャリーケースに詰め、ルームメイトに鍵を返して、カリフォルニア行きの飛行機に乗った。そのときは、娘としての責任を果たすためにニューヨークを離れるだけだと自分に言い聞かせた。母には私しかいないのだから、母の世話をするのは当然だと。しかし、ほんとうはそれだけでなく、失敗から逃げようとしていたのではないだろうか？

飛行機を降りると、ひとりの男性が私を待っていた。スーツのジャケットを肩に掛けたその男性の水色の目は到着ロビーから出てくる人の顔をひとつひとつ見ていって、私のところで止まった。彼は、信じられないほどハンサムな顔にうっすらと笑みを浮かべた。それを見たとたん、私は鼓動の高まりと同時にかすかな希望を感じた。「母親にそっくりだな」彼は、私の手からさりげなくキャリーケースを取り上げながらそう言った。「ぜんぜん似てないわ」私は、ついに手に入れたと思っていた輝かしい未来の最後の残滓にしがみつきながら言い返した。

けれども、その三年後にこうしてストーンヘイヴンのコテージに立っていると、母と私は思っていた以上に似ていることに気づく。

18

いよいよ計画を実行に移すときがくる。

翌朝、私は淡い朝陽があたりをぼんやり照らしだしたばかりの時間に広い庭の芝生の上にマットを敷いて、静かにヨガをはじめる。緑の芝生とは対照的に湖は灰色で、十一月の朝の冷気がウェアを突き抜けて肌を刺す。汗をかいていても体が震える。ヨガは何年も前からレッスンを受けているが、こんなふうに、明確な目的を持ってヨガをしたことはない。無理やり目覚めさせられた体は、思うように動かない。けれども、松林に囲まれた庭はすがすがしくて、自然の息吹を感じることができる。緑のにおいがするひんやりとした空気は、私を少女時代に連れ戻してくれる。タホ湖をオアシスのように感じていたころに。

太陽礼拝、ハーフムーン、ワイルドシング、サイドクレーンと、一連のポーズをこなす。母屋とコテージから見られているかもしれないと思いながらつま先を太腿の上にのせて両手を空に向かって伸ばすと、なぜか力が湧いてきて、地上の女神に、いや、少なくとも、よくできたまがい物にはなったような気がする。

　ひととおりのポーズを終えると、くるくるとマットを巻き、わざとらしくストレッチをいくつか追加して、母屋のほうを向く。キッチンから庭へ出る格子入りのドアの向こうにヴァネッサが立って、曇ったガラス越しにこっちを見ている。覗き見していたのを見つかってばつが悪いのか、あわててドアのそばを離れようとするが、私は彼女が姿を消す前に手を振って母屋のほうへ歩きだす。母屋まで一メートルちょっとのところまで行くと、ヴァネッサがドアを開け、ぎこちない笑みを浮かべて外に出てくる。彼女はピンク色のシルクのパジャマの上に毛羽立ったカシミアのカーディガンをはおって、このあいだとは違う陶器のカップを両手で持っている。

「ごめんなさい。庭でヨガをしてもいいかどうか尋ねるべきでしたよね。でも、朝陽がとてもきれいだったので、じっとしていられなくなって」汗が顔の脇を流れ落ちてくるので、タオルで拭く。

　ヴァネッサは、冷たい風が当たらないように、片手でカーディガンを体に巻きつける。

「見とれてたの。いま起きたばかりなんだけど」

「私は早起きなんです。一日のうちで、明け方がいちばん素敵なんですよね。静かだし、希望に満ちていて」それは嘘だ。家では、なにも用事がなければ昼までベッドのなかにいる。けれども、昨夜はよく眠れなかった。ふたたび屋敷守りのコテージに来たことで、昔の記憶に押しつぶされそうになったのだ。眠りに落ちるたびに図体の大きい何者かが私をベッドから引きずり出そうとする夢を見て、恐怖におののきながら目を覚ました。そのあとは、真っ暗な部屋でベッドに横たわったまま、となりで寝ているラクランのかすかないびきを聞きながらあれこれと考えた。自分は何者で、これまでなにをして、なぜわざわざここへ戻ってきたのか考えた。癌にじわじわと体を蝕まれ、私が治療費を手にして帰ってくるのをロサンゼルスで待っている母のことも考えた。スパンコールのついたコバルトブルーのカクテルドレスを着て顔を赤らめながら笑う母を美しいと思ったことも思い出した。

明け方の四時には、とうとう眠るのを諦めてキッチンへ行き、ノートパソコンでヨガのビデオを観た。

ヴァネッサはコーヒーをひと口飲む。昨日と違って化粧をしていないので顔色が悪く、やつれて見える。夜のうちに誰かが消しゴムで昨日の彼女を消してしまったかのようで、彼女の美貌も、大部分は夢想だったのだと気づく。「明日は私も仲間に加えてもらおうかなと思っていたところで……」と、ヴァネッサが言う。語尾が途切れて、尋ねているように聞こえる。

「ぜひ！」私はなかへ招き入れられるのを待つが、願いは叶わず、ヴァネッサが手にしているマグカップを指さす。「私も一杯いただけませんか？」

ヴァネッサは自分の手を見て、マグカップを持っていることにはじめて気づいたような顔をする。「コーヒーのこと？」

「コテージにはないんです」と、あてつけがましく言う。「朝食にコーヒーを飲まないと、たいへんなことになるので」これはほんとうだ。私はヴァネッサに話した真実と嘘を無意識のうちに数えあげるが、そのうち区別がつかなくなるような気がする。ヴァネッサは、私がなにを言っているのかよくわからないような顔をして戸口に突っ立っている。「コテージにはコーヒーがないんです。まだ食料品の買い出しに行ってないので」

「もちろん！　気がつかなくてごめんなさい」ヴァネッサはにっこり笑い、ドアを広く開けてうしろに下がる。「キッチンにポットがあるの。さあ、どうぞ」

屋敷守りのコテージは狭いが、母屋は広いので、年代物のボイラーが磨き込まれた床の下でギシギシと大きな音を立てていても凍えるほど寒い。ヴァネッサのあとについてキッチンへ行くと、イタリア製のコーヒーマシンがポットに入ったコーヒーを温めている。「まだ、このマシンの使い方がよくわからないのよね」ヴァネッサは、そう言いながらカップにコーヒーを注いでくれる。「長いあいだニューヨークに住んでいたから、コーヒーは近所のデリで買うものだと思うようになってしまって」

　私は、ヴァネッサ・リーブリングが近所のデリでなどコーヒーを買わないのを知っている。彼女が飲むのは、グリニッチ・ヴィレッジのアウトドアカフェや〈ル・マレ〉の、凝った模様を描いてごてごてとトッピングをちらしたラテだ。（それも、インスタグラムにアップされている。）庶民と同じよう紙コップに入ったまずいコーヒーを飲んでいるとわかれば好感度が増すと思ったのだろう。私と同じつましい暮らしをしているふりなどせずに自分は特権階級だと認めれば、私も彼女をそこまで憎むことはなかったのに。

　笑いなさい、と自分に言い聞かせる。母屋に出入りするためにはヴァネッサに気に入られる必要がある。けれども、下手な嘘をつき合いながら並んで立っているだけでは、私たちのあいだになんらかの関係が――たとえうわべだけの関係であったとしても――生まれるとは思えない。たがいにぎこちない笑みを浮かべて静かにコーヒーを飲んでいると、ついにヴァネッサが沈黙を破る。

「マイケルはヨガをしないの？」

「ええ、まったく。こんなに早く起こしたら殺されるかも」大げさだが、完全な嘘ではない。

　ヴァネッサは共感を示すかのようにうなずく。「よかったら……座って話をしない？　読書室へ行きましょう。向こうのほうが暖かいから」

読書室。まわりにインテリア雑誌を無造作に積み上げてベルベットのカウチに座っていたミセス・リーブリングの姿はいまでも覚えている。「ありがとうございます。いま戻ると、マイケルを起こさないように足音を忍ばせてコテージのなかを歩きまわらないといけないので」

ヴァネッサがそれぞれのカップにコーヒーを注ぎ足すと、私は彼女のあとについて読書室へ行く。読書室は以前に見たときのままだ――ただし、可哀想なヘラジカも、カバーのかかっていないこむずかしそうな本も、緑色のベルベットのカウチも、ずいぶん古びているような感じがする。ヴァネッサは、座面がへこんだカウチの端に座って膝掛けを引き寄せる。私もうながされてなかに入るが、暖炉のマントルピースの上に置いてある銀のフレームに入った写真の前で足が止まる。写っているのはリーブリング家の人たちだが、はじめて見る写真だ。おそらく、ベニーと知り合う一年前に撮ったのだろう。その年に高校を卒業したヴァネッサが、ガウンと角帽姿で真ん中に立っている。ヴァネッサの両側には両親が立っていて、ミセス・リーブリングは黄色いシンプルなデイドレスを着て首にスカーフを巻き、ミスター・リーブリングは仕立てのいいスーツを着て胸に黄色いポケットチーフを挿している。私は、ふたりが娘を誇りに思う気持ちをあらわにして満面の笑みを浮かべているのを見て驚く。私の記憶のなかのふたりは、牙をむき出しにした悪魔のように恐ろしい顔をしている。

ベニーはボタンダウンのシャツに水玉模様の蝶ネクタイという浮いた格好をして、正装した三人の脇に立っている。作り笑いを浮かべているのはベニーだけだ。彼は知り合ったときよりほんの少し幼く、頬はすべすべで、ふっくらとしていて、やけに耳が大きく見える。背も、まだ巨人の域には達していなくて、ミスター・リーブリングのほうが高い。ほんの子どもじゃないの、と驚きとともに気づく。私も彼も子どもだったのだ。私の心のなかで、短調のピアノのコードが鳴り響く。ベニーも可哀想に。施設でどんなふうに暮らしているのか、やはり気にかかる。

「ご家族ですか？」

一瞬、ヴァネッサが返事をためらう。「ええ。父と母と弟よ」

聞き流すべきだというのはわかっている。蟻の巣を棒でつつくようなことはしないほうがいい。けれども、自分を抑えられなくなる。「ご家族の話を聞かせてください」私はそう言って、カウチの反対側の端に座る。「みんな、仲がよさそうですね」

「ええ、仲はよかったわ」

いつまでも見つめているのは不自然だとわかっていながら、私は写真から目をそらすことができない。ちらっとヴァネッサに目をやると、彼女も私を見つめている。私は思わず赤面する。ベニーのことを訊きたいが、声を詰まらせでもしたら正体がばれるおそれがある。「よかった?」

「母は私が十九歳のときに死んだの。溺死だったんだけど」ヴァネッサは、湖が見える窓のほうにちらっと目をやって、ふたたび私に視線を戻す。「で、父は今年のはじめに」

そして、とつぜん泣きだす。

私は一瞬凍りつく。

もうずいぶん前の話だが、グーグル検索をしていたときに、〝**サンフランシスコ美術界のパトロン、ジュディス・リーブリングがボート事故で溺死**〟という記事を見つけたのを思い出す。亡くなった経緯は詳しく書いてなかったが、彼女が慈善活動を行なっていた団体の名前は列挙してあった。そのなかには、サンフランシスコ・オペラのほかに、デ・ヤング美術館やサンフランシスコ湾を救う会、それに(皮肉なことに)カリフォルニア精神保健協会の名前もあった。記事に添えられていた何枚もの写真を見ても熱心な慈善活動家としてのジュディス・リーブリングを見つけることはできなかったが、髪をふんわりと肩に垂らして州知事のとなりで満面の笑みを浮かべている彼女は、私がストーンヘイヴンで会ったときと同じ、人を見下すような目つきをしていた。私は、当然の報いを受けただけだと思いながら記事を閉じた。ベニーが統合失調症だと診断されたのを知る前の話で、そのときは母親を亡くしたことが遺された家族に与える影響にまで思いが至らなかった。

けれども、むせび泣くヴァネッサを見ているうちに、リーブリング家の子どもたちは普通の人より多くの悲劇を経験してきたのかもしれないという思いが頭をよぎる。亡くなったミスター・リーブリングの手の写真を見たときはぞっとしたが——あれはじつに衝撃的で、もしかすると、ヴァネッサは父親の死を利用して注目を集めて、〝私はこんなに悲しんでるのよ！〟と訴えたかったのかもしれないが、いまこうしてとなりに座っていると、彼女の悲しみは本物なのだと、うろたえながらも気づく。両親を亡くし、弟は施設に入っているのだから。私がもっと善良な人間なら、となりに座っているこの気の毒な女性に同情して計画を変更するはずだが、私は善良な人間ではない。愚かで、腹黒い人間だ。善人ではなく悪人だ。急に湧いてきた厄介な同情心をなんとか押し込めて、金庫のことを考える。ずらりと本が並んだ、あの本棚の奥にあるのだろうか？　それとも、リーブリングの先祖が大事にしていた馬を——大きな尻に短い尻尾のついた馬を——描いた、あの牧歌的な油絵の裏だろうか？

けれども、ヴァネッサは「ごめんなさい」とつぶやきながらさらに泣く。私は思わず腕を伸ばして、彼女の手に自分の手を重ねる。泣きやませるためだと自分に言い聞かせるが、カモにしようとしている、さして親しくもない相手に対する同情心が高まってくるのがわかると、そらぞらしい思いがする。「お父さまはどうして亡くなったんですか？」ほかには、なにも訊くことがない。

「癌だったの。急に悪くなって」

ああ。いちばん耳にしたくなかった言葉だ。いずれにせよ、ヴァネッサと自分を重ね合わせたくはない。「お気の毒に」ヴァネッサが父親の最期の数週間の話をはじめて悪夢が呼び覚まされても、なんとか耐える。

「もうひとりぼっちなんだと思うと……さびしくて」と、ヴァネッサがあえぐように言う。どうして私にそんな話をするのだろう？　いいかげんにしてほしい。彼女を憎みたいのに、手の上に涙を落とされては憎めない。

「きっと、私には想像もつかない気がします」私は、ヴァネッサが話題を変えるのを期待しながら軽い口調で言って、そっと手を引っ込める。なのに、ヴァネッサが自分の気持ちをわかってさえもらえればほかにはなにも望まないと言わんばかりの目つきで私を見ているのに気づくと、いまの言葉を撤回したくなる。困ったことに、私には彼女の気持ちがわかるのだ。ヴァネッサがインスタグラムにアップしていた亡くなった父親の手の写真を思い出すと、しなびた母の手が目に浮かぶ。私が救ってやれないうちに癌が母の命を奪ってしまったときの、家のなかの息詰まるような静寂を想像する。母がこのまま死んでしまったら自分が永遠にひとりぼっちになるのはよくわかっている。ヴァネッサと同じだ。目が潤み、知らないあいだに口が動いて、「いや、想像ぐらいはできるかも。私も父を亡くしてるんです。それに、母は……体調を崩していて」

ヴァネッサは、泣くのをやめて食い入るように私を見る。「まあ、そうだったの？　あなたのお父さまはどんなふうに亡くなったの？」

私は、どう返事をすればいいのか考える。〝父はまだ死んでいなくて、父が私を殴ったときに母がショットガンを突きつけて追い出したんです〟と言うわけにはいかないので、過去を書き換えて、テキーラを飲んで酔いつぶれていた父ではなく一緒にカード遊びをしてくれたやさしい父を――私を泣かせるためではなく喜ばせるために空中に放り上げていた父を――思い浮かべる。「心臓発作だったんです。私は父と仲がよくて」空想上の父の純粋な愛情やたくましい腕に抱かれたときの安堵感に思いを馳せていると、嗚咽が込み上げてくる。

「まあ、アシュレイ。ごめんなさい」ヴァネッサはすでに泣きやんで、意味ありげな視線を向ける。私は、目論見どおりになったことに気づいて、かすかな罪悪感を覚える。彼女は、同じ苦悩をかかえた友人として私を見ているらしい。

しかし、それも安易に慮（おもんぱか）るのは危険だ。

こんなことをするのは、はじめてだ。誰かの日常にここまで深入りするのは——家に上がり込んで、無理やり友人になるのは——はじめてだ。これまでは、夜中にパーティー会場やナイトクラブやホテルのバーで酔ったカモを相手に仕事をしていた。いやでたまらない人物に好意を寄せているように振る舞うのも上手になった。明け方の四時にフィンランド産のウォッカを一リットル飲んだ男を相手にするのなら、おぞましい外見から目をそむける必要もなくて、簡単だった。しかし、これは——今回はまったく事情が違う。相手は本気で良好な関係を築きたいと思っているのに、どうやって拒めばいいのだ？　コーヒーカップ越しに見つめ合いながら、よそよそしい態度を取ることなどできない。

人を遠くから判断するのは容易い。それゆえ、インターネットは誰をも安楽椅子批評家にしてしまった。安全な画面の向こうにのんびり座って、ひとりよがりな笑みを浮かべながら人の行動や発言を逐一冷ややかに分析する批評家に。ネットの世界でなら自分に自信が持てて、ほかの人と比べると自分の欠点などたいしたことがないように思える。だから、自分がいちばんだとうぬぼれることができるのだ。どんなに見晴らしが悪くても、高みに立つのは気分がいい。

しかし、目の前にいる人間を判断するのはむずかしい。

それから十分ほど話をしていると――母のことや、ヨガ・インストラクターとしての経歴や私の（聖人ニーナとしての）癒しの力について嘘を並べ立てていると――疲れて、頭の回転が鈍くなる。さっさと用件を片づけたほうがいい。シャワーを浴びたいのでコテージに戻ると私が言うと、ヴァネッサは私を連れて廊下に出て、屋敷の裏口へ向かう。

私はキッチンの手前でとつぜん立ち止まる。「読書室にヨガのマットを置き忘れてきたわ」そう言うなり、止められないうちに駆けだして廊下を引き返す。

そっと読書室に戻ると、鉛筆の頭についている消しゴムほどの大きさの隠しカメラをレギンスの内側のポケットからこっそり取り出す。ぐるっと見まわして、ヴァネッサと話をしていたときに目をつけておいた、全体が視界に入る部屋の角の本棚の前までおずおずと進む。色褪せた『この私、クラウディウス』と『リチャード・D・ワイコフの株式売買法』のあいだにカメラを押し込んで、ずり落ちてこないように固定すると、うしろに下がって確認する。不審に思ってさがしでもしないかぎり、見つかるおそれはなさそうだ。ここで話をしていたときにカウチの下へ蹴り込んでおいたヨガマットを引っぱり出して、静かに部屋を出る。

頬を赤らめ、息を切らしながら走って廊下を引き返す。ヴァネッサは、先ほど私が足を止めた場所で待っている。

「見つかったのね」

「カウチの下にあったんです」ヴァネッサに見つめられると、疑っているのだろうかと不安になる。いや、それはないはずだ。疑う理由がない。アドレナリンが全身を駆けめぐり、顔を紅潮させるのと同時に、丸一時間のヨガ以上に私に元気と活力を与えてくれる。どうやら、うまくいきそうだ。うまく事が運ぶように、私はいまここにいる。

だから、ヴァネッサが私を抱き寄せても、マットが見つかったのを喜んでくれているのではなく、気の置けない新しい友だちができたことを喜んでいるのだと気づくのに時間がかかる。「いいお友だちになれそうで、うれしいわ」と、ヴァネッサが耳元でささやく。

彼女は私をお友だちだと思っているのだ。

私は彼女の腕のなかでニーナからアシュレイになり、ふたたびニーナに戻る。私のアイデンティティーは風に流される雲のようにあやふやで、ころころと変わるのだ。こんなことばかりしていると、いずれ自分を見失ってしまうかもしれない。

「もちろん、私たちは友だちです」と、アシュレイがヴァネッサにささやき返す。

〝私はいまでもあなたのことを憎んでるのよ〟と、ニーナが心のなかでつぶやく。

そして、アシュレイもニーナもヴァネッサを抱きしめる。

コテージに戻ると、ラクランがパン屑まみれになったカウチにのんびり座って、膝の上のノートパソコンを見つめている。私に気づくと、顔を上げて「コーヒーぐらいもらってきてくれればいいのに」と言う。

「タホシティーにスターバックスがあるから、ご自由に」私はラクランのとなりにどさっと座り、コーヒーテーブルの上の食べかけのスコーンに手を伸ばす。堅くてパサついているが、お腹がすいているので文句を言わずに食べる。

ラクランはキーボードを叩いている。「ここから見てたんだけど、けっこう様になってたぞ。もしこれがうまくいかなかったら、ヨガのインストラクターになるのも悪くないかもな」

「ヨガのインストラクターになったところで、いくら稼げるか知ってるの？」

ラクランが眼鏡の縁越しに私を見る。「たいした額じゃないだろうな」

母の治療費をまかなうためには一回三十ドルのレッスンを何回すればいいのか、頭のなかで計算する。「微々たる額よ」

「これを見ろ」ラクランは、先ほどからなにをしていたか教えるために、ノートパソコンを私のほうへ向ける。画面には、母屋の読書室に仕掛けてきた隠しカメラから送られてくる映像が映っている。画質は悪いが――暗くて粒子が粗いが――角度は申し分なく、読書室の壁三面とそのあいだの空間を完璧にとらえている。暖炉のそばに置いてある恐ろしいクマの剝製も映っている。部屋の角の電熱器が赤くなっているのもわかる。ラクランと私は、ヴァネッサがシルクのパジャマ姿のまま読書室に戻ってきて、身を投げ出すようにカウチに座るのを見つめる。ヴァネッサはクッションにもたれ、カーディガンのポケットからスマートフォンを取り出してせわしなく画面をスクロールする。画面を見なくても、彼女が自分のインスタグラムのフィードに目を通しているのはわかる。

「これで一台は設置完了だ。よくやった」ラクランはそう言って、私の頰に手を当てる。

「あんたならやれると思ってたよ」

私は、スマートフォンの画面の光にうっすらと照らされたヴァネッサの無表情な顔を見る。ヴァネッサはすばやく文字を打ち込む。タタタタタタ。毎日、あんなふうにどこかの誰かがなにをしているかチェックして、他人の生活と自分の生活を比較しながら〝いいね！〟をつけるかどうか考えているのだろうか？　哀れな人だ。苦悩に押しつぶされそうになっていた先ほどの彼女は消えて、浅はかで空虚な彼女に戻ろうとしているのだ。そんな彼女なら軽蔑できると思うと、安堵に似た気持ちが湧いてくる。

「彼女は私のことを調べたらしいの」と、ラクランに教える。「アシュレイのフェイスブックの話をしたのよ。大丈夫だと思う?」

ラクランはパソコンの画面に視線を戻す。「彼女が見るのは、自分の見たいものだけだ。かなり鈍いし、自己中だから」

アドレナリンがまだ体中を駆けめぐっているからか、めまいがする。汗の染みついたウェアが太腿の内側に貼りつく。この調子でいけば、一、二週間でカメラをすべて必要な場所に設置できるはずだ。あとは、罠に餌を撒いてヴァネッサがかかるのを待つだけでいい。

今年中にはロサンゼルスに戻れるだろう。一月中には母のあらたな治療もはじまって、寛解に向かうはずだ。それに、もし金庫のなかにかなりの額が入っていれば、もうこんなことはしなくていい。そうなればうれしい。涼しい顔でここを去って、生き直すことができる。借金を完済しても、まだいくらか残るはずだ。ずいぶん時間がかかったものの、リーブリング家からの償いだ。

戻ってきたらすぐに私を逮捕できるように、警官がエコーパークの家を見張っているかもしれないなどとは思わないようにする。郵便受けにたまっている請求書を思い浮かべたり、手を握ってくれる人すらいないまま病院のベッドでひっそりと息を引き取ろうとしている母の姿を想像したりしないようにする。そして、この呪われたおぞましい屋敷が——私の人生を破壊したこの屋敷が——すべてを奇跡的によみがえらせてくれると信じ続ける。

ラクランのパソコンには、まだスマートフォンの画面をスクロールしているヴァネッサが映っている。小さな画面に詰め込まれた他人の人生を眺めているヴァネッサを見て、私は思わず目をそらす。彼女のとてつもないさびしさを思うと、自己嫌悪に苛まれて気分が悪くなる。私たちは彼女になにをしようとしているの？　いますぐここを去ったほうがいいという思いがふつふつと湧きあがる。自分は傾いた鏡で世界を見ていて、鏡をまっすぐにすれば、そこに映った自分に愕然とするはずだという不安が、いつものように私を悩ます。

いまの仕事は自分に向いている気がするものの、つねに楽しんで仕事をしているわけではない。嘘をついたり、別人になりすましたり、人をそそのかしたり騙したり――たしかに、そういうときの高揚感やゆがんだ満足感は最高だ。しかし、わくわくしながら仕事をしているときでも、心の底には気持ちに水を差す甘ったるい感傷がくすぶっている。よくそんなことができるわね。どうしてもやらなきゃいけないの？　好きでやってるの？　それとも仕方なくやってるの？

ラクランとはじめて詐欺を働いたときは（セクハラを繰り返していたコカイン中毒のアクション映画監督から十二万ドルの価値があるピエール・ジャンヌレの希少な椅子を騙し

取ったのだが）、夜通し吐き続け、体がぶるぶる震えて、丸三日寝込んだ。強力な毒素を排泄しようと、体が懸命に闘っているようだった。私は、もう二度としないと心に誓った。にもかかわらず、ひと月後にラクランからつぎの仕事に誘われたときに、毒素がまだ体内に残っているのがわかった。めまいがするほど激しい衝動が体中を駆けめぐるのを感じたのだ。おそらく遺伝なのだろう。

ラクランはそう思っているようだった。「あんたには詐欺師の素質があるはずだ。いや、当然ある。遺伝だよ」彼は、最初の仕事を終えたあとでそう言った。母も仕事がうまくいったあとはそう思っていたようで、それは前々から気づいていた。私は、詐欺師になるのも悪くないかもしれないと思った。母のようにはなりたくないという一心で頑張ってきたが、諦めて母と同じ道を歩もうと決めると、ほっとした。

とはいえ、自分からカモをさがしはしなかった。カモは向こうからやって来た。

ラクランは、ロサンゼルスに戻った私を空港からまっすぐ母の入院している病院へ連れていった。一年近く会っていなかったので、母の変わりようにはショックを受けた。ブロンドの髪は根元が茶色くなっていて、目には隈ができ、つけまつ毛は端がはがれていた。すっかりやつれ、肌はたるんで、血色も悪かった。きれいだったころの面影はまだ残っていたものの、かつては世間を手玉に取っていた母が、わずか一年足らずのあいだにすっかり世間から見捨てられてしまったように感じた。

「どうして話してくれなかったの？」

母は腕を伸ばして私の手を握ったが、骨が当たって痛かった。「だって、話すことなんてなかったから。しばらく調子が悪かったんだけど、たいしたことないと思ってたの」

「早く医者に診てもらえばよかったのに」私はまばたきをして涙をこらえた。「そしたら、ステージ3になる前に見つかってたかもしれないのに」

「あたしが医者嫌いなのを知ってるくせに」それがほんとうの理由だとは思えなかった。おそらく母は最低額の保険にしか入っておらず、医者から宣告を受けるのが怖くて、自覚症状があっても無視していたのだろう。

なんとかしてくれるかもしれないと思ってベッドの反対側に立っているラクランを見たが、彼は私の視線に気づいて見つめ返してきただけだった。「ところで、母とはどういう知り合いなんですか？」と訊いた。

「ポーカー場で知り合ったんだ。けっこう強いんだよな、あんたのお袋さんは」

私はこっそりラクランを観察した。やはりスーツは仕立てのいいオーダー品で、したたかさを秘めた笑みを浮かべ、整った顔立ちには野性味があふれていて、母が自分のものにしたいと思いそうな高価な時計をつけている。「ポーカー場で？」母がポーカー場でカモを漁っているのは知っていた。彼もカモのひとりだったのだろうか？

「母はずいぶん前からこんな状態だったんですか？　なぜ、誰も、もっと早く私に知らせたほうがいいと思ってくれなかったんですか？」

ラクランは、すまないと言う代わりにうっすらと笑みを浮かべてかぶりを振った。「あんたのお袋さんは頑固だからな」彼は、そう言いながら母の脚の上の毛布の乱れを直した。「彼女は、なんでも自分のやりたいようにやるんだ。で、けっして弱音を吐かない。それはあんたも知ってるはずだと思うけど」

母はありったけの笑みを浮かべてラクランを見上げたが、母が無理をしているのも、目のまわりのしわが恐怖に震えているのもわかった。母は急に老け込んで、実年齢よりずいぶん上に見えた。私は、かなり衰弱しているので癌の進行も早いかもしれないという医者の言葉を思い出した。「ええ。母はごまかすのが上手だから」

母が私の手をぎゅっと握った。「本人を差し置いて勝手に話をしないでよ。体調はちょっと悪いけど、頭がおかしくなったわけじゃないんだから。まだ、いまのところは」母は冗談めかして言ったが、笑えなかった。

ラクランがベッドの向こうから私を見つめた。「あんたのことは、お袋さんからいろいろ聞いてるよ」

「あなたのことはなにも聞いてないんですけど」母に目をやると、無邪気にえくぼを浮かべて私を見上げた。「母はあなたにどんな話をしたんですか？」

ラクランは椅子を引き寄せて腰を下ろすと、左脚を上にして脚を組んだ。彼の動作は、水のなかにいるのかと思うほどゆったりしていた。「あんたがいい大学で美術史の学位を取ったとか」

「それほどいい大学じゃないわ」と、言い返した。

ラクランは、毛布の上に出ている母の青白い腕にそっと親指を這わせた。父親が、寝ている子どもを撫でるように。私はそれを見て、彼の指の感触を自分の肌で確かめたい思いに駆られた。「それに、アンティークに詳しいってことも。数年前から豪華な家をさらに豪華にする仕事をしていて、しょっちゅう金持ちと会ってるんだってな。億万長者とか、ヘッジファンダーとかに」

「それがなにか？」

「あんたのような人間が必要なんだよ。いま手がけている仕事に、目の肥えた人間が」人を値踏みするようにじろじろと見つめるラクランの視線に気づいたとたん、すべてが腑に落ちた。彼も、母と同じ詐欺師なのだ。落ち着き払った態度も、母を裏で操っているような振る舞いも、それで説明がつく。どんな手を使っているのかはわからなかったが、いずれにせよ、うまくやっているのだろうと思った。

母は大儀そうに体を起こして、ラクランに指を突きつけた。「おやめ。娘を巻き込まないで」

「えっ？　おれを責めるなよ。さんざん娘の自慢をしていたくせに」

「ニーナはちゃんとした仕事をしてたのよ」母は、ベッドの上から私ににこやかな笑みを投げかけた。「この子は頭がいいの。学士号を持ってるんだから」

母が呪文を唱えるかのように学士号という言葉を口にするのを聞くと、胸が痛んだ。母がニューヨークのみすぼらしいアパートを訪ねてくることはなく、私が上司のために豆乳ラテを買いに走ったり大富豪の家の金のビデを磨いたりしているところを見られずにすんだのは、せめてもの救いだった。「こっちにいるあいだの仕事は、いくつかある候補のなかから選ぶつもりです」と、私は嘘をついた。「気にかけてもらったのはありがたいけど、あなたがしているような仕事には向いてないと思うので」

「おれがなにをしてるか知ってるのか？　そんなはずはないよな」ラクランは怒りを抑え込んで笑みを浮かべた。ラクランの歯は真っ白だが、不揃いだった。それを見て、私も歯並びが悪いのを思い出した。子どものころに歯医者へ行くお金がなかったからで、それはラクランとの共通点かもしれない。気がつくと、私は彼にほほ笑み返していた。彼は、椅子から立ち上がって母の手を軽く叩いた。「じゃあな」

「帰るんじゃないでしょ?」母はとつぜん目を見開いて、すがるように言った。

「なにかあったら、いつでも電話してくれ」ラクランはベッドの上に身を乗り出して、よけいな力を加えたら壊れてしまうとでも思っているかのように、そっと母の額にキスをした。私は、ラクランが入り込めないように自分の心のまわりに鉄の壁を築こうと思っていたのに、そのやさしいキスを見てガードが緩んだ。彼はいつから母の面倒を見てくれていたのだろう? それは、なにか魂胆があったからだろうか? たとえ魂胆があったとしても、私にはそれがなんなのかわからなかった。母はお金がないし、病気だし、見返りはなにもない。たんに、母のことが好きだというだけのような気もする。

「彼はいい人よ」母は、ささやくように言って私の手を握りしめた。「心のやさしい、いい人よ。彼がいなかったら、どうなっていたかわからないわ」

ラクランが出ていくときに電話番号を書いた紙をこっそり渡されて、私がそれを受け取ったのは、母のこのひとことのせいだったのかもしれない。「気が変わるかもしれないので」と、彼は耳打ちした。だから、私はその紙を捨てずに財布のなかに押し込んだ。

母が退院するときは大量の処方薬と化学療法のスケジュールを渡されて、私がそれをハンドバッグに入れたときも、ラクランの電話番号を書いた紙はまだ財布のなかに入っていた。ミッドシティーにある母のアパートに戻って、母がむさ苦しい部屋で暮らしていたことがわかったときも、いまいましい五桁の金額を記した一通目の請求書が病院から届いたときも、一回目の抗癌剤投与のあとで母が吐いたときも。私は、母の世話がいずれフルタイムの仕事になることにようやく気づいた。ロサンゼルスにある二十以上のアートギャラリーや美術館や家具店に履歴書を送ったものの、すべて不採用になったときも、例の紙はまだ財布のなかに残っていた。

ここ数年はまったく母のことを気にかけていなかったので、私はその埋め合わせをしようと思った。ただし、できるかどうかはわからなかった。母にはセーフティーネットがなかったので、私が母のセーフティーネットになるしかなかったのだが、私は母がもっとも必要としているものを持ち合わせていなかった。お金もなければ、仕事も友人も、将来の展望もなかった。あるのは、借金と決意だけだった。

例の紙をふたたび目にしたのは、母のガス代を払うために私の口座から最後の五十ドルを引き出したときだった。私は紙を財布からつまみ出し、長いあいだ見つめて――真っ白なボンド紙にくっきりと浮かぶ、太くはっきりと書かれた数字を見つめて――電話をかけた。電話をかけながら、ラクランが私の耳に唇を寄せてきたときに感じたかすかな体の疼きを思い出した。電話に出たラクランに名前を告げると、彼は用件がわかっていたかのように、微塵のとまどいも見せなかった。

「分別をめぐらすのにいつまでかかるのかと気を揉んでたんだ」

それで、こっちも覚悟を決めた。「私のルールを話しておくわ。有り余るお金を持っていて、奪っても罪悪感を感じずにすむ相手だけにしたいの」

ラクランはくすっと笑った。「もちろんだ。それに、必要な分しか奪わない」

「そのとおりよ」罪悪感は、すでに幾分やわらいだ。「それから、母が元気になったら私は抜けるわ」

ラクランがにんまりしているのはわかった。「じゃあ、決まりだ。インスタグラムには詳しいか？」

19

翌朝も同じように芝生の上でヨガをして、ヴァネッサがマットを持って外に出てくるのを待つ。一時間ほどかけてさまざまなポーズをこなしていると、筋肉が疲れて震えてくるが、ヴァネッサはまだ姿をあらわさない。窓越しになかの様子が見えるように、母屋のほうを向いてコブラのポーズを取るが、カーテンの向こうではなんの動きもない。コテージに戻るときにぶらぶらと母屋のまわりを一周するが、まったく人の気配がない。ガレージの大きな木の扉は閉まっているし、部屋にも明かりはついていない。ドライブウェイに古びたセダンが駐まっていたのでそばに寄ってなかを覗くが、人は乗っていない。

コテージに戻って、読書室から送られてくる動画をチェックする。しばらくすると、髪をうしろでひとつに束ねてエプロンのポケットに昔ながらの羽根ばたきを挿した年配の女性が姿をあらわす。たぶん家政婦だ。隠しカメラに気づくかもしれないと不安になるが、女性は本棚の前を素通りし、コーヒーテーブルの上にのっていたものを適当に並べ替え、カウチのクッションをパンパンと叩くと、すぐに画面から消える。

そのあと、ヴァネッサが二度姿をあらわすが、カウチには座らない。道に迷って、自分がどこへ向かっているのかわからないような感じで部屋のなかを歩きまわるだけだ。ただし、子どもがぼろぼろになったぬいぐるみをいっときも手放さないのと同様に、手にはスマートフォンを握りしめている。

ラクランがそばに来て、私の肩越しに画面を覗く。「暇な女だな。なにもすることがないのか？　なにも考えてすらいないんじゃないか？」

ラクランの口調が引っかかって、私はなぜかヴァネッサをかばう。「落ち込んでるのかも」そう言いながら、夢遊病者のようにふらふらと歩いているヴァネッサを見る。「もう一度訪ねて、元気づけてあげたほうがいいかも」

ラクランがかぶりを振る。「彼女にこっちへ来させたほうがいい。取り入ろうとしているように思われたくないだろ？　こっちが主導権を握らなきゃいけないんだから。心配しなくても、そのうち来るよ」


けれども、彼女は来ない。私は、やきもきしながら、さらに二日、同じ日課をこなす――芝生の上でヨガをして、敷地を歩きまわり、一キロ半ほど離れたところにある雑貨店へ昼食を食べに行くという日課を。それ以外は、ふたりともコテージで過ごして執筆のための休暇を装う。ヴァネッサが訪ねてきたときに備えて、ラクランは部屋のあちこちに本や紙をばら撒いたが、ほとんどパソコンの前に座って惹き込まれるように犯罪ドラマを観ている。私も何冊か小説を持ってきていたが――まずはジョージ・エリオットからはじめて、ヴィクトリア朝のほかの作品も読むつもりでいたのだが――根を詰めて本を読むと脳が溶けてしまいそうな気がするので、一日中読んでいるわけにもいかない。ヒーターがあるので寒くはないものの、蛇口からぽたぽたと水が漏れるようにゆっくりと時間が過ぎていくにつれて、自分たちはいつまでこの三部屋のコテージにいなければならないのだろうという思いが強くなる。

五日目には車でタホシティーへ行って、〈セーブマート〉で食料品を買う。そのあと、ストーンヘイヴンとは対照的な、にぎやかで人通りも多い街をぶらぶら歩き、お腹がすいているわけでもないのにベーグルが食べたくなって、〈シッズ〉へ行く。店内は十二年前のままではない。チョークでメニューを書いた黒板の上に吊るしてあったメルヘンチックな電灯は取りはずされて、代わりに各国の国旗がぶら下がっている。掲示板は、ティーンエイジャーのベビーシッターや迷子の犬をさがしている人たちがあらたにつくったチラシで埋めつくされている。ただし、ポニーテールの店主は健在で、変わったのは、髪が真っ白になってお腹がたるんだことだけだ。彼は私を覚えておらず、当然と言えば当然なのだが、自分は昔から影が薄かったのに、たったいまそれに気づいたような落ち着かない気分になる。

コーヒーを注文して、いつもベニーと一緒に座っていた湖畔のピクニックベンチへ行く。が、この十二年間を振り返っているうちに耐えられなくなって、買ったものを車に積んでストーンヘイヴンに戻る。

コテージはがらんとしていて、冷えきっている。ラクランの姿はなく、彼のコートとスニーカーも見当たらない。外に出て芝生の上に立ち、明かりのともった母屋の窓を見上げながら、訪ねていくべきかどうか考える。けれども、なにかが私を思いとどまらせ、もやもやとした憂鬱な気分のままコテージに戻って、ひとりで薄暗い部屋に座る。

数分後に、ラクランが興奮した様子でコテージに駆け込んでくる。「たまげたよ」と、彼は息を切らして言う。「完全にイカれてるよ、あの女は」

「彼女にここへ来させたほうがいいと言ってたような気がするんだけど」ついつい不機嫌な声になる。除け者にされたような気がしたからだ。それとも、ラクランがひとりで母屋へ行ったことに嫉妬しているのだろうか？　いや、それより——おかしな話だが——素朴で善良で、悩みなどなにもないアシュレイになりきりたいと思っているからだろうか？

「散歩をしてたら、ばったり会って、母屋に招かれたんだ」ラクランは、ジャケットを脱いでカウチに放り投げる。「カメラをもうひとつ仕込むことができたのはよかったんだが、彼女が鷹のように襲いかかってきて。まあ、そういうことだ」

「カメラはどこに？」

「娯楽室だ」

娯楽室があるのは知らなかったが、ストーンヘイヴンのような立派な屋敷はゆったりとくつろぐために建てられたのだろうから、当然あるはずだ。ラクランがカメラの映像をアップロードすると、ビリヤード台と木製のバーカウンターが映し出される。カウンターの椅子は布張りで、カウンターの上には埃をかぶったスコッチのデカンタが置いてある。壁際には、ゴルフ大会の古めかしいトロフィーがずらりと並んでいる。奥の壁にはアンティークの剣が三十五、六本掛けてあって、暖炉の上のいちばん目立つところには象嵌をほどこした拳銃が二丁飾ってある。

「ここは娯楽室じゃなくて武器庫よ。こんなところでなにをしてたわけ？ ボードゲームでもしてたの？」

ラクランが顔をしかめる。「機嫌が悪そうだな」

「どんな話をしたの？」

「ちょっとした戯れ話だよ。わが家の城の話もした。彼女はおれを気に入っているみたいだ」

「彼女は私のことも気に入ってるわ。でも、それって、なんの助けにもならない気がするのよね。こんなことじゃ、ここに一年いなきゃいけなくなるかも」

「餌は仕掛けたんだから」と、ラクランが私を安心させる。「じっと待てばいい。そのうち食いついてくるよ」

ラクランの言葉どおり、翌日の昼過ぎにコテージのドアにノックの音が響く。ラクランと私は、息を詰めて見つめ合う。ラクランは見ていた動画を消し、私は気持ちを落ち着かせ、深呼吸をしてアシュレイに変身する。私がにこやかな笑みを浮かべてドアを開けると、ハイキング用のズボンをはいて念入りに化粧をし、きれいにセットした艶やかな髪にブランド品のサングラスを挿したヴァネッサが立っている。ビタミンウォーターを宣伝しているモデルのようで、私はサングラスを払い落としたい衝動に駆られる。

「まあ！」けれども、腕を伸ばしてまたハグをして、私の温かい頬をヴァネッサの冷たい頬に押しつける。それから体を離して、彼女を見つめる。「まだ一緒にヨガをする気はあります？　楽しみにしてたんですよ。私は毎朝、庭に出てたんだけど」

ヴァネッサが頬を赤らめる。「ごめんなさい。風邪をひいてたのよ。でも、ずいぶんよくなったから」

「じゃあ、明日は一緒に」私はそう言って、ドアの枠にもたれかかる。ヴァネッサは手にバックパックを持っている。「どこかへ行くんですか?」

ヴァネッサは私の肩越しになかを覗いて、紙をばら撒いたカウチに寝そべったままのラクランに目をやる。「ヴィスタポイントまでハイキングに行くの。あなたたちも行きたいんじゃないかと思って」ラクランがノートパソコンから目を上げようとしないので、ヴァネッサは私に視線を戻す。「明日か明後日に冬の嵐が来るという予報が出てるの。だから、あなたたちにとっては今日が最後のチャンスかもしれないわ。つまり、その、ハイキングの」

「ご一緒したいわ」私は、そう言ってラクランを見る。「ハニー? ちょっと息抜きしない?」

ラクランはゆっくりとパソコンの画面から目をそらし、知的な内省にふけっていた最中に平凡な日常に引き戻されて腹を立てているかのように、眉をひそめる。私も、彼が『クリミナル・マインド』の再放送を観ていたことを知らなければそう思ったはずだ。

「いまはちょっと中断できないので……」と、ラクランが言う。

ヴァネッサが青ざめる。「あら、執筆中なのね。ごめんなさい。仕事の邪魔するつもりはなかったんだけど」

「いやいや、大丈夫です。ハイキングに行くんですか？」ラクランが起き上がって伸びをすると、Tシャツがずり上がって、引きしまった腹部があらわになる。ハイキングなんて、税金やロマンチック・コメディーと同じぐらい嫌っているのに、誘われてわくわくしているかのように取っておきの笑みを浮かべてヴァネッサと私を見る。「ぼくも脚のストレッチをしたほうがいいかもな。さっきからずっとひとつのパラグラフと格闘していたところだし」

私たちは、二十分後にヴァネッサの車に――買ったばかりで、まだ組み立て工場のにおいが残っているメルセデスのSUVに――乗り込む。車は湖岸を南に向かい、空き室の有無を知らせるネオンサインのある古びたモーテルや、サブマリン・サンドイッチと冷えたビールを宣伝している板張りの食料雑貨店や、ドライブウェイにシートで覆ったボートを置いている金持ちの三角屋根の別荘の前を通りすぎて国有林のなかへ入っていく。ヴァネッサは、車窓から見えるものすべてを興奮気味にことこまかく説明する。

「この先に『ゴッドファーザーPARTⅡ』を撮影したお屋敷があるの。いまはコンドミニアムになってるけど。あそこにボートが見えるでしょ？　フレドはあのボートのなかで殺されたのよ」

「あの家の向こうがチャンバーズ・ランディングで、栈橋と、一八七五年から営業している古いバーがあるの。最近は大学生の男の子が大勢やってきて、チャンバーズ・パンチで酔っぱらってるわ」

「あそこにある北欧風のお屋敷は、ノルウェーのフィヨルドから飛んできたんじゃないかと思うほど素敵なのよ。私の曾祖父は、大恐慌時代にあのお屋敷のオーナーとカードゲームを楽しんでたんですって」

ヴァネッサの話のいくつかは、ここにいた高校生のころに聞いたことがある。どこの土地にもさまざまな言い伝えがあるが、この地に伝わるのは、タホ湖がサンフランシスコのIT長者が週末にスキーをしに訪れるたんなる高級リゾートではなく、いまよりはるかに優雅で、かつ排他的だったころの話がほとんどだ。窓を飛び去る木々を眺めていると、都会の喧噪や欲望を掻き立てるネオンから離れて山のなかで暮らすのも悪くないと思えてくる。母をここへ連れてきたら病気が治るかもしれないとさえ思う。新鮮な空気には癒しの力があるはずで、都会の生活から逃れてここへ来たのは、私とラクランにもいい影響をもたらしそうだ。

それと同時に、ラクランと私がヴァネッサのお金を持ってここを離れれば二度と戻ってくることはできないのだと、あらためて思う。

延々と続くヴァネッサの話を聞きながら、私たちはガイド付きのツアーを楽しんでいる観光客のように、チャンスがあるたびに共感の言葉を口にする。おまけに、「あなたはほんとうにここが好きなんですね」と、ラクランが言う。

ヴァネッサはラクランの勘のよさに驚いているようだ。革のハンドルをしっかり握って急カーブを曲がりながら、きれいに口紅を塗った唇の端を真っ白な歯で嚙む。「私がここを選んだわけじゃなくて、選ばれたの」と、おもむろに答える。「私が屋敷を相続したのは、好き嫌いとは関係なく、それが自分の役目だと思ったからかも。でも、私はここが大好きよ」

ヴァネッサは、かなりのスピードでいくつかのカーブを曲がり終えてから、ラジオをつける。すると、いきなりブリトニー・スピアーズの古い曲が流れてきて、ラクランが後部座席でうめく。「ブリトニーは嫌いなの？」ヴァネッサは、すまなさそうに尋ねて私を見る。「あなたたちはどんな曲を聴いてるの？」

ヨガのインストラクターはどんな曲を聴くのだろう？　シタールの演奏か？　クジラの鳴き声か？　それではありきたりだ。私はなかなか返事ができない。ヴァネッサは、周波数を切り替えようとしてダッシュボードのつまみに手を伸ばす。

「ぼくはクラシックとジャズしか聴かないんです」ラクランは、私が困っているのを察してうしろから助け舟を出してくれる。「ぼくがかつて暮らしていたアイルランドの城には、クラシックとジャズのレコードしかなかったんです。レ、コ、ー、ドですよ。CDプレーヤーもなくて。祖母のアリスはストラヴィンスキーと親しくしていたそうです」

私は笑いをこらえる。ラクランは、彼の一族が教養を重んじていたことをにおわすでたらめな話をする。私はラクランに意地悪をしたくて、ラジオの音量を上げる。「彼は気取り屋なので」と、ヴァネッサに耳打ちする。「私はポップスで大丈夫です」

ラクランが本気で私の肩を殴る。「どうせなら、耽美主義者と言ってほしいな。わかってくれますよね、ヴァネッサ？　あなたも美に対する際立ったセンスをお持ちのようなので」

「正直に白状すると、ジャズのことはなにも知らないのよ」

ラクランはシートにもたれて、運転席と助手席のあいだのコンソールに片足をのせる。ラクランのスニーカーは新品で、まぶしいほど白く、詩を書いている大学教授がはくにはいささかトレンディーすぎる。彼もそこまでは考えなかったのだろう。「べつにジャズを聴く必要はないんです。あなたには芸術的なセンスがあると思っただけで。そういう感じがするんですよ。すばらしいものに囲まれて暮らしてきたので、センスが磨かれたんでしょうね」

ヴァネッサは、うれしそうに顔を赤らめる。ラクランのお世辞を真に受けるとは、ばかだとしか言いようがない。「ありがとう！　そう、そのとおりよ。でも、私はブリトニーも好きなの」

「ほらね」私はラクランをにらみつける。「彼女を気取り屋の仲間に加えようとしても、無理よ。ラジオを切り替えるつもりはないわ。そうですよね、ヴァネッサ？」私が運転席に腕を伸ばして腕をつかむと、ヴァネッサはちらっと私を見てうれしそうな笑みを浮かべる。自分のことで私とラクランが喧嘩をしているからだ。私たちが彼女の自我を膨らませてしまったために、舞い上がって優越感に浸っているのだ。

ラクランが両手を上げる。「二対一じゃ分が悪いよ。降参だ」

結局、議論はそのままに、ヴァネッサがとつぜんハイキングコースの入口にある駐車場に入っていって車を駐める。「着いたわ！」と、甲高い声で言う。

私たちは車を降り、ヴァネッサがバックパックに入れて持ってきていたグラノーラバーと水のペットボトルを受け取って歩きだす。ハイキングコースは幅一メートルほどの曲がりくねった未舗装の道で、松林の奥へと続いている。太陽は生い茂った木々に遮られ、登るにつれて道はどんどん暗くなって、あたりは苔と土のじめっとしたにおいに包まれる。

とても静かで、聞こえるのは梢を吹き抜ける風の音と、風に揺れる古木のきしみやうなりと、私たちが松葉を踏みつける音だけだ。

道は急で、いつのまにか息が上がっている。毎日ヨガをしていたせいで筋肉もズキズキするし、もともと山歩きが苦手な私は、来なければよかったと後悔する。靴を汚したくないのか、ラクランは石や落ちている枝を踏まないようにゆっくり歩いているので、歩きはじめて数分と経たないうちに、大きく遅れる。ヴァネッサは私に寄り添うように歩いているので、しょっちゅう手がぶつかる。私は、彼女の両手の甲にみみず腫れができているのに気づく。

頂上まであと半分ほどのところに、湖が見える開けた場所がある。そこからはタホ湖全体が見渡せて、軽く掻き鳴らしたハープの弦のように、真っ青な湖面が波打っているのもわかる。見上げると、綿雲のトンネルが空の高みまで続いていて、眼下には、青々と生い茂った松林が地平線まで広がっている。見覚えのある光景のような気がして、はたとその理由に気づく。一度、ベニーと一緒に来たことがあるのだ。ベニーとふたりでここに立ち、マリファナでハイになった状態でこの景色を眺めたことがあるのだ。自分たちの行く手には、この湖と同様に深くて謎に満ちた世界が広がっているのだと思ったのを覚えている。ひと思いに飛び込んで冷たい忘却の淵に身を沈めたい衝動に駆られたことも覚えている。

追憶に浸るのはそこまでにする。息が上がってしゃべることもできないうえに、ふくらはぎに激しい痛みが走る。

ヴァネッサが私を見る。「大丈夫？」

「景色に見とれてたんです」そう言いながら、アシュレイを呼び覚ます。「ちょっと足を休めて瞑想しようかと思ってるんですけど」

ヴァネッサは、怪訝そうに私の顔を覗き込む。「瞑想？　ここで？」

「瞑想するには最高の場所だと思いません？」私は、ちょっぴり茶目っ気をまじえて答える。

ヴァネッサが引きつった声で言う。「私も瞑想したいけど、心のなかを空っぽにすることなんてできないのよね。無心になろうとすると、子どもが小学校でする火山の噴火実験のように、いろんな考えが勢いよくあふれ出てくるの。あなたはどうやって雑念を消してるの？　スイッチを切るようにシャットアウトできるわけ？」

「練習すれば、できるようになります」

「ほんと？　どんなふうにすればいいの？」ヴァネッサは、期待をこめて私を見つめる。

困ったものだ。簡単には諦めそうにない。私は瞑想など一度もしたことがないのに。

「こんなふうに」――静かに目を閉じて、心のなかを空っぽにしようとする。松葉を踏んでせかせかと歩きまわるヴァネッサの足音が聞こえてくる。もしかすると、私をここに置いて先に行ってくれるかもしれない。

ところが、目を開けると、ヴァネッサがそばに立って私のほうにスマートフォンを向けている。彼女は慣れた様子で画面に目を走らせると、手で光を遮りながら画面を見つめて、なにやら打ち込む。彼女がなにをしているのか、すぐにわかる。私の写真をインスタグラムにアップしようとしているのだ。なんてことだ。それはまずい。

「やめて！」獲物を襲うヘビのようにすばやくヴァネッサに飛びついて、スマートフォンを奪う。思ったとおり、顔に太陽を浴びて目をつぶっている、ポートレートモードで撮った私の写真が画面に映っている。私は……とてもおだやかな表情を浮かべている。〝あらたな友人、**アシュレイ**〟という、打ち込んだばかりのキャプションも表示されている。写真をアップされては困るのに、キャプションの続きが知りたくなる。なんと書くつもりなのだろう？　ヴァネッサが大きく見開いた目でまばたきもせずに私を見つめている前で、写真を削除してインスタグラムを閉じる。「すみません、勝手に。でも……私生活を人目にさらしたくないんです。あなたがSNSを積極的に利用しているのはわかってますが、私の写真は載せないでください」

「ごめんね。知らなかったの。だって……」ヴァネッサの声が震える。傷つけてしまったようで、罪悪感すら覚える。「とってもよく撮れたから」

スマートフォンはそっとヴァネッサに返すが、私も声が震えそうになる。「あなたが悪いんじゃありません。私がいけなかったんです。最初に言っておくべきでした。だから、気にしないでください」

ヴァネッサは、あとずさって私の顔から視線をそらそうと、きょろきょろあたりを見る。たんに怖がらせただけではなさそうだ。「マイケルをさがしてきます。迷っているかもしれないので」

「私はここで待つわ」と、ヴァネッサが言う。

私は、来た道をとぼとぼと引き返す。四百メートルほど下ると、ラクランが木にもたれて靴を見つめている。私だけだと気づくと、眉をひそめる。

「ヴァネッサは？」

「上で待ってるわ」ラクランは私のペットボトルに手を伸ばし、空だとわかると、また眉をひそめる。「体力を見せびらかしてるのか、アシュレイ？」

「少なくとも、体力を維持する努力はしてるわ、マイケル」

「それはそうと、なんの話をしてたんだ？　あんたの叫び声が聞こえたんだが」

彼に写真の話をしても意味がない。それに、もう削除したのだから。「たいしたことじゃないの。彼女に瞑想の仕方を教えてほしいと言われて」

ラクランが鼻を鳴らす。「教えてやれることはわんさとあるはずだよな。まったく、ハイキングなんかしたって時間の無駄だよ。なんとか、おれたちを夕食に招いてくれるようにしよう。たっぷり酔わせてから、屋敷のなかを——隅々まで隈なく——案内してほしいと言えばいい。そうすれば、残りのカメラも仕掛けられる。どちらかがあの女の気を惹いているあいだに仕掛ければ怪しまれずにすむから、ふたり一緒のほうが都合がいい」

「わかったわ」私はヴァネッサのいるほうへ目をやる。「もう戻らないと」

「気にするな。あの糞女はオナニーでもしてるはずだ」

私は、思った以上に強くラクランを突く。「やめて。そんなことを言うなんて、ひどいわ」

ラクランが怪訝そうな顔をして私を見る。「なんだよ、ニーナ。いつからそんなお人よしになったんだ？　あの女のことが好きなのか？　憎っくき仇だとばかり思ってたんだけど」ラクランが顔をしかめる。「感情に引きずられちゃだめだと何度も言っただろ？」

「引きずられてなんかいないわ。あなたの言い方が気に入らないだけよ。女性をばかにしてるから」

ラクランは、ぴたりと体を寄せて耳元でささやく。「あんたのあそこは崇拝してるんだけど」そう言いながら、湿り気をおびた冷たくて塩っぱい唇を重ねてくる。

「最低」私は、そうつぶやいてラクランを押しのける。

それでも彼は私の首に鼻を押しつけて、私があえぎ声をもらして身をよじらせるまで舌を這わせる。「ああ、いますぐやりたい」

ラクランのうしろに目を向けると、坂を下ってくるヴァネッサの姿が見える。彼女は、私たちが抱き合っているのに気づいて道の反対側で足を止める。私には彼女の姿が見えていないと思っているのだろうか？　私は、ラクランの舌が鎖骨の上を這いまわっているのも、汗がシャツを濡らしているのもはっきりと感じながら、ヴァネッサを見る。ヴァネッサは、こういう場合のエチケットとして一歩うしろに下がりはするものの、目はこっちに向けている。ヴァネッサが少しずつ視線を上げて、ついに目が合うと、そこで彼女の視線がぴたりと止まる。ラクランは汗で濡れたTシャツの下に手を入れて私の胸をまさぐっているのに、私たちは少しも動じることなく妙な共感を覚えて見つめ合う。美術館で作品を鑑賞する観光客のように、ヴァネッサが食い入るように見つめて私の思いを推し量ろうとしているのがわかる。そうすることによって、彼女の欲情が掻き立てられたのもわかる。ふたりでこの瞬間を共有しているような、不思議な連帯感すら生まれる。そして、そこにる。

ヴァネッサはまばたきをして、ようやく背後の木立のなかに姿を消す。目を閉じてラクランにキスをすると肌が疼き、木々を揺らす風の音に合わせて胸の鼓動が全身に響きわたる。

目を開けると、すぐうしろにヴァネッサが立っている。私はあわててラクランから離れて、「まあ、ここにいたんですね！」と、叫ぶように言う。ヴァネッサは怒ったように顔をゆがめ、ラクランから私に視線を移して、ふたたびラクランを見る。自分に注目が集まっていないと機嫌が悪くなるのだと気づく。

ラクランは、満足げな表情を浮かべて手でゆっくりと唇を拭う。「よかった、よかった。遭難者を出さずにチームが再集結したんだから」

ヴァネッサが私に向き直る。「どういうこと？」と、詰問口調で迫る。「戻ってくると思って待ってたのに」

私は、ヴァネッサの強い口調に驚く。まだ写真のことを根に持っているのだろうか？ それとも、嫉妬？ ラクランは彼女とどこまでいったのだろう？ とにかく、刺激しないように従順な態度を示して詫びる。「足がこむら返りを起こしてしまったんです。ごめんなさい」

ヴァネッサは、とまどったように首をかしげる。「えっ？　信じられないわ。だって、ヨガのインストラクターなんでしょ？　私は一日中カウチに座ってるのよ。おかしな話ね」

「使う筋肉が違うんです」と弁解する。

「ぼくもへとへとなんです」と、ラクランが話に割って入ってくる。「でも、急いで引き返したほうがいいんじゃないかな？　あの雨雲はかなり不吉だし」

「気温も下がりましたよね。凍えそうだわ」と、私も話を合わせる。そんなことをしないほうがいいのはわかっているのに、いまの言葉が嘘ではないことを証明するために、わざわざラクランの腕を取って私の肩にのせる。

ヴァネッサは険しい視線で私たちを見るが、風が険しさを吹き飛ばしてくれたかのように、すぐに目つきがやわらぐ。「温めて、ハニー」

「ほら、アッシュ、これを――私のスウェットシャツを着て」そう言うなり、頭から脱いで差し出す。

私はラクランから体を離して、ヴァネッサの服を着る。そのスウェットシャツは分厚いのにやわらかくて、ヴァネッサの体のぬくもりが残っている。彼女が使っている高価なボディローションや、袋に入れてタンスに吊るしているラベンダーのにおいもする。彼女のにおいがすると、たがいの境界があいまいになったような気がして、自分を見失いそうになる。断わればよかったと後悔する。けれども、アシュレイならそうすると思って、にっこり笑う。「ありがとうございます」

「気にしないで」と、ヴァネッサが言う。ようやく彼女の顔にえくぼが戻る。私たちのあいだの予期せぬ亀裂は修復できたようだ。しかし、彼女はラクランと私を引き離すためにスウェットシャツを貸してくれたのだと、ハイキングコースを下りながらはたと気づく。

（下巻へ続く）

紅(あか)いオレンジ

BLOOD ORANGE

ハリエット・タイス

服部京子訳

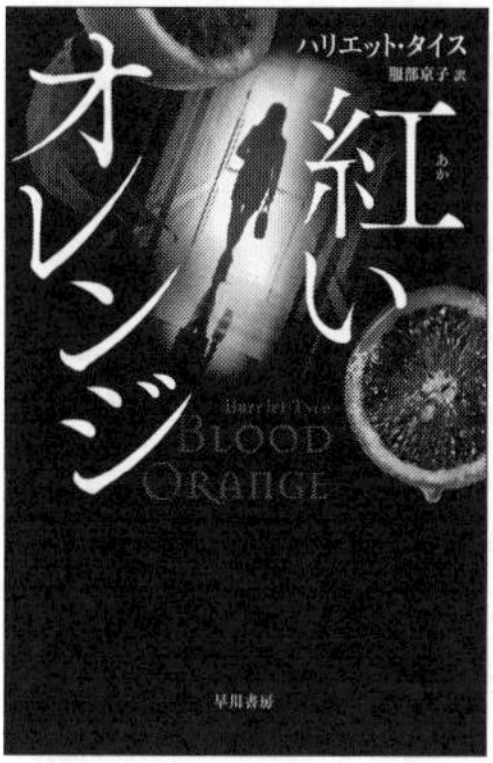

法廷弁護士として活躍するアリソンは、念願かなって殺人事件の弁護を担当することになる。被告の女性は夫の殺害を自白するが、何かを隠しているようだ。いっぽうアリソンは、夫と娘を愛しながらも情事をやめられずにいた。ある日、謎の人物から不倫を咎めるメールが届きはじめ……。迫真のリーガル・サスペンス

ハヤカワ文庫

女には向かない職業

An Unsuitable Job for a Woman

P・D・ジェイムズ

小泉喜美子訳

探偵稼業は女には向かない——誰もが言ったがコーデリアの決意は固かった。最初の依頼は、突然大学を中退して命を断った青年の自殺の理由を調べるというものだった。初仕事向きの穏やかな事件に見えたが……可憐な女探偵コーデリア・グレイ登場。第一人者が、新米探偵のひたむきな活躍を描く。解説／瀬戸川猛資

解錠師

The Lock Artist

スティーヴ・ハミルトン
越前敏弥訳

〈アメリカ探偵作家クラブ賞最優秀長篇賞／英国推理作家協会賞スティール・ダガー賞受賞作〉ある出来事をきっかけに八歳で言葉を失い、十七歳でプロの錠前破りとなったマイケル。だが彼の運命はひとつの計画を機に急転する。犯罪者の非情な世界に生きる少年の光と影をみずみずしく描き、全世界を感動させた傑作

ハヤカワ文庫

時の娘

The Daughter of Time

ジョセフィン・テイ
小泉喜美子訳

英国史上最も悪名高い王、リチャード三世——彼は本当に残虐非道を尽した悪人だったのか？　退屈な入院生活を送るグラント警部はつれづれなるままに歴史書をひもとき、純粋に文献のみからリチャード王の素顔を推理する。安楽椅子探偵ならぬベッド探偵登場！　探偵小説史上に燦然と輝く歴史ミステリ不朽の名作

ハヤカワ文庫

訳者略歴　青山学院大学文学部英米文学科卒，英米文学翻訳家　訳書『死への旅』クリスティー，『虚栄』パーカー，『私のイサベル』ノウレベック，『もし今夜ぼくが死んだら、』ゲイリン，『黄金の檻』レックバリ（以上早川書房刊）他多数

HM=Hayakawa Mystery
SF=Science Fiction
JA=Japanese Author
NV=Novel
NF=Nonfiction
FT=Fantasy

インフルエンサーの原罪（げんざい）
〔上〕

〈HM⑸⑻-1〉

二〇二三年七月二十日　印刷
二〇二三年七月二十五日　発行

（定価はカバーに表示してあります）

著　者　ジャネル・ブラウン
訳　者　奥村（おくむら）章子（あきこ）
発行者　早川　浩
発行所　株式会社　早川書房

郵便番号　一〇一 - 〇〇四六
東京都千代田区神田多町二ノ二
電話　〇三 - 三二五二 - 三一一一
振替　〇〇一六〇 - 三 - 四七七九九
https://www.hayakawa-online.co.jp

乱丁・落丁本は小社制作部宛お送り下さい。
送料小社負担にてお取りかえいたします。

印刷・株式会社亨有堂印刷所　製本・株式会社フォーネット社
Printed and bound in Japan
ISBN978-4-15-185601-3 C0197

本書は活字が大きく読みやすい〈トールサイズ〉です。